임만혁 그림

윤후명 _ 1946년 강원도 강릉에서 태어나 연세대학교 철학과를 졸업했다. 1967년『경향신문』신춘문예에 시가 당선되었으며, 1979년『한국일보』신춘문예에 소설이 당선되어 시인과 소설가로 활동해 오는 동안 그의 문학은 줄곧 삶과 사랑의 본질에 대한 탐구에 바쳐져 왔다. 언어의 탁마를 통한 그의 문학적 결실은 시집『명궁』등 4권의 시집을 모은 '시전집', 소설『둔황의 사랑』『협궤열차』『모든 별들은 음악소리를 낸다』등 12권의 '소설전집'을 비롯하여 산문, 동화 등 문학 전반에 걸쳐 환상과 현실을 교차시킨 독자적인 세계를 구축해왔으며, 그 성취를 토대로 한국문학의 영토 역시 넓어졌다. '녹원문학상' '소설문학작품상' '한국일보문학상' '현대문학상' '이상문학상' '이수문학상' '현대불교문학상' '동리문학상' '고양행주문학상' '만해〈님〉작품상' '연문인상' 등을 수상했고, 국민대 문창대학원 겸임교수와 체코 브르노 콘서바토리(한국) 교수를 역임했다.

e-mail：humyong@hanmail.net

표지 캐리커처 : **박미하일** 러시아 화가, 소설가

편 집 디 자 인 **꾸밈** 0 2) 7 0 4 - 2 5 4 6

시인 소설가 화가

윤후명

문학 50년

시인 소설가 화가 **윤후명**
문학 50년

작가의 말

어느 날, 어느 날 여기에

아무도 돌아보지 않는 바닷가 모퉁이에 누군가가 서 있다. 누구일까. 나는 지난 50년 동안 그에게로 다가가지 않았던가. 따지고 보면 더 오랜 시간 나는 그를 궁금해해오지 않았던가. 어린 내가 빈 공책에 무슨 글자인가 한 글자 한 글자 쓰던 날부터 나는 결코 마음을 변치 않으리라 내게 약속하지 않았던가. 그리하여 지난 시간 쓴 글은 그 '변치 말자' 던 약속을 다시 밝히는 일에 지나지 않았다. 그 시간의 뒤에 지금의 여기에 내가 있다.

그런데, 그런데 지금 보는 모습도 단지 실루엣일 뿐이 아닐까. 어디선가 그럴지도 모른다고 겁박을 주는 소리도 들려온다. 그러나 이제 모든 글들을 모아 책을 낼 때가 되고 말았다. 두려움도 떨치기 어렵지만, '변치 말자' 는 내 약속의 문장과 함께 내 모습의 실체는 나타나지 않을까. 일말의 기대를 하는 것이다.

　늙도록 문장과 함께 여기까지 걸어와서 여기에 이르렀다. 50년에 구태여 무슨 의미가 있을까마는 나는 그동안 추구해온 그 누구를 만나도 좋다는 허락처럼 여겨진다. 그리하여 나는 바닷가 모퉁이의 저 누군가에게 한 마디 문장을 보낼 수 있다. 변치 않았다는 짧은 한 마디 문장을.

　한 마디 문장은 한 권의 책이 되고 드디어 모든 책이 되리라. 그 모든 책 속에서 나는 거듭 말한다. 모든 것은 하나이므로 나는 변치 않은 나를 보리라.

2017년 11월
윤후명

시인 소설가 화가 **윤후명** 문학 50년

차례

윤후명 신작 시

대관령 1

어머니는 감자를 깎는다
내가 태어나기도 전부터
감자를 깎아 항아리에 담근 어머니
앙금을 내려 떡을 빚으면
떡을 빚으면
대관령 호랑이도 내려온다고
떡을 먹지 않는 호랑이도 굶지 않는다고
어머니는 감자를 깎는다
감자꽃빛 새벽별이 머리 위에 빛날 때
치성 올려
내 안에 앙금을 내리고 있다
내 안에 별빛을 내리고 있다

대관령 2

대관령을 넘으려면 마음을 모두
말해야 한다
이부자리 트레일러에 싣고
옛날 육군 제28사단의 청년장교는
어머니를 살핀다
대관령을 넘는 길 옆 콩밭 뙈기
콩꽃 두두(됴됴) 꽃피었는데
없는 것까지 말하는 사랑 언제 오려나
대관령 산신령 아무 대꾸도 않고
어머니는 머리를 빗으며
삼단 같다고, 삼단 같다고
지프차 뒷자리에 어린 아들도 태우고
영 넘어 먼 길을 바라만 본다

대관령 3

호랑이가 대관령을 내려온다
강릉에 장가드는 날
처녀는 머리를 감고
먼 하늘 밑에서 기다린다
기다림이 죽음이 될지라도
돌로 굳어질지라도 기다린다
돌 위에 오도카니 올라앉은
처녀의 머리
강릉을 보며 노래한다
대관령에서 남대천을 따라 내려온 낭군님
님 맞이하려고 돌이 되어 기다린 삶
천년 만년 지나도 오늘이라네
호랑이가 인간의 여자를 만나는 단옷날
그날은 언제나 오늘이라네

대관령 4

대관령 기슭에 살던 사내가 있었다
해방되자 만주에서 돌아왔다고 했다
얼굴도 모르지만 그는 지금 성산면에 묻혀 있다
옛 호랑이가 다니던 그 길을
오르내릴 때마다
나는 덩달아 무덤길로 간다
평생 한 줄의 글을 붙들고 벼랑길 걸어왔듯
길은 가파르게 열려 있다
숨 고르며 넘어가는 영 너머 길
구비마다 가던 길 더듬으며
성산에 누운 사내가 아버지임에
멀리 바다 냄새를 맡는다
영 너머 길로 올라오는 바다 냄새에
얼굴도 모르는 그의 발자국 소리 들린다

대관령 5

파도의 물거품은 사연을 전한다
일찍이 총에 맞아 떠난 사람도 있었다
파도는 사람들의 숨소리를 모아
너울을 만든다
포말(泡沫)이라는 말도 알려준다
살자면 포말 위에 서서
하소연을 하게 된다던 어머니
어머니는 저녁밥을 짓는다
굴뚝 연기가 남대천을 흐르면
어머니는 나를 불러들인다
어머니, 그 목소리 어디 숨었나요?
바다는 포말을 날리며
그게 바다로 뻗은 길이란다
멀리 산그늘이 깊어지잖니
일찍이 총에 맞아 눈을 감은 사람에게 올리는
밥 한 그릇
어머니는 산그늘을 먼저 밑바닥에
눌러 담는다

대관령 6

자욱한 안개가 밀려오고
양들이 나타난다
하얀 털북숭이, 코가 빨갛다
모형들임을 알지만
양은 안개를 몰고 나타난다
안개가 모형이 아닌 한
양들도 모형이 아니다
대관령을 넘어가는 터널 속에
어딘가 잠복했다가
목장에서 살아나려는 것이다
안개가 더 짙어지면
강릉 바다에 내려가 파도와 함께
살려고 할지 모른다
내가 데리고 산다고
남들은 믿으려 할지 모른다

대관령 7

진부에서 헤어진 친구야
지금 어느 별로 가고 있느냐,
나는 그 시절 방황을 나침반에 넣고
여기까지 와서 '여기'가 어디인지 묻는데
너의 오토바이는 과연 오토바이였을까
어디로 달려갔기에
저 숲속에 너의 그림자를 남겼느냐,
대관령을 넘어가면 신발 밑의 흙길도
어느 별의 기슭이라고 내가 믿도록
너는 너무 멀리 있구나
진부에서 헤어진 친구야
그 길로 나는 한 끼니 두 끼니
세상을 기울어지며
너의 별기슭을 멀리만 돌아왔구나

대관령 8

강원도에서 태어났다고?
나는 머뭇거린다
내가 서 있는 곳도 몰랐는데
문밖을 나서서 산비탈을 오르면
거기가 강원도라고?
나는 또 머뭇거린다
산비탈에 아버지의 무덤 있다고
나 태어난 곳이 바로 여기라고
그렇다고
누군가 말해준다
산비탈의 나무들 바람소리도 거든다
이제 나이 들어 모든 것 안다 해도
풀 한 포기 낯설건만
강원도 바람소리 바다 건너 산 넘어
내 귀바퀴에 가득히 찬다

대관령 9

화로에 생선을 굽는 아낙네도
창포물에 머리를 감았다
길가에 늘어선 화로에서 피어오르는 연기
단오장으로 타박타박 걸으면
생선도 창포물에 젖어 짙은 연기를 올린다
남대천 건너 어머니의 그네는
하늘로 날아 대관령을 굽어보고
날개를 단 생선들은 구름비늘처럼
산 위를 헤엄친다
산 위에 바다가 펼쳐진다
대관령은 이미 바닷속에 잠기고
화로에서는 생선들이 창포로 온몸을 적시고
단오장으로, 단오장으로
모여들고 있다

대관령 10

읍사무소 앞에 쟁여 있던 병아리콩 자루
전쟁은 아직 끝나지 않았는데
콩의 무늬를 먹었네
지금도 내 뱃속에 그려져 있는
배고픈 무늬
누가 나를 반달곰처럼 데리고
영 넘어 피난을 갔나요
배고파서 그리웠던 소녀들
전쟁 소식 종이쪽에 압화되어 있던 꽃처럼
소년은 눌려 있었네
어머니, 나를 버리고 가지 마세요
병아리콩도 꽃을 피우나요
대관령은 언제나 그늘이 깊은데
콩의 무늬가 살아나 그리움이 되나요
배고파서 잊을 수 없었던 소녀들

대관령 11

대관령 옛길을 오른다
내가 어디에 있는지 물으며
호랑이 오르내린 옛길을 별빛에 비춰보면
평생을 비스듬히 살아왔음을
비로소 자백받을 것이다
멀리 아래쪽 동해의 바닷물도
비스듬히 호랑이를 적시고 있기에
대관령 옛길은 내가 모르는 길로 나를 이끈다
일찍이 별빛이 아는 길이기에
나 역시 아는 길이라고
언젠가 이 길을 온 것을 아느냐고
내가 어디에 있는지 묻는 내게 호랑이는 말한다
평생을 비스듬히 걸어온 길이 아니냐고
비스듬히, 비스듬히….

윤후명 신작 단편소설

물속의 집

나는 호수를 향해 발걸음을 옮겼다. 호수가 어디에 있었더라? 그곳은 완전히 다른 동네로 변해 있었다. 그러려니, 했지만 한 귀퉁이 어떤 흔적만이라도 발견할 수 있지 않을까 기대하고 있었다. 그토록 넓은 호수가 아니었던가. 며칠 전에 행사를 한다는 연락을 받았을 때부터 벼르고 있던 일이었다. 호수를 보고 와야지……

예전에 사라진 협궤열차에 대한 사진 전시회는 처음 열리게 되었다고 했다. 이런 행사에는 언젠가도 참석한 적이 있었으므로 그리 낯선 것만은 아니었다. 몇 해 전에 소설 『협궤열차』를 다시 펴낸 기념으로 홍대 앞의 한 서점에서 '문학 콘서트' 행사도 가졌었다. 사회자는 '옛날 꼬마 열차를 타고 선생님의 삶과 문학에 대한 향기를 느낄 수 있었던 시간'이라고 했다. 책을 내고 행사를 하면서 지난 세월 내가 속했던 그 공간과 시간이 아련하여 다시 나를 찾아가는 듯했다. 나이듦이란 과거의 나를 찾아가는 여행을 할 수 있게 되었다는 뜻에서, 나는 충실하게 살아온 것이다.

중국 베이징의 한국문화원 개원 기념 행사에서도 누군가 내게 다가와서 "혹시 『협궤열차』를 쓰신 작가세요?" 하고 물어서 놀란 적이 있었다. 그는 나를 자세히 알지는 못해도 그 책을 읽고 협궤열차를 타러 간 적이 있었노라고 말했다. 절판된 책을 기억해주는 것은 작가로서는 여간 고마운 일이 아니다. 그래서 나는 그 과거를 현재와 함께 살고 있는 셈이 되었다.

그러나 실상 그 '꼬마 열차'는 이제 어디서고 볼 수가 없다. 수인선이 개통되어 예전의 그 철로 위로 전철이 다니게 되었다 해도 그것은 '협궤'의 좁은 철로가 아니다. 『협궤열차』에서 밝힌 바대로 '협궤'란 보통의 철로를 '광궤'라고 부르는 데 대해 레일 사이가 훨씬 좁은 철로를 일컫는 이름이다. 그래서 그곳 사람들은 '작은 철'이라고도 했었다. 철로 사이가 좁기 때문에 열차도 폭이 좁고 작을 수밖에 없다. 잘못하여 트럭과 부딪치면 나자빠지는 쪽은 열차가 되기 십상이라고도 했다. 이 열차가 인천의 송도역과 수원역을 오갔던 것이다. 이번에 그 옛 시절의 사진들을 모아 전시하는 행사는 처음이며 거기에 나를 부른 것이었다.

나는 이 열차를 타고 오이도 가는 길의 염전이나 소래의 갯벌가 어시장은 물론 야목, 어천 등지를 돌아다녔다. 마도와 사강 같은 지명들도 그 언저리에 들었다. 아름답고 정겨운 이름들은 작품의 무대가 되기에 충분했다. 그 무렵의 생활에 대해 나는 다음과 같은 글을 쓰기도 했다.

　산과 호수와 바다가 어울려 있는 그곳은 서울 변두리 땅으로서 우리나라 문화의 한 축도를 이루고 있었지요. 모든 밥벌이가 서울에 있던 그 무렵 우리는 몸부림치며 서울로 나가곤 했습니다. 그리고 몇 푼 챙겨서 돌아와 양식을 마련한 다음, 버려진 논밭, 버려진 웅덩이, 버려진 모래언덕을 거쳐 마지막 포구로 가곤 했소. 온통 죽은 듯한 잿빛 포구의 갯고랑을 타고 바닷물이 들이차오고 마침내 깃발을 꽂은 통통배들이 숨을 고르며 들어오는 것이오. 오젓거리 육젓거리 새우들이 염전의 소금더미처럼 쌓이면 망둥이 서대 장대에 상괭이 시육지도 미끄러웠지요.

　오이도(烏耳島)는 이름으로 보아 섬이지만 당시에도 섬이 아니었다. 다만 마을에서 고갯길을 넘어가면 문득 시야가 한꺼번에 열리며 바다가 펼쳐지기에 섬으로서의 느낌이 바로 와닿았다. 뜻밖에 백사장이 나타나고 횟집들이 늘어서 있는 바닷가 마을. 갓 잡아온 동죽조개로 끓인 칼국수는 둘이 먹다가 둘이 다 죽을 지경이라고, 우리는 우스개를 하기도 했었다. 그런데 '오이' 즉 '까마귀 귀'란 무슨 뜻일까? 이 이름이 특이해서

인지 여러 시인들의 시에도 종종 등장했었다. 김종철 시인은
그의 시 「오이도」에서 읊고 있다.

　　바람에 날아다니는 바다를 본 적이 있으신지, 낡은 그물코 한
　올로 몸을 가린 섬을 본 적이 있으신지

　하지만 어느 누구도 '까마귀 귀'의 정체에 대해서는 알려주
지 않는다. 섬의 모양이 까마귀 귀를 닮아서 그렇게 붙여졌다
는 어떤 설명에는 어안이 벙벙할 노릇이다. 까마귀에게 귀가
있기야 있겠지만 과연 어떻게 생겼다고 말할 수 있는 사람이
있기는 한가. 아주 옛날에는 '오질이도'로 불렸다고 책에서 찾
아볼 뿐이다. 아무리 살펴보아도 오이도에서 까마귀를 본 적
은 없었다. 그러나 오이도든 오질이도든 한 가지 꼬투리는 '까
마귀'에 남아 있다고 그 무렵부터 나름대로 해석하고 있었다.
쉽게 말해 까마귀는 '까만 거'며 그것은 '검다'라는 것과 연관
지어 '검<곰<굼<감'의 우리 고대 신앙 체계의 맥에 닿아 있다.
또한번 쉽게 말해 그것은 '신령스러운 섬'인 것이다.
　사람들은 흔히 초지진이라면 강화도를 떠올린다. 그러나 그
것은 제2초지진이며 실상 제1초지진이 안산 땅에 있다는 사실
은 알려지지 않았다. 이곳에 세워진 별망성도 알려지지 않았
다. 새로운 도시로 개발되기 전의 그 버려진 땅이야말로 일견
황량하게만 보일지라도 곳곳에 신령스러움을 간직하고 내게
문학을 향한 깊은 마음을 심어주려는 것 같았다. 오이도는 별

망성의 버려진 바닷가 폐허를 지나 있었다. 오이도로 가자면 우선 양옆에 펼쳐진 염전을 지나야 했다. 곳곳에 소금창고가 서 있고 바닷물을 가두어 소금을 만드는 논들이 즐비하게 늘어서 있었다. 저물녘 협궤열차가 어둑어둑한 갯벌을 멀리 바라보며 달린다. 오이도는 그 너머 어디에 있다. 나문재와 퉁퉁마디의 붉디붉은 극채색 역광(逆光)도 어둠 속에 묻혀간다. 거뭇머뭇 흔들리듯 서 있는 소금창고들도 낮게 엎드려 대지에 몸을 기댄다. 곳간에 들지 못한 소금 알갱이들에 별빛이 흩어져 빛난다. 잘각잘각 숨소리를 내며 살아 움직이는 것은 협궤열차뿐. 흐릿한 차창 불빛에 그리운 사람은 실루엣만으로 저곳으로 멀어져 간다.

버스 종점에 내리면 시골 마을이었고, 언덕길로 접어들었다. 음식점과 가게를 지나 언덕 위로 올라간다. 언덕길은 조개껍데기가 깔려 있어 발밑에 바스라지는 소리를 낸다. 주로 동죽조개들이었다. 언덕 위의 공군 부대를 지나면 마침내 바다가 펼쳐졌다.

오이도의 바다를 보고 온 날은 나는 어디로 가고 있는가 하는 물음에 시달렸다. 어둠이 짙어진 가사미산의 내 거처로 돌아와 홀로 원고지를 펼쳐놓고 나는 그 땅의 신격을 내 글에 담아낼 수 있기를 빌었다. 비록 젓갈 같은 고달픈 살림살이였을망정, 아무리 하루하루 연명하며 한 줄 글로 한 끼 밥을 얻는 생활이었을망정 나는 비굴해서는 안 되었다. 바다의 물음 때문인지 내게는 엉뚱하게도 젓갈에 대한 시가 몇 편이나 있다.

내 삶의 길을 물으며 젓갈을 시로 쓴다는 것은 도대체 어떤 관계에 있는 것일까, 나는 쉽게 대답할 수 없었다.

　　새우젓의 새우 두 눈알
　　까맣게 맑아
　　하이얀 몸통에 바알간 꼬리
　　옛 어느 하루 맑게 돋아나게 하네
　　달밤이면 흰 새우, 그믐밤이면 붉은 새우
　　그게 새우잡이라고 배운 안산 사리포구
　　멀리 맑게 보이네
　　세상의 어떤 눈알보다도 까매서
　　무색한 죽음
　　지금은 사라진 사리포구
　　삶에 질려 아득히 하늘만 바라보던
　　사람의 까만 두 눈
　　옛 어느 하루 맑게 돋아나네
　　그게 사랑의 뜻이라고 하네

　고맙게도 얼마 전에 일요신문에 실린, 「새우젓」이라는 시. 예전에 협궤열차가 달리던 그곳에 새우젓으로 황량한 찬거리를 삼는 내가 있었을 것이다. 그러나 그는 결코 '사랑의 뜻'을 잃지 않고 있었다는 암묵의 다짐이 깃든 시라고 나는 설명한다. '사리'는 새우잡이배들이 줄지어 들어오던 포구였다. 지금은 '사동'으로 이름이 바뀌었고, 포구 또한 시화호에 들어가 사라져버렸다. 그곳에 바닷물이 넘실거리는 조금 사리 때면 '어이쿠' 소리를 지르며 겅중거려 술자리를 옮겨다니던 풍경은 어디서도 찾을 길 없다.

새우를 잡아 먹으려고 따라왔다가 사로잡힌 돌고래가 어쩌다 눈에 띄었다. 나는 박제로라도 그놈을 집에 갖다놓고 싶었다. 이 궁리 저 궁리 끝에 꼬리지느러미를 얻어와 처리하여 벽에 걸었다. 말은 이렇게 간단하게 하지만 그 꼬리지느러미를 박제로 만드는 일부터가 쉬운 게 아니었다. 서울의 종로 거리를 헤매다녀 그런 가게를 찾았다.

"돌고래 꼬리요?"

그 사람은 놀라고 있었다. 기름이 여간 많지 않아 힘들 거라는 대답이었다. 그래도 나는 거듭 부탁하여 그 꼬리지느러미를 적당히 말려 벽에 갖다 걸었다. 내게 그것은 단순한 돌고래의 꼬리가 아니었다. 대양을 헤엄쳐다니는 고래의 기상을 내게 옮겨놓는 뜻이었다. 그리고 바다에 떠 있는 방이라고 한동안 흐뭇해했었다. 그러나 결국 오래 둬둘 수는 없는 노릇이었다. 그것은 날이 갈수록 지독한 냄새를 풍겼다. 하는 수없이 내다버리면서도 나는 그것을 벽에 걸어놓고자 했던 뜻을 잊을 수는 없었다. 지금도 나는 비록 황량한 땅에서 새우젓을 읊고 있을지라도 내 마음은 바다를 품은 고래의 뜻을 헤아리고 있었다고 추억한다.

"아, 오셨군요."

행사장에는 시장과 구청장까지 나와 있었다. 전철의 아래쪽 공간을 꾸며 사진들이 전시되어 있었다.

"저기에 협궤열차의 철로를 기념으로 조금 남겨놓았습니다."

나는 구청장이 가리키는 곳을 보았다. 몇 미터는 될까, 남겨놓은 좁은 철로는 알아보기도 힘들었다.

"그렇군요."

이제는 내가 살던 흔적은 없는 곳이었다. 인사를 나누고 곧 식순이 진행되었다. 국악관현악단의 연주가 끝난 다음에 나도 몇 마디 느낌을 말해야 했다. 나는 7년 동안 살면서 삶을 지탱하며 글을 쓰던 때가 특별히 기억난다고 과거를 돌아보았다. 그러나 그 과거도 내게는 사라진 과거일 뿐이라는 생각이 들었다. 과거에도 살아 있는 과거와 죽어버린 과거가 있음을 알수 있었다. 나는 그렇게 화랑저수지 풍경이 남아 있는 사진은 없느냐고 묻고 싶은 마음을 누르고 있었다.

행사가 끝나자마자 나는 호수 쪽으로 향했다. 과연 그쪽이 맞는지 어떤지도 확인할 수 없었다. 호수는 어디로 갔을까. 나는 오래전에 내 곁을 떠난 친구를 그리면서, 함께 호수에서 밤낚시를 하던 날을 기억해냈다. 재수가 좋으면 커다란 향어를 건지곤 하던 날들이었다.

우리가 헤어진 지 몇 해가 되었는지 모르오. 아니, 형이 살았는지 혹은 어떤지도 나는 모르오. 그 몇 해 전 전화로 가늘게 들려오던 목소리. 떳떳하게 내게 모습을 나타낼 수 있을 때, 그때를 기다려달라고 하던 목소리.

도대체 이 모든 일들이 어떻게 가능한 것인지, 그저 인생이란 것에 탄식을 보낼 뿐이오. 더군다나 엊그제 수인선 열차가 다시 개통된다는 뉴스를 듣자 지난 일들이 와락 달려들어 나를 우리의 그 공간과 시간 속으로 데려가는 것이었소. 새로 개통된 수인선이 비록 여느 열차라고 할지라도 그것은 여전히 우리의 협궤열차이기 때문이오. 협궤열차가 바라보이고 기적 소리가 들리는 공간이 우리의 독립된 왕국이었지요. 그곳에서 우리의 만남이 독특한 문화를 이루었음을 오래전부터 알고 있었기에 더욱 그 시절이 그립소. 형이 내게 들려준 인용구 '눈물은 시간을 적시지만 시간은 눈물을 마르게 한다'를 늘 잊지 않고 있었으니, 이제 그 말을 형에게 되돌려줘도 좋겠다 싶은 심정인 것이오.

산과 호수와 바다가 어울려 있는 그곳은 서울 변두리 땅으로서 우리나라 문화의 한 축도를 이루고 있었지요. 모든 밥벌이가 서울에 있던 그 무렵 우리는 몸부림치며 서울로 나가곤 했습니다. 그리고 몇 푼 챙겨서 돌아와 양식을 마련한 다음, 버려진 논밭, 버려진 웅덩이, 버려진 모래언덕을 거쳐 마지막 포구로 가곤 했소. 온통 죽은 듯한 잿빛 포구의 갯고랑을 타고 바닷물이 들이차오고 마침내 깃발을 꽂은 통통배들이 숨을 고르며 들어오는 것이오. 오젓거리 육젓거리 새우들이 염전의 소금더미처럼 쌓이면 망둥이 서대 장대에 상쾡이 시육지도 미끈거렸지요. 어찌 포구의 갯고랑뿐이겠소. 육지의 웅덩이 저수지마다 메기 빠가사리 잉어 향어가 우리를 기다렸지요.

문화의 축도라는 건 먹고 살기에 팍팍했던 80년대식 삶을 말하기도 하는 것입니다. 우리는 생활이 아니라 생존에 시달리면서도 오로지 문학을 향한 일념만으로 삶을 버티어나갔습니다. '고원에 달이 떴다'는 동료 소설가의 문장을 반추하며 먼 꿈을 가까이 끌어당기던 날은 포장마차의 술잔에도 꿈이 찰랑거렸지요. 그러면 문학은 꿈을 현실과 맞바꾸는 힘이 되었지요.

'무엇이든 일단 보았다면 작가에게는 자료'라며 형은 내게 많은 지혜를 가르쳐주었소. 외국문학 공부로 앞선 안목과 절도 있는 자세는 나 같은 어중된 인간에게는 늘 귀감이 되었소. 하물며 낚시미끼 꿰는 손길조차 섬세하여 나는 형이 눈치채지 않게 훔쳐보기를 즐기곤 했지요. 그 움직임이야말로 형이 말하던 '프랑스 섬세주의'가 아니고 무엇이겠소.

그러니, 그 겨울 내가 아무 연락도 없이 프랑스 파리의 신근수네 호텔에 도착했을 때 보졸레 누보를 마시고 있던 형을 만난 뜻밖의 조우에 대해서 우리는 좀더 많은 시간을 할애해야 하지만, 그러나 어찌하여 우리는 조금씩 제각기 다른 운명 속으로 빠져 들어가고 있었단 말이오. 중국이 홍콩을 접수했다고, 세기의 큰 사건이라고, 그걸 글로 쓰지 않으면 안 된다고 형은 홍콩으로 필리핀으로 유랑의 길을 떠나고 말았으니…… 생에 대해 내가 말할 수 있는 건 차라리 작은 액자에 불과함을 절감하오. 그곳에서 생계수단으로 삼았다는 형의 기타 연주솜씨가 원망스러운 것이오. 거기에 흐르는 선율 '알함브라궁전의 추억'은 이제는 지나간 우정의 편린 아닌 역린이 되고 말았소.

그곳에서 잠깐 돌아온 형이 내게 보여준 필리핀 원주민의 '타갈로그어 사전'처럼 이제 나는 형에 대한 모든 것이 낯선 까막눈이오. 형이 모습을 감춘 이 나라에서 나는 무엇인가 여전히 글자들을 짜맞추고 있소만, 형이 내 퍼즐을 해독해주지 않는 한 나는 내 글에 역시 까막눈이 될 것만 같소.

형이여, 그대는 어디에 살아 있기라도 하단 말이오? 여러 벗들이 가고 만 이제 허위적거리며 묻노니, 그대 어디에…….

이미 호수는 어디로 사라지고 도시가 들어선 것을 나는 모르지 않았다. 오랜 벗도 종적을 감추고 이제는 다른 풍경 속을 나는 어디론가 가고 있는 것이었다. 그때 보았던 풀 한 포기 나무 한 그루가 지금도 이곳에 있는 것일까. 나는 나무를 보고 풀을 보고 꽃을 살핀다. 어릴 적부터 어머니에게 배운 버릇이기도 하지만 나는 나를 어떻게 구제할 것인가 자괴하며 그것들 쪽으로 다가가지 않았던가. 그러나 호수를 찾을 수 없듯이 아무것도 낯익은 것은 없었다.

그 며칠 전에 다녀온 이국 땅에 여전히 남아 어디론가 헤매 다니는 것 같기도 했다. 태국의 릴리와디꽃은 예전에 캄보디아에서 본 그 참파위꽃과 같은 꽃이 아닌가. 흔히 세계적으로 플루메리아라고 불리는 그 꽃이 아닌가. 이처럼 헷갈리듯이 안산은 동남아 사람들로 넘쳐나는 곳이었다. 나는 동남아의 어느 거리를 걷고 있다는 착각이 들었다. 그 거리의 꽃들은 순백의 꽃잎을 가운데로 노란색을 띠며 깊어지고 꽃술이 없는 것이 짙은 향기를 품는다. 불교뿐만 아니라 힌두교의 사원에도 공양 꽃으로 바치는 이 꽃은 요염하기보다 품격이 있다 할 것이다. 나는 그 꽃그늘을 지나 이름 모를 호수를 찾아간다는 생각이 들었다.

태국은 비교적 가까운 나라라서 언제든 갈 수 있으리라 미뤄놓은 땅이었다. 바닷가 휴양지를 낀 여행은 피하고도 싶었다. 중등학교 시절 바다에서 하루 종일 해가 지도록 파도에 잠겨 있었던 이래 나는 수영을 거의 하지 않았고, 간혹 섬으로 향하며 이 배가 파선하면 건너편 뭍까지 헤어 갈 수 있을까, 가늠하곤 했을 뿐이었다. 그래서 택한 것이 아유타야였다. 어디론가 꽃을 찾아간다는 것만 해도 내 삶은 다른 삶이 되곤 한다. 아유타야라는 이름이 인도의 야요디야와 왜 닮아 있는지 오랜 궁금증도 되살아났다.

미얀마의 바간같이 사원들이 늘어서 있는 '세계문화유산'에서 허물어진 탑들을 보고, 또 길게 누운 와불을 보고, 경주를 '탑탑안행(塔塔雁行)'이라고 했던 옛 표현을 떠올렸다. 그쪽의 전탑과 우리의 석탑과 일본의 목탑이 다른 만큼 경(經)의 소리도 다르지 않을까, 막연히 생각했다.

그런 어느날 도착한 곳이 칸차나부리였다. 지명에 붙는 '부

리'는 우리의 '벌'과 통하는 말이었다. 콰이강의 다리가 있다
고 해서 가보고 싶지는 않았는데, 뜻밖에 열차를 타고 어디론
가 가게 되어 있었다. 어느덧 나는 딱딱한 나무의자에 앉아 인
도차이나의 시골을 달려가고 있었다. 어디서 와서 어디로 가
는지 무슬림 소녀들이 주위를 둘러싸고 있었다. 이때의 풍경
을 나중에 시로 썼는데, 여기에 적어놓기로 한다. 〈인지반도
(印支半島)의 디젤열차〉이다.

> 칸차나부리에서 디젤열차를 타고
> 콰이강의 다리를 건넜다
> 머리에 히잡을 쓴
> 한 무리의 무슬림 소녀들과 나란히 앉아
> 머나먼 나라로 가는 길
> 일본군에 학병으로 끌려갔던
> 李佳炯 선생의 회고담을 듣던
> 안산 시절의 협궤열차를 타고
> 나는 과거로 달려가고
> 히잡을 쓴 동그란 이국소녀의 얼굴
> 차창 옆에 더욱 오똑하다

플루메리아꽃은 내 어느 소설에도 쓴 꽃이었다. 차창으로
그 꽃향기가 바람에 날리는데 무슬림 소녀와 함께한 것은 처
음이었다. 소녀는 거울을 보며 히잡 밖으로 빠져나온 가느다

란 몇 올의 머리카락을 안으로 가다듬는다. 차창으로 햇빛이
얼굴을 비쳐서 내가 이쪽 자리를 가리키자 살짝 미소를 띠고
옮겨앉는다. 열차는 벼랑길을 달린다. 아마도 말레이의 마을
로 가는 모양이다. 동남아시아의 옛 전쟁용 열찻길은, 나같이
와불의 발치에 누군가 놓은 꽃향기라도 맡게 할 요량으로 태
국의 남쪽을 잘각잘각 달려간다. 혹시 협궤열차일까. 나중에
나는 철로 사이의 거리가 얼마쯤 될지를 가늠해보기도 했다.

　친구여, 내게서 떠난 친구여. 어딘가 살아 있거들랑 나타나
렴아. 내 알랑미 한 됫박으로 밥을 지어줄 텐데……. 알랑미가
안남, 즉 인도지나의 쌀임은 언젠가 들어서 아는 사실이었다.
가까운 어느 곳에서 친구에게 속삭이는 내 목소리가 환청처럼
들려서 나는 공연히 이국소녀에게 내 나이든 미소를 띠어 보
였다. 사라진 친구뿐만 아니다. 이토록 살아 있는 삶이란 한
세상이 아니라 몇 세상을 살아 있는 듯하다고 나는 지금은 볼
수 없는 여럿들에게 말한다. 또 다른 한 편의 시 「인지반도(印
支半島)의 디젤열차」를 나는 내게 쓴다.

　　그왜우 그왜우,
　　그렇게 우는 소리를 처음 들었다
　　누구는 쓰왜우라고도 했다
　　아니
　　왜 그래 왜 그래
　　소리라고도 했다

칸차나부리에서 미얀마행 디젤열차를 타고
옛날로 달려 소년의 어느 날로 돌아간다
전쟁이 끝나고 새를 키우던 집의
소녀가 열차의 저쪽에 앉아 있다
인도지나의 새는 빨간 부리로 날아가고
아침에 배가 고파 울던 그 소리
저녁에 님이 그리워 울던 그 소리
그왜우, 그왜우,
옛 소녀들은 어느 먼 곳에 있을까

몇 세상을 지나 나는 웬 열차를 타고 태국 칸차나부리를 지
나간다. 협궤열차가 아니어도 상관없는 일이다. 기독교도 불
교도 무슬림 힌두교도 시베리아 샤먼 모두들 꽃송이를 들고
있다. 호수는 사라지고 그 자리에 학교가 서 있었다. 나는 그
호수가 흙으로 메워지던 날을 알고 있었다. 불도저가 가장자
리에서부터 흙을 메워오자 물고기들이 급히 움직였다. 아니,
그런 것도 잠시, 물고기들은 뜻밖에 순종적이었다. 물고기들
은 모두 조용히 최후를 맞이하고 있었다. 그야말로 물 반 고기
반이군. 누군가의 말이었지만 그것도 잠시, 흙이 메워져 물고
기들은 땅속으로 묻혀버렸다. 호수는 가뭇없이 맨땅이 되었
다. 나는 그 자리를 떠나면서 몇 번이고 되돌아보았다. 아, 저
런!
그 자리였다. 나는 내가 찾아온 호수가 예전에 화랑저수지

라고 불렸던 사실을 기억해냈다. 우리는 그 둔덕에 작은 텐트를 치고 밤을 지내며 낚시를 멀리 던지곤 했다. 향어를 겨냥했으나 가물치가 올라오는 경우도 있었다. 협궤열차 사진전은 그때를 회상하고 있어도 어디에도 그 호수는 모습이 없었다. 협궤열차의 선로는 멀리 지나가고 있었다. 나는 그제서야 학교의 정문에 씌어 있는 학교 이름을 읽었다.

'단원고등학교'

나는 까맣게 잊었던 세상을 다시 만난 듯 머릿속에 무엇인가 떠올랐다. 세월호라는 이름의 배를 타고 수학여행을 가던 수많은 고등학생들이 다니던 학교였다. 학생들은 영문 모르고 바닷속에 잠겨 목숨을 잃었다. 움직이지 말고 그 자리에 있으라는 선장의 말을 듣고 선실에 있다가 당한 것이었다. 배의 침몰은 의문의 연속이었다. 방향타가 갑작스럽게 돌려지고 배는 쓰러졌다. 아이들은 뱃속에 수장되었다.

단원고등학교. 어렴풋이 알고는 있었어도 그 학교가 바로 그곳에 있었다고는 미처 몰랐었다. 일이 일어나자 가장 먼저 전해진 직접적인 충격은 진도에 살던 동료 소설가 K의 소식이었다. 그녀는 현장에 가까운 마을에 살면서 그 일의 뒷바라지를 하다 쓰러져 어이없이 세상을 떠났다고 했다. 유가족을 부축하다가 본인이 쓰러졌다는 것이었다. 그런 일도 있을 수 있는가, 나는 그녀의 모습을 떠올렸다. 해마다 바닷가의 해삼이며 낚시며 산 채로 싸들고 와서 우리를 부르던 그녀였다. 그리고 진도에서 활약하던 고려의 삼별초 군대가 일본 오키나와로 가서도 항쟁했다는 사실을 연극으로 만들어 교류하는 데 앞장서기도 했었다.

단원고등학교. 그러고 보니 안산에 살 때, 그 황량한 시골 땅이 도시로 변하는 걸 보았고, 그때 안 이름 단원고등학교. 말했다시피 물고기들이 파묻힌 웅덩이에는 넓은 길이 나고 리(里)는 동(洞)이 되고 동이 합쳐 구(區)가 되었다. 그리고 내가 살던 동네는 단원구가 되었다. 조선시대의 화가 단원 김홍도가 갑자기 등장하는 통에 '웬 단원구?' 어리둥절하면서 맞이한 변화였다. 단원이 큰길 건너 마을의 강세황이라는 화가한테 그림을 배우러 다녔다는 기록에서 따온 이름이라는 설명이 뒤따랐다. 언젠가 그 마을을 지나며 탱자나무 가득 꽃핀 담을 끼고 있는 오래된 집이 늘어선 길목을 보았었다. 그 어디로 단원이 다녔다고 했다. 유난히 키 큰 탱자나무들이었다. 귤나무처럼 하얗게 핀 꽃은 이국적 향기에 젖어 있었다. 중국 남부가 원산지라는 탱자나무가 언제 우리나라에 들어왔는지는 모르지만, 그 마을은 어떤 새로움을 알려주었다. 그렇게 내 머리에 새겨진 '단원'이라는 이름이었다.

'단원고등학교'

그 이름이 가까이 다가왔다. 그러나 탱자꽃 향기는 어디에

도 맡아지지 않았다. 아니, 나는 그 어디선가 꽃향기를 맡았는
지도 모른다. 어린, 젊은 아이들이 그 향기를 내게 알려주었는
지도 모른다. 그랬을 것이다. 그런데 이제는 아니었다. 그곳에
꽃들은 떨어지고 어둠이 밀려오고 있었다. 나는 갑작스러운
변화에 놀랐다. 수학여행을 떠난 아이들은 언제 돌아올 수 있
을까. 그 아이들이 돌아와야 꽃은 다시 필 수 있을 것 같았다.
그리고 꽃향기를 전해줄 것 같았다. 나는 사라진 협궤열차처
럼 어디에도 없는 무엇을 바라보고 서 있었다.

　태국의 어느 날, 칸차나부리를 지나며 내 고향 강릉 강문마
을의 모래부리를 지나간다고 생각했었다. 모래부리에서는 바
닷새들이 날며 울고 있었다. 인지반도로 끌려갔던 이가형 선
생도 친구도 먼저 가버린 옛마을에 나는 서 있었다. 그곳으로
열차가 지나갈 리는 없는데, 어디선가 협궤열차의 기적소리가
들려왔다. 아니면 배가 침몰하며 길게 울리는 무적(霧笛)소리
일까.

　　아침에 배가 고파 울던 그 소리
　　저녁에 님이 그리워 울던 그 소리

　오래전에 열차를 타고 태백산맥을 넘어 고향으로 갔었다.
철로는 어디선가 아래위로 한 바퀴를 돌아 높이높이 이어졌
다. 막상 그리 높아 보이지는 않았으나 세상을 한 바퀴 도는
것만큼 높아지는 길은 없을 듯싶었다. 여섯 시간이나 걸리던

느린 열차는 동틀 무렵 바닷가에 이르렀다. 고향길은 산맥에 막혀 있었다. 그 산맥이 열리자 새들이 바다 위로 날아올랐다. 이곳에서 내가 태어났던가. 한 바퀴 돌아서야 이어지는 아득한 하늘길을 날아온 새들이었다. 예전 풍어제를 지냈다는 진또배기 마을의 솟대에서 날개를 퍼덕여 날아오른 새들이었다. 새들은 지치지 않는 날갯짓으로 새날을 맞이하고 있었다. 그래서 남긴 몇 글자는 아직도 내 수첩에 있었다.

새는
새날을
날다

태국의 어느 날, 읽을 수 없는 태국 글자가 씌어진 시골역에 내려 점심을 먹었다. 식당 이름이 영어로 'Aroi Thai'라고 했다. '아로이'는 '맛있다'였고, '타이'는 '타일랜드'였다. 양파와 감자와 당근을 채썰어 넣은 볶음밥은 모양도 맛도 우리 볶음밥과 흡사했다. 그보다는 알랑미로 지은 밥이라는 게 더 먼저 말해져야 한다. 전쟁 때의 어느 날, 어디선가 어머니가 알랑미 밥에 넣어 찌고 있는 감자 냄새가 꽃향기처럼 솔솔 맡아져 오던 날이 떠올랐다.

나는 아이들이 모두 돌아간 텅 빈 운동장을 바라보며 물속에 잠겨 까닭도 모르게 목숨을 잃은 젊은 생명들을 더듬고 있었다. 덩그마니 서 있는 학교 건물도 물속에 잠겨 있는 것만 같았다. 나는 걸음을 옮겼다. 나 역시 물속으로 걸어, 물속의 집으로 들어간다고 느꼈다. 어느새 날은 설핏 저녁이 되어가고 여기가 어디일까, 낯선 이국일까, 고향일까, 어렵게 하루하루 막막한 삶을 이어오던 도시일까, 눈앞이 흐려졌다. 나는 점점 앞이 가로막히는 물속의 거리에 서서 무엇인가 기다리고만 있었다. 아니, 그 어디선가 감자 삶는 냄새가 꽃향기로 흐르는데, 아이들의 생명을 안은 새들이 하늘을 날아오르기를 기다리고만 있었다.

윤후명 소설 이론

나에게 문학이란 무엇인가

─ 강릉 강연

이 고장 강릉 출신 생태학자인 최재천 선생님은 '통섭'을 내세워 새로운 바람을 일으켰습니다. 요즘의 모든 학문을 통섭이라는 '묶음'으로 이해하자는 뜻이라고 저는 받아들였어요. 하나하나의 이론이나 학문이 독립해서 있는 것이 아니라 연관되어 있다는 것이겠지요. 이 통섭을 생각하다가, 문학에 가져와서 쓸 만한 좀 쉬운 말이 없을까 하고 떠올린 낱말이 '연결'입니다. 통섭이라는 말보다는 쉽지 않을까 싶습니다. 그리고 늘 하는 버릇대로 이것을 소설에 적용해보기로 했습니다.

오늘날 이해하기 어려운 현상은 책은 안 팔리는데 소설 쓰려고 하는 사람이 참 많다는 사실이라고 합니다. 이처럼 모순된 현상은 없지 않을까 싶은데, 이에 대해서는 사회학 쪽에서 어떤 연구가 있어야 할 듯싶습니다. 학교나 단체에서 문학을 가르쳐보면 예전과 확연히 다른 점은 문학사에 대해 도통 알려고 하지 않는다는 것입니다. 과거 문학을 모릅니다. 문학이란 새로운 작품을 쓰려는 것인데, 과거를 모르니 새로운 세계를 모르지요. 예전 문학인들을 이름조차 모르기 십상이고 관심도 별로 없습니다. 이런 바탕 위에 새로운 작품이란 나올 수가 없습니다.

아시다시피 얼마 전 한 신문의 단편소설 공모에 응모작이 1050명이나 되었어요. 1050대 1, 이 관문을 과연 누가 통과할 수 있는 걸까요, 2대1이라도 힘들지 않습니까. 떨어지는 것이 당연하다고 생각합니다. 그런데도 소설을 쓰려고 합니다. 웬만한 사람들이 다 소설을 쓰려고 합니다.

그렇다면 그 돌파구가 있다고 여기는 무슨 근거가 있어야만 하지 않을까요? 무슨 가능성이 있어야만 하지 않을까요? 점에서 다시 한번 근본적으로 살펴보아야 할 것입니다. 여전히 하나의 물음이 있습니다. 소설이란 무엇인가? 하는 것입니다. 그런데 여기에 보이지 않는 하나의 벽이 있습니다. 흔히들 소설을 기존의 소설이라고 여긴다는 사실입니다. 우리가 소설을 기존의 소설이라고 한다면 그 사람은 1050대 1의 경쟁은커녕 2대 1의 경쟁도 뚫기 어려울 것입니다. 그러므로 그 어려운 관문을 돌파하자면 다른 돌파구로 나아가야 합니다. 즉, 기존의 돌파구가 아니라 자가 자신만의 돌파구를 택해야 한다는 것입니다. 그러면 그는 돌파구를 뚫고 나갈 수 있습니다. 그러자면 소설이라는 것 자체를 다른 소설로 만들어놓을 필요가 있습니다. 책이 팔리지 않는다는 말은 과거를 공부하지 않는다는 것입니다. 그러니 '새로운 소설'이 무엇인지 알기 어렵습니다. 그러니 돌파구가 어디에 있는지 찾을 수 없습니다.

흔히들 무슨 황당한 이야기를 '소설'이라고 일축하는 말을 듣습니다. 소설이 잘못 이해되는 경우의 답변입니다. 소설은 진실을 추구하는 것이니까요. 그러니까 소설은 무엇이라고 이름을 고정시킬 수 없는 무엇입니다. 그래서 오늘날 소설은 정형의 무엇이 있는 게 아니라 편의상 소설이라고 불러놓자 이런 겁니다. 소설이란 세상에 없고 '새로운' 소설만 있는 것입니다. 이 과정에서 소설은 순식간에 소설 아닌 것으로 변화를 일으킬 수도 있습니다. 순식간에 어려운 이야기가 되고 말았습니다. 어려워지네요. 저는 이런 내용을 이 대학 저 대학 다니면서 30년 동안 가르쳤습니다. 제가 여기서 소설을 말하고 있다 해도 그것 역시 '가령' 혹은 '이를테면'이라는 말이 앞에 붙을 수밖에 없습니다. 소설에는 법칙이란 없으니까요. 소설은 이렇게 쓴다는 매뉴얼이 만약 있다면 그것은 믿을 만한 게 못됩니다. 그런 게 없다는 걸 보여주는 글이 소설이니까요.

아까 '연결'을 얘기했으니, 다시 돌아가보겠습니다. 여러분이 소설을 쓰고자 할 때, 소설의 3대요소는 소재, 주제, 구성입니다. 간단하게 얘기해서 소재와 주제는 자기 것이니까 스스로 해결하면 되겠는데, 구성은 그렇지가 못합니다. 구성은 그 얘기가 잘 전달될 수 있게 어떻게 하면 남들이 잘 알아들을까 하는 방법입니다. 뭐 어려운 이야기가 아닙니다. 이에 대해 예전엔 '기승전결'이라고, 시작이 있으니 끝이 있어야 한다고들 쉽게 말했습니다. 그러나 요즘엔 좀처럼 기승전결을 쓰지 않습니다. 뭔가 다른 방법이 없을까 해서 순서를 뒤집어 놓습니다. 순서를 무시하는 이 방법이 오늘날의 구성입니다.

　지금 소설들은 그렇게 변해가고 있습니다. 굉장히 빠른 소설로 변해가고 있습니다. 우리 젊은 소설가들의 소설을 읽기 어렵습니다. 젊은이들이 쓰는 것, 이게 뭐야 하고 못 읽습니다. 과거엔 그런 소설 쓰지 않았습니다. 그러나 젊은이들이 그걸 쓰기 시작했습니다. 이렇게 쓰지 않으면 당선될 수 없습니다. 새로운 소설가는 새로운 방법론을 자기 것으로 내보여야만 합니다. 그러면 아무리 많은 응모자들이 있어도 자기 방법론은 빛나게 마련입니다. 그러나 이쯤해서 살짝 의문이 듭니다. 젊은 소설가들이 과연 과거를 알고 '과거와 다른 새로운' 소설을 쓰느냐 하는 것입니다. 부정적인 생각이 고개를 드는 걸 어쩌지 못합니다.

　이야기를 다시 구성과 연결로 가져가겠습니다. 어떤 것을 앞에 넣느냐, 뒤에 넣느냐, 적게 넣느냐, 많이 넣느냐 하는 구성이라는 문제에 연결이 필요하기 때문입니다. 기승전결의 구성이 아니므로 기와 승과 전과 결 사이에 연결이 필요하다는 논리가 됩니다. 쉽게 말해 여러 가지 메모를 카드에 적어 늘어놓았는데 그 사이사이에 연결이 필요하다는 말이 되겠습니다. 카드와 카드 사이에는 어떤 틈이 있게 마련입니다. 그 사이는 연결이 안 되어 있지요. 이 사이를 메꾸어야 소설이란 게 되겠지요. 연결입니다. 이 연결이 바로 소설쓰기입니다. 그 연결 글 속에 자기가 하고 싶었던 이야기를 적어넣습니다. 자기의 인생론, 철학 등이 다 들어갈 수 있습니다. 에피소드며 가지치기 등도 여기에 집어넣을 수 있습니다. 그러면 매우 풍요로운 소설이 되겠지요. 새로운 소설이 눈에 보이는 듯합니다.

제가 다른 곳에서 얘기했듯이, 강릉을 오가면서 뭔가 새로운 작업을 해야 되겠다, 그래서 소설 제목도 '강릉'을 붙여서 전집의 첫 번째 책을 냈습니다. 강릉이라면 어려서 전쟁이 한창때 집 앞에서 매일 시가전이 계속되고 아침에 일어나면 사람이 죽어 있고 시체가 쌓여 있고, 그래서 학교를 다니지 못해 아쉽습니다. 그 옛날의 나를 찾아서 지금 이 자리에, 불과 여기서 이삼백 미터 됩니다만 지금 여기 앉아서 이러고 있는 것이 저는 참으로 감격스럽지요. 오래전 옛날의 나를 찾아서 꼬투리를 붙들고 여러분과 함께 강릉이란 무엇일까 이렇게 묻고 있는 것이죠. 앞으로 살 날이 얼마나 남았는지 모르지만 몇 글자라도 옛날의 나를 찾아가는 발걸음을 써서 남겨야겠다고 생각합니다. 어렸을 때부터 죽는 날까지 쓰겠다는 작가가 되겠다는 약속을 지켜가며 가장 늦게 온 기회라고 생각합니다.

제가 아주 좋아하는 작가가 있어요. 〈자기 앞의 생〉이라는 작품으로 알려진 로맹가리입니다. 이 사람의 대담집을 우연히 며칠 전에 보고는 깜짝 놀랐어요. 작가가 독자에게 줄 것은 진실이 아니다, 라고 말하고 있는 거예요. 놀랄 수밖에 없었죠. 저는 그토록 어려워했던 진실을 독자에게 주는 것이라고 생각해왔는데 작가는 진실을 주는 것이 아니라고 하니 말입니다. 그럼 작가란 무엇일까? 그는 진실이 아니라 환상, 환타지를 주는 것이라고 했어요. 진실을 준다는 말은 들어보았으나 환상을 준다는 말은 잘 듣지 못했습니다. 내가 과연 환상을 줄 수 있을까. 저는 한 대 얻어맞은 것 같았습니다. 예전엔 진실 때문에 괴로웠습니다. 그 진실 위에 환상이 떴습니다.

그렇다면 소설은 연결이라는 방법을 통해서 환상을 만들어내는 것이라고 말해도 좋을 것입니다. 그러나 우리는 한 걸음 더 디테일 쪽으로 들어가야 하겠습니다. 즉, 문장을 먼저 더듬어보아야 하겠다는 것입니다. 여기에 '소설은 문장이다'라는 대전제가 있습니다. 너무나 당연한 이 말이 천금만금으로 버티고 있습니다.

자, 소설의 첫 문장을 쓰기로 합니다. 첫 문장이란, 무엇보다도 어렵습니다. 그러니 단번에 예를 들고 말하겠습니다. 예전에 최인호 소설가의 글에게서 배운 건데 그는 우선 '참으로 이상한 일이었다'라고 쓰라고 권합니다. 어? 이게 첫문장? 그렇습니다. 그리고 뭐가 이상한 일인지 쓰면 된다는 것입니다. 뭐가 이상한 일인지 꼬투리를 잡아 계속 연결하면 된다는 것입니다. 기억들의 연결이야말로 소설에 빛남을 주는 거겠지요. 기억들이 끊어져 있다면 그 사이의 연결이야말로 진정 소설을 본질에 다가갈 기회가 되는 거겠지요. 이 연결의 틈새 어디에서 환상은 자기도 모르게 살아날 것입니다.

조금만 더 위험을 무릅쓰고 말하면, 이 연결 부분이 소설의 본체이기도 하다는 것입니다. 이것이 현대 소설 그 자체가 된다는 사실!이야말로 '참으로 이상한 일'이라고 해야겠습니다. 연결은 '꼬투리 물기'입니다. 그러면 틈이 없습니다. 틈이 있으면 소설이 느슨합니다. 이토록 짜임새가 있게 나아가 80매에서 끊으면 소설은 완성입니다.

무척 어려운 문제를 간단하게 말했습니다. 쉬운 일이 아님을 알고 있습니다만, 잘해 나가자면 연마가 필요합니다. 읽기와 쓰기가 필요합니다. 그렇다면 소설은 '이러저러한 것'이라고 정의를 내린 책이 꼭 소용되는 것일까요? 그렇지는 않다고 저는 말합니다. 소설에 대해 쓴 책은 분명히 과거의 소설을 설명한 것입니다. 틀림없습니다. 과거 소설의 공통분모를 뽑아 놓은 것입니다. 새로운 소설은 아직 그것을 뽑을 수는 없습니다. 새로운 소설이란 지금 현재 씌어지는 것이니까요. 그러므로 '소설이란?' 하는 질문의 답은 '과거 소설이란?' 하는 질문의 답이 될 수밖에 없습니다. 과거 소설이란 이러이러한 특징을 가졌구나 해서 써 놓은 것이 '소설이란' 하고 써놓은 책들입니다. 그러니까 소설이란 현재의 새로운 소설을 씀으로써 모색해가는 수밖에 없습니다. 제가 지금 최근의 소설, 어렵습니다. 새로운 소설들입니다. 그래서 지금 여기서 우리가 공부하는 것은 어떤 소설을 쓰는 것이 새로운 소설일까 토론하는 과정에서 나오는 어떤 소설입니다. 앞으로 나오는 것들이 무엇인지 모르니까요. 뭐라고 얘기할지 아무도 모르니까, 우리의 미래를 우리가 만들어 내야 합니다. 우리의 미래는 지금 우리가 쓰는 소설 그 자체에 있습니다.

문화는 피라미드를 가지고 있습니다. 밑에 있는 사람은 맨 위에 있는 사람을 모릅니다. 맨밑에 있는 사람은 단지 바로 그 위에 있는 사람만을 압니다. 밑에 사람은 한두 층만 넘어가면 그 위를 모릅니다. 맨밑에 있는 사람이 맨위에 있는 훌륭한 사람을 모릅니다. 이것이 문화의 특징입니다. 맨위에 올라가면 정점입니다. 이 사람이 무엇을 하는지 맨밑에 사람은 모릅니다. 바로 그 밑의 사람만 알아봅니다. 역시 '아는 만큼 보인다'는 말을 써야겠습니다. 인류학은 쉽게 되는 것이 아닙니다. 피라미드 구조로 문화가 당당하게 서 있는 것입니다.

다른 곳에서 얘기했듯이 강릉을 드나들면서 뭔가 새로운 작업을 해야 되겠다. 그래서 소설 제목도 '강릉'을 붙여서 냈습니다. 어제 시장님도 그것을 강조해 주어서 고마웠습니다. 제가 그동안 강릉에 멀리 있던 마음이 이제 뭔가 기여를 해야 되겠다는 적극적인 자세를 갖추는 것입니다. 강릉이라면 어려서 전쟁 말에 떠나왔지만 그때 따발총 소리를 들으면서 겪은 기억은 사이사이 남아 있습니다. 그 기억들이 저쪽 사거리 중심가, 읍사무소 앞, 시장통으로 흩어집니다. 그때 어머니가 담배가게를 하셨는데 그래서 지금도 담배를 못 끊고 있는지 모르죠.(웃음)

저는 지금 그 마을에 다시 찾아 왔습니다. 그런 비극, 슬픔이 그 안에 다 있지요. 살아 있어서 그 옛날의 나를 찾아서 이 자리에, 불과 여기서 이삼백 미터 됩니다만, 지금 여기 앉아서 이러고 있는 것이 저는 참으로 감격스럽지요. 그 오래전 옛날의 나를 찾아서 꼬투리를 붙들고 여러분과 함께 강릉이란 무엇일까 이렇게 묻고 있는 것이죠. 이것을 소설에 썼습니다만 또 쓸 것입니다. 문학한 지 50년이 되었다고 하지만 더 오래전에 있었던 나를 생각하게 됩니다.

처음에 저는 시를 먼저 썼습니다. 시를 쓰는 인생을 꿈꾸었습니다. 그러다가 어떤 운명으로 소설을 쓰게 되었습니다. 지금은 시와 소설을 함께 합니다. 아무려나 여러 가지로 고맙습니다. 특히 시와 소설을 함께 쓰는 풍토가 거의 없는 나라에서 마치 개척하듯이 그 길을 가고 있다는 자부심도 느낍니다. 이것을 강릉이 제게 준 선물, 인생의 선물이라고 받아들입니다. 이제 얼마나 남았는지 모르지만 몇 글자라도 옛날의 나를 찾아가는 발걸음을 되새겨보며 이 고장에 살았던 나라는 존재의 그림자라도 그려놓아야겠다고 생각합니다. 어렸을 때부터 죽는 날까지 글을 쓰는 작가가 되겠다는 약속을 지켜가며 강릉에 오게 된 것을 마지막 기회라고, 축복이라고 생각합니다.

축하 시

곽효환 _ 시인. 대산문화재단 주간

김형영 _ 시인. 구상 신석초 문학상 수상

문정희 _ 시인. 동국대 석좌교수

이승하 _ 시인. 중앙대 교수

주수자 _ 시인. 제1회 스마트소설박인성문학상 수상

시간의 사막을 건너는 사람, 윤후명

곽효환

그에게는 서늘한 모래바람 냄새가 난다
모두가 세상을 향해 달려 나간
거대한 담론과 이념의 시대에
달무리 진 밤하늘 아래 사자가 되어
아득히 먼 서역 사막을 홀로 건넌 사람

타박타박 돈황(敦煌)을,
터벅터벅 누란(樓蘭)을 지나
서걱거리는 별들의 하늘과 모래사막에
새 길을 내고
막막한 지평선이 된 사람
다시 타박타박 타클라마칸의 사구(砂丘)들을,
터벅터벅 천산(天山)산맥의 먼산주름을 넘어
만년설 산봉우리가 에워싼 고원 이식쿨호수에
하얀 배를 띄우고 마침내
말없이 껌벅이는 커다란 눈(眼)이 된 사람

멀리서 빛나는
그러나 수없는 상처를 보듬은 그는

오늘밤에도 차마 잠들지 못하고
시간의 사막을 쉼 없이 걸을 텐데
푸른빛의 땅에 도달할 수 있을까 그는
사이프러스나무 그늘 아래 '류다'를 찾을 수 있을까

고래의 노래로 사랑의 등불을 켜다오

김형영

그래, 나도
이제 네 마음 알 것 같아
네 마음에 내 마음 포개어 전한다.

벌써 50년이라고?

우리 고래들* 가운데 한 고래는
귀신고래가 되었지만
남은 다섯 고래들,

밍크고래
돌고래
혹등고래
수염고래
범고래

한번, 우리가 물을 뿜으면
하늘은 무지개를 내걸고
바다는 좋아라 출렁거렸지.

지금도 기억하는가.
우리가 눈을 뜰 때는
만물의 얼굴이 새로워지던 것을.

혹등고래여, 한결같은 벗이여!
우리 사라지는 그날까지
그대는 끝끝내 우주에 남아
우리들 고래의 이름 위에
고래의 노래로 사랑의 등불을 켜다오.
오색찬란한 고래의 등불을.

*귀신고래(임정남), 밍크고래(강은교), 돌고래(정희성),
 혹등고래(윤후명), 수염고래(석지현), 범고래(김형영).
*윤후명의 언어들을 조금 차용해서 시를 씀.

고래 동인 _ 수염고래 돌고래 범고래 밍크고래 혹등고래(왼쪽부터)

술 마시는 사람

문정희

한마디로 우리는 깊은 관계이다
이렇게 먼 곳까지 함께 오다니
이제 전화 음성만으로도
그가 소주를 몇 잔째 들이켰는지 훤히 안다
그 시절, 독재자가
한 강 모래 위에 심어놓은 포플러처럼
우격다짐으로 입혀 놓은 교복 속에서
우리는 함께 흔들리며 시를 썼다
겁도 없이 시에다 미래를 걸었다
청춘은 불치의 내상을 입을 수밖에
그러나 그게 무슨 상관이랴
우리는 아직도 시를 쓰고 있다

시간은 독재자처럼
우리를 여기까지 데려왔지만
상처 많은 뿌리로 이파리를 흔들며
오늘도 모래 위에 시를 쓴다
그러곤 술에 취해 불온하게 소리친다
야, 한 코 주라

죽는 날까지, 한 코 달라고 조르는 척하며
어느새 이 멀고 깊은 곳까지 들어와 버렸다
어찌할까, 더 늦기 전에
이번엔 내가 먼저 한 코 달라고 덤벼든다면
혼비백산 도망치고 말겠지
그러나 그게 또 무슨 상관이랴
우리는 이미 밖으로 나가는 길을 잃어버렸으니

― 문정희 시집 『양귀비꽃 머리에 꽂고(2004. 민음사)』의 재수록

윤상규인가 윤후명인가

이승하

연세대 철학과 시절 대학생 윤상규는 가방 들고 미아리 서라벌예술대학 문예창작과에 가서 도강을 했다. 문학도들과 술을 마셨고, 고담준론에 고성방가에……. 졸업앨범 단체사진 촬영 자리에 따라가서 사진을 두 번 찍었다. 개인사진에는 물론 빠져 있었다. 신춘문예 당선작을 보고 두 대학 학생이 모두 놀랐다. 어, 얘가 연대생이야?

문학에 씌어 산 50년 세월
윤상규인가 윤후명인가
시인인가 소설가인가
교수인가 화가인가
강릉사람인가 서울사람인가
정체를 밝히시오라고 묻는다면
그는 또 씨익 미소를 머금을 것이다

죽는 건 참 대단한 일임을
윤상규의 시를 읽은 이는 알겠지
사는 건 참 쓸쓸한 일임을
윤후명의 소설은 읽은 이는 알겠지

죽고 사는 게 별일이 아님을
윤후명의 그림을 본 이는 일겠지

　라면에 달걀 하나 깨뜨려 넣을 수 없는 가난한 시절도 있
었다. 여복이 많아 세 번의 결혼? 소설 속에서 열 번 결혼했
고 백 번 이별했다. 시와 소설과 산문을 천 편 썼다, 50년 동
안에. 나이가 몇인가. 지금도 쓰고 있는 시인, 아직도 쓰고
있는 소설가, 붓 끝에 신명이 실리고 있는 화가. 아아, 그가
밉다.

알타이 족장의 본적

주수자

달의 얼굴을 가진 그
언제나 흐르고 방황하는 달임이 틀림없으리
만나고 합류하고 봉합되는
먹구름 헛된 군상들을 회피하려고
스스로 원숭이의 형상을 끄집어내기도 했다지만
나는 보았지 바다에다 꽃밭에다 빛을 심으며 짐짓 미소를
지어도
괴물 설악을 외발로 훌쩍 건너 뛰고 거센 동해물을 끄윽
마셔도
영원히 허기진 그의 예술혼을

여전히 덧없는 윤달의 그는 칸칸으로 닫혀진 모눈종이 원
고지를 튀어오르듯 탈출하여 얼음꽃 피는 키르기즈스탄 외
진 호수이며 허허벌판 몽골이며 끝도 없는 사막 비단길을 알
타이 종족의 모어母語를 찾아 헤매고 다녔다고 그리하여 길
고 긴 그의 항해는 ㄹㄹ 시어를 싣고 스르스르 시옷 강을 건
너 이응 나라로 생소한 꿈의 언어를 물고 귀환한 불사조라고

허나 나는 모를 것이다 그의 본적은 어디쯤에 있는지

달의 심장을 가진 그가 어디에서 고요히 출렁이고 있을지

윤후명 자화상

구효서 권현숙 김이은 박덕규 박찬순 방민호 이순원 이순임 이종주
이채형 이희단 정승재 정태언 최규익 최옥정 황충상 _ **시계방향**

말줄임표가 많은 건 전철이 흔들려서 그래요

구효서 소설가

별로라고 생각하는 것 중 하나가⋯⋯이런 것이다. 원고를 쓰면서⋯⋯이 원고를 쓰게 된 사정을 밝히는 것⋯⋯원고 청탁의 취지는 이러이러한 것인데 그 취지에 잘 맞출 수 있을지 모르겠다⋯⋯뭐 이런, 무슨 메타 에크리튀르도 아니고, 그런 걸 주저리주저리 서두에 펼치는 것이다⋯⋯영 안 좋은 글쓰기 버릇이라고 여겨왔는데 내가 지금 그러고 있다. 50년이라니요, 선생님. 50년.

청탁을 받았다. 7호선을 타고 고속터미널 가는 길에. 다음은 군자, 군자역입니다. 라는 안내 방송이 들릴 때였던가. 츠기노 테에샤에끼와 군자에끼⋯⋯아, 어째서 제가⋯⋯윤 선생님과 저는 그다지 교분이, 네, 헤헤 그게⋯⋯청탁을 슬쩍 피하려는데⋯⋯기자 초이 씨의 말이 의외였다. 저어, 편집회의 때 구효서가 빠질 수 없지 않느냐는 의견이 나와서요? ⋯⋯그래요? 아, 그랬습니까?

이런 글은 좀 점잖게 써야 하잖아요, 윤 선생님. 그런데 실화를 실화답게 쓰자니 어쩔 수 없어요. 죄송합니다. 실화라는 말도 요즘 젊은이들이 하는 말이에요. 정말? 진짜? 리얼리? 그러더니 요즘은 실화냐? 이렇게들 말해요.

네 네, 초이씨. 그저 멀리서만 존경하는 맘으로 봬 왔죠.

단 둘이 술을 마시거나 밥을 먹거나 이야기를 나눈 적도 없어요. 언제나 여러 사람들과 함께였고 저는 늘 선생님의 말씀을 그냥 듣는 쪽이었고 선생님의 전시회도 몰래 가곤 했는 걸요. 낯을 가려서, 네……열차에 타실 때에는 열차의 승객이 모두 하차하고 승차하여 주시기 바랍니다……아, 구 선생님, 그런 얘기를 써 주셔도 좋겠네요……오갹구사마가 덴샤까라……그런 얘기요?……네, 재밌겠는데요. 몰래 전시회를 가다니요. 써주세요……그, 럴까요?……그러세요……칭꿔다시예 칭 츠엉 쒀.

　몰래 간 것은 아니지만 오픈 날짜를 피한 것은 맞다. 그림을 보려면 한적할 때가 좋으니까. 모르는 화가의 전시회라면 모를까 문단의 대선배가 실화로 떡 버티고 서 계시면 그림이 보일까. 언젠가 선생님의 섬이라고도 할 수 있는 거제의 지심도에 선생님과 친한 이인, 최석운 등의 화가들과 떼로 몰려갔었는데(아, 그 섬의 동백나무라니!) 내내 술 먹고 동백꽃처럼 빨개져서 윤후명 선생님 얘기만 잔뜩 나누다 왔던 기억이 새롭다. 그들과 윤 선생님이 함께 한 청록집전시회에도 혼자가 보았다.

　그런데 50년? 선생님은 나보다 열한 살 많으시다. 나는 올해 등단 30년인데……. 나보다 아홉 살이나 어린 나이에 등단을? 따져보니 약관 21세. 천재네, 천재야. 10년 먼저 시작하시고 10년 앞서 가시니 어휴, 나는 가랑이가 찢어지겠다.

　교분이 없었다며 슬쩍 청탁을 피하려고 했던 내가 가소로

워졌다. 열차가 뚝섬유원지역을 지날 때였던가. Ttukseom. 음, 뚝섬을 저렇게 쓰는구나, 라고 중얼거린 직후였으니까. 그렇게 따지면 마, 죽을 때까지 넌 이런 글 못 써, 라고 내가 나한테 하는 소리를 들었던 것. 니가 1년에 한 번 이상 만나니가 말하는 그 '교분'이라는 걸 나누는 작가가 있으면 말해 봐 너. 아무하고도 나누지 않잖아.

　사실은 윤 선생님, 저는 대학 다닐 때도 좋아하는 여학생과 가장 먼 자리에 앉고는 했어요. 그러니 좋아한다는 말을 어떻게 했겠어요. 걔는 내가 그랬다는 거 아직도 모를 걸요. 그리고……그런데 저는 알아요. 선생님이 제 소설을 죽 곱게 봐 주셨다는 걸. 고와서가 아니라 곱게 봐 주신 거죠. 10년도 훨씬 전의 어느 때였을 거예요. 저는 제 소설에 대한 선생님의 심사평을 읽고 막 떨렸어요. 유수의 문학상에 후보로 올랐었는데 선생님이 격하게(마치 화가 나신듯) 칭찬을 하셨죠. 제 소설이 대상작이 되지 못한 것에 대한 선생님의 분노? 제 자뻑이 그 정도였습니다. 선생님을 안 좋아할 수가 없었죠. 올 해 저는 선생님이 50세에 수상한 이상문학상을 예순한 살이 되어 받았습니다. 또 선생님보다 십일 년이나 늦었습니다. 따라잡을 수는 없고 따라갈 수만 있는 분. 이번에도 과하게 칭찬을 해 주셔서 모든 신문이 선생님의 심사평을 인용했지요.

　저를 볼 때마다 저보고 그림을 그리라고 말씀해 주시는데, 그 말이, 실은, 제가 세상에서 가장 듣고 싶은 말이에요. 그러면서도 그림을 못 그리고 있어요. 물론 비겁하고 알량한 이유 때문이라는 것도 알지요. 하지만 그것을 이겨내지 못하고 있습니다. 선생님이 부럽고 존경스러울 뿐입니다.

사실 저는 선생님의 그림을……저에게는 선생님의 그림이……물론 눈으로 봅니다만……머리를 통과하지 않고 제 팔뚝으로 곧장 옵니다. 가장 먼저 소름이 돋는 곳 말입니다. 그래서 저에게는 선생님의 그림이 시각예술이 아니라 촉각예술이에요. 피부에 먼저 도달하니까요. 스릴러물이라는 건 아니고요……저만의 뭉클한 감물, 잉크, 설탕 같은 거죠. 그토록 조심하라고 귀에 못이 박히도록 지청구를 들었건만 기어코 옷에 물들이고 말던 감물. 여름 교복에 잉크를 쏟아 큰일났네 죽었구나 죽어라 몰래 비벼 빨아 말려도 남고야 말았던 흔적. 얻어온 제사 음식은 누가 다 먹고 구겨진 신문지에 얼룩으로만 남아 있던, 붉고 푸르고 더러는 서럽던 설탕 자국들. 그런 건 관조나 분석이나 이해를 거쳐 오는 게 아니지요. 그냥 오고, 저는 그 앞에서 추위 떨 뿐이지요. 푸른 하늘 아래 활랑 거꾸로 젖혀진 엉덩이 같은 초록 둔덕과 그 사이에 그어진 언덕길 연작. 이번 강릉전에서 두 점을 나란히 붙여놓으셨던데 저는 그걸 보고 할딱거리며 주저앉았습니다. 이유는 저도 모르겠습니다만 주저앉아 버린 걸 보면 역시 저는 선생님의 그림을 몸으로 봅니다. 저는 그렇게 그릴 자신이 없습니다.

(몇 걸음 거리를 두고서 봬 왔지만 선생님에 대한 내 맘이 은근하다는 걸 들킨 것만 같다. 그윽하며 날카로운 황충상

선생의 눈을 피할까. 초발심 유지, 열정 지속, 너무도 자연스런 검소. 나는 선생의 이것을 닮고 싶다. 빼앗고 싶다. 닮는 건 노력이 필요하지만 빼앗는 건 거저먹기니까. 날로 먹기. 그런데 이것을 빼앗을 수나 있을까. 거저 준대도 못 가져올 깜냥이면서. 플라토닉하게 빼앗고 싶다. 그 명민하고 불온하며 피로를 모르는 영혼을.

플라토닉이라고 하니 성애aphrodisia와 우애philia라는 말이 떠오르지 않을 수 없다. 옛 그리스의 현자들이 어린 소년을 사랑하다가 소년이 나이가 들면 성관계 없는 멘토와 멘티의 관계로 전환할 수밖에 없었다고 하는데……그러니까 aphrodisia에서 philia로……즉 마침내는 지혜의 전파자와 수혜자의 관계가 되었다고 하는데……그 새로운 영혼의 관계를 근세에 와서 philia라는 말 대신 플라토닉 러브라고 했던 모양이다. '플라토닉하게 빼앗고 싶다'고 하다 보니…… 생각이……여기까지 미치게 되었는데……그럼 윤 선생과 나의 관계는 원래 aphro……헉, 여기가 어디지?……고속터미널입니다. 열차와 승강장 사이가 넓어 발이 빠질 염려가 있으니……튀어 내렸다. 워치 유어 스텝……발은 빠지지 않는걸.)

저는 3호선으로 갈아타고 남부터미널 갑니다. 거기서 마을버스 타고 예술의 전당 가서 『마이너스 7』이라는 모던 발레를 보려구요. 선생님 건강하세요. 제가 따라갈 수 있게 좀 천천히 걸으시면 안 될까요.

선생님의 전성기를 축하하며

권현숙 소설가

윤후명 소설전집 열두 권을 나란히 세워놓고 본다.

문자로 형상화된 한 작가의 영혼을 보는 숙연함이 있다.

처음 뵈었을 때 선생님은 십여 개 소주병과 시커먼 청년들과 한 공간에 계셨다.

허허벌판 안산도, 그 방의 풍경도, 처음 보는 소설가도… 당황스럽고 낯설었다. 나중에 알게 됐지만 청년들은 안산공단 노동자들로 선생님께 시를 배우는 문청들이었다.

그 시절 나는 제대로 소설공부를 한 적도 없고 주위에 글 쓰는 친구도 없는 문학적으로는 완전한 외톨이였다. 그런 내가 무슨 뱃장으로 안산까지 선생님을 찾아갔을까. 선생님은 아무 연고도 없이 불쑥 찾아온 나를 어떤 연유로 받아주셨을까. 지금 돌아보면 부끄럽고 감사하지만 그때는 몰랐었다. 굴러온 돌멩이인 주제에 건방지게도 제멋대로 쓴 단편 원고를 획-우편으로 보내놓고는 두어 달 후 내 시간 나는 대로 안산행 전철을 탔으니. 선생님도 빈손 나도 빈손. 수업이 제대로 될 리 없었다. 그래도 먼 길 달려왔는데 한 마디는 듣고 가야하지 않겠나. 내가 불쑥 묻는다.

화장실을 옮겼는데 너무 빠르지 않나요?

빠르지.

그럼 맨 뒤 원래 자리로 원위치 시킬까요?

그게 좋지.

그것으로 수업 끝.

이 선문답 같은 수업을 지켜본 공단 문청들은 나를 건축가로 알았다고 한다.

선생님은 술에 취한 채로 그 어수선한 거실 한 켠에 작은 책상을 놓고 글을 쓰셨다. 그때 400자 원고지를 처음 보았다. 흐릿한 연두색 줄이 쳐진 새끼손톱만한 칸에 헬라어처럼 꼬불꼬불한 특유의 글자가 가득했다. 그 시절의 작품들이 윤후명의 대표작들이다. 술 때문에 글을 못 쓰거나 망치는 일도 없이 참 기이한 일이다. 사십 줄에 이미 한 발은 무덤에 걸치고 있다는 말을 농담처럼 던지셨다. 그렇게 선생님의 인생 전반전은 술내가 진동했다.

선생님은 이따금 고교시절 백일장 이야기를 즐겨하신다. 「바오밥나무의 학교」 작가의 말을 보고 나도 모르게 아! 감탄했다. '17세의 어린 내가 성균관대학교 명륜당의 커다란 은행나무 아래 백일장에 참가' 했다고 쓰셨다. 훨씬 뒤에 나도 열일곱 그 나이에 백일장에 참가하여 명륜당 은행나무 아래에서 글을 썼다. 그날로부터 세월이 한참 지난 오늘까지 선생님과 보이지 않는 인연의 줄이 이어지고 있나 보다.

그때나 지금이나 나는 선생님을 일 년에 두어 번 띄엄띄엄 뵙는다. 그래도 늘 웃는 얼굴로 맞아주신다. 웃으시면 반달 눈의 순수한 아이 얼굴이 된다. 올해로 윤후명 문학인생 50년이라고 잔치도 했고 신문에도 났다. 하지만 아직 진행형인 현역작가에게 50년이 뭐 그리 대수라고. 그래도 '문학인생'이라는 말은 경이롭다. 여느 작가에게도 붙여지지 않은 싱싱한 말이다. 선생님과도 잘 어울린다. 소설가로 시인으로 화가로 만개한 지금, 선생님의 전성기를 진심으로 축하드린다. 부디 건강하시고 건필하시기를!

별 수 있나, 끝까지 가보는 수밖에

김이은 소설가

　내가 아직 이십대였을 때, 그러니까 정확한 출처를 대기조
차 까다로운 섣부른 초조함과 불안감, 그리고 열등감 따위에
시달리고 있을 무렵, 나는 에라 모르겠다,의 심정으로(지금도
그렇지만 나는 누군가 낯선 이를 향해 걸음을 내딛는 것을 극도로 두려워
한다) 그에게 전화를 걸었다. 그가 알아차렸는지는 알 수 없
으나 나는 그때 실로 엄청난 용기를 낸 것이었고 내 음성은
거의 공포에 떨고 있는 수준이었다.

　— 저…….

　— 네? 말씀하세요.

　그의 목소리는 나직했고 부드러웠다.

　— 윤후명 선생님이시죠? 실은…… 제가 선생님께 소설을
배우고 싶어서……그래서요…….

　— 아이쿠, 이런. 지금 자리가 꽉 차 어렵겠는데요.

　— 그게 아니고요…… 선생님…… 제가 꼭 좀 공부를 하고
싶어서…….

　— 저도 그게 아니라, 정말 여기 의자가 여분 없이 꽉 차서요.

　— 그래도…… 제가 꼭 좀…… 아니, 그래도 가면 안 될까요?

　말끝에 그가 작게 웃었던가. 서서라도 있을 수 있어요, 라
는 말을 차마 하지 못하고 주저하고 망설이고 더듬는 내게

꼭 와야겠다면 와야죠. 오세요, 라며 그는 따뜻하게 나를 맞아주었다. 그로부터 몇 년 후, 나는 그를 통하여 익히고 그로 인해 변화된 모습으로 작가의 이름을 얻었고, 또 그로부터 십 년이 넘는 긴 시간을 보냈는데, 그러는 동안 그의 등단 50주년을 맞게 되었다.

문득 어느 글에선가 그가 한때 마라토너의 삶을 꿈꾸었던 얘기를 읽은 기억이 떠올랐다.

"마라토너가 달리는 걸 보면 가슴이 뛴다. 한때 나는 마라토너의 삶을 꿈꾸었다. 중학교 때는 방과 후에 홀로 남아 운동장을 돌았고, 고등학교 때는 학교인 서울역 근처에서 노량진 장승백이까지 뛰어 돌아오기도 했다. 그런 내가 이렇듯 '토굴' 속에 들어앉게 된 게 언제부터인지 모른다. 그래서일까. 나는 '새다리'인 내 다리를 안쓰럽게 내려다본다."

— 「'나'를 찾아가는 길」, 『꽃』(문학동네, 2003) 중에서

마라토너의 꿈을 접고 '토굴' 속에 들어앉아 50년 동안이나 소설과 함께, 소설을 통해서 살아온 그는 무엇을 잃고 무엇을 얻었을까. 그는 '식물학자가 되고 싶은 꿈도 있었고, 역사학자가 되고 싶은 꿈도, 철학자가 되고 싶은 꿈도 있었다.' 그러나 그는 문학을 택했고, 또한 '문학을 한다고 해서 그것들을 잃어버리지는 않았다'고 말한다. 그는 지금도 식물과 함께 있고자 애쓰며, 가야 역사를 되풀이 음미하며, 플라톤

과 장자를 머리맡에 두고 있다고 말한다. 그리고 그것들을 문학 속에 녹여 넣고자 오랜 세월 애썼다.

그 50년 동안 그가 무엇을 얻었으며, 동시에 무엇을 잃었는지 나는 감히 묻지 못한다. 그 질문은 또한 고스란히 나의 것이 될 것이기 때문이다. 다만 '누구든 잃은 것이 있게 마련이다. 문학은 내게 그것을 찾는 길이다. 그리하여 '나'를 찾는 길이다. 그것이 비록 '가장 멀리 있는 나'일지라도 이 세상 마지막까지 찾아가지 않으면 안 된다. 나는 누구인가. 어디서 와서 어디로 가는가. 내가 추구하는 '사랑'의 완성은 어디에 있는가. 결정적인 해답은 아직 없다. 끝도 보이지 않는다.' 라고 한 그의 말에서 짐작할 수 있을 뿐이다.

결정적인 해답도, 끝도 없는 길을 그는 끝내 가고자 할 것이다. 마라토너의 심정으로 새다리를 달려 천지사방으로 우리 자신을 찾는 길을 열어 보여주고자 할 것이다. 그 지점에서 나는 그에게 깊숙이 고개 숙여 존경의 마음을 표하지 않을 수 없다.

— 선생님, 계속해서 쓰다 보면 왜 쓰는 건지 알게 될까요?

만약 내가 이렇게 묻는다면 아마도 그는 이렇게 대답할 것이다. 특유의 나직하고 부드러운 음성으로 말이다.

— 나도 몰라. 별 수 있나. 끝까지 열심히 가보는 수밖에. 그것밖엔 길이 없고, 또 그 위에 분명 길이 있을 테니까 말야.

그의 50년은 그리하여 끝이 아니라 오늘도 또 시작이다. 마음에서 우러나온 깊은 존경심으로 등단 50주년을 축하드린다.

원형의 세계로 이끈 작가

박덕규 소설가

1980년 여름이다. 물론 예사로운 시기가 아니다. 1979년 10월 26일의 총성으로 18년간의 독재가 막을 내렸다. 정치적 상황이 복잡해지고 군대가 움직이고 있었지만 여기저기 터져나오는 자유를 향한 함성이 곧 이를 압도할 줄 알았다. 1980년 들어 들끓는 '민주화의 봄'이 이어졌다. 나는 대학 3학년이 돼 있었고, 학내 민주화로 캠퍼스는 온통 시위의 축전이었다. 5월 중순 들면서 이원집정부제니 신군부의 발호니 하는 정치적 소문으로 흉흉하더니 마침내 전국적인 거리 시위가 벌어졌다. 학교에 머물러 농성을 벌이던 대학생들이 시청 앞으로 서울역 광장으로 몰려나갔다. 그리고 광주의 비극이 있었다. 계엄령 하에서 대학생들은 학교 안으로 들어갈 수 없었다. 나는 집과 학교 부근 주점을 오가며 시를 썼다.

그때 대구에서 고교 12년 선배인 L시인이 상경해 있었다. L시인의 방랑이 좀 야릇했는데 난 그때 그걸 잘 몰랐다. 그저 일이 있어서 서울에 왔고 이 시인 저 출판인들 만나서 얘기하고 술 마시고 그러는 줄 알았다. 그 무렵 내가 『문학과지성』에 투고한 시가 등단작으로 뽑혔다고 연락이 온 터였다. L선배는 나와 함께 문지에 가서 두 분 평론가 선생께 인사도 드렸다(문지 가을호였는데 이해 8월 출간 전 폐간되는 바람에 나는 등단이 꼬여버렸다). L시인은 이런저런 지인을 만나는 데 곧 시인이 될 나를 데리고 다녔다. 동향 출신으로 상경해 어렵게 출판가를 기웃거리는 선배들을 만났고 내가 지면으로 알던 문사들도 만났다.

그중 한 분이 윤후명, 문지시집 『명궁』의 윤상규 시인이자 1979년 『한국일보』 신춘문예 당선소설 「산역」의 작가였다. L시인과 윤 작가는 각각 고교 시절 대구와 서울을 대표하는 문사였다고 했다. 윤 작가가 살던 경복궁 근처의 조그만 단칸방에 쳐들어가 라면하고 또 사과(어쩌면 참외)를 얻어먹은 기억이 난다. 윤 작가는 『명궁』 초판본에 싸인을 해서 내게 줬다. 그날 낮부터 밖에 나가 좀 마셨다. 저녁에 종로서적에서 만나기로 약속한 내 어린 지인들과도 함께 어울렸다. '해프닝'도 없지는 않았다. 시 얘기, 출판사 얘기, 여자 얘기를 했다. 아직 군대도 안 갔다 온 20대 초반의 나에게 그런 얘기는 마냥 신기했다.

윤 작가를 다시 만난 것은 1983년이다. 한 출판사의 큰 프로젝트의 일원으로 내가 참여했는데 알고 보니 그 프로젝트의 초기에 잠깐 관여한 여러 작가 중 한 사람이 윤 작가였다. 이런저런 회합이 있었는데 그 출판사의 담당인 Y선배 작가가 챙겨줘서 나도 그 회합에 자주 몸을 디밀었고 거기서 윤 작가를 만나곤 했다. 윤 작가는 그즈음 소설 『둔황의 사랑』 등으로 화제를 모으고 있을 때였고 나는 독자로 또 어린 평론가로 윤 작가의 그런 작품에 '엄지 척!'으로 호응하던 중이었다. '둔황', '로울란'(이 제목은 당시 돈황, 누란 식으로 표기되었다) 등으로 이어지는 윤 작가의 '서역의 상상력'은 민주화 투쟁 과정에 놓여 있던 한국문학의 현실에서 매우 이질적이자 그래서 독보적이었다. 나는 그걸 엄숙과 경직을 당연하게 여기는 한국소설을 융해시키는 한 사례로 인식했다. 나아가 현실의 관계맺음 너머에 자리하는 집단무의식으로서의 숙명성 같은 것을 드러내면서 근대소설이 자랑해온 사건의 필연성을 곧잘 해체시키는 윤 작가 특유의 문체에 매료되기도 했다.

세월이 많이 흘렀다. 윤 작가의 상상력은 서역에서 협궤열차로 이어지며 아기자기해졌고 시베리아와 중앙아시아로 영역을 넓혀가며 풍성해졌다. 한국소설은 1990년대 들어 소재와 주제면에서 글로벌(global)화되고 한편으로 세속적 삶에 대한 묘사를 통해 로컬(local)화되는 경향을 보여왔는데 윤 작가의 소설이야말로 이 둘의 관계를 이어가며 작품세계를 구축해온 이른바 '글로컬리즘(glocalism)'의 작가라 할 수 있겠다.

2000년대 들어 한국민족의 시원을 캐는 담론이 하나의 유행이 됐는데 윤 작가의 작품은 이에 대한 '선지적 응답'이었다고도 할 수 있다. 이 점에 대해서는 1980년대 『둔황의 사랑』을 읽고 자신의 학문적 대상을 서역에 두게 되었다는 한 인문학자(이희수)의 고백을 상기하면 좋겠다. 이즈음 윤 작가에게 그동안 융(C. G. Jung)의 그림자(shadow)처럼 어른거리던 고향 강릉이 보다 선연한 형체로 드러나고 있는 현상을 보면서 인간의 삶은 결국 '온 곳으로 가는 길'이 아닌가 하는 생각도 다시금 해본다. 나는, 20대 초반 만나 각인된 윤 작가가 아니었으면 시원이니 원형이니 그림자니 하는 이런 얘기를 유식한 척 떠들 수 있는 사람이 못됐을 것이다. 해마다 여러 작가들과 함께 해외답사를 가곤 하는데, 윤 작가를 모시고 둔황에 가려는 계획을 아직 버리지 않고 있다.

질풍노도의 시절은

박찬순 소설가

고잔역 역사를 나와 마당 왼쪽, 쇠락한 철로 앞에 가서 선다. 남은 길이가 150미터 될까 말까한 철길은 싯누런 루드베키아꽃에 둘러싸여 있다. 한 발만 내디디면 가볍게 건널 만큼 좁은 폭. 레일은 녹이 슬고 침목은 비바람에 바스러져 가고 있는 중이다. 저렇게 좁은 철길이지만 소금과 쌀을 실어 나르고 사람도 태우고 다니던 젖줄 같은 노선이었다. 달랑 두 량짜리 수인선 협궤열차. 달리는 모양은 뒤뚱뒤뚱, 레일을 밟는 소리는 '잘그락 잘그락, 또각또각, 사우루스 사우루스'였다고 작가는 썼다. '어둑어둑한 공간 속에서 느릿느릿 달려올 때면 마치 멸종한 공룡의 등장과 같았'고. '그 흔들거리며 오는 모습이 한 편의 시였다'고.

이제는 소멸한 그 열차보다 더 확고해진 동명의 소설에서 주인공이 우상과 같았던 여자, 류와 함께 열차를 기다리고 있는 모습이 보인다. 저 거무튀튀하게 삭은 벤치에 둘이 앉아 은밀한 눈빛을 나누었겠지. 시샘은 잠시 눌러두고 거기 않는다. 이 '작은 철'을 정말 요긴하게 이용했던, 또 다른 아린 만남이 곧 이어질 것이므로.

30여 년 전, 눈이 유난히도 많이 온 어느 해 겨울. 어쩔 수 없는 사정으로 아버지와 헤어져 살게 된 소설 속 열 살박이

딸이 이 꼬마 기차를 타고 아빠를 만나러 안산으로 온다. 웬
일인지 좀 찡그린 얼굴.

"별일 없었니?"

그는 달려가 딸아이를 끌어안는다.

"별일 있졌저."

"무슨 일?"

"차비를 안 가져왔거든."

'별일 있졌저,' 라고 쓰고서 한참 책상에 엎드려 있는 작가
의 모습이 보이는 듯하다. 일찍이 등단은 했으나 중년이 되
도록 뭐하나 신통하게 이루지 못한 채 떠밀려온 삶. '우리는
어디서 와서 어디로 가는가. 우리는 단순히 썩어 문드러지고
마는 것일까' 자문하다가 '무엇인가 깨부수고 싶은 충동에
허덕이고 있었던' 그야말로 질풍노도의 시절이었다. 내부의
'악마에게 양식인 술을 먹이다 지쳐 돌아와 쓰러지곤' 스스
로 '자멸파'라 부르던.

저 여릿한 철길을 거슬러 올라가 또 하나 그와의 운명적인
만남이 펼쳐지려 한다. 대학 시절 학교 신문사 기자로 처음
만난 파릇, 헬쑥한 연두색 파 대궁 같았던 소년과 가무잡잡
한 촌뜨기 가시내. 잔뜩 주눅 들어 있던 그녀에게 그는 어쩌
자고 자신의 연애 애기를 그리도 솔직하게 털어놓는지. '나
여자랑 밤새워 봤다. 아무 일 없이, 문학과 음악과 철학 애기
만으로.' 때로는 온갖 질문을 퍼부어대던 호기심쟁이. '남녀
사이에 우정이란 있을 수 있을까?' '플라토닉 러브란 게 정

말 있다고 생각해?' '성선설이 맞을까, 성악설이 맞을까.' 그때 이미 인간이 과연 그 짐승 같음에서 벗어날 수 있을지 고민하던 조숙한 철학도. 여자가 30센티미터 자로 영문학이라는 논밭을 재느라 할딱거리고 있을 때 재학 중 신춘문예 당선으로 그녀를 기함하게 만들었던.

그런가 하면 협궤열차에 몸을 싣고 흔들리고 있었던 그의 안산 시대는 묘하게도 조각배를 타고 격랑에 휩쓸리던 그녀의 곤궁했던 시절과 겹친다. 피를 말려가며 일을 해도 먹고 살기는 점점 더 힘들어지고 도무지 왜 사는지 알 수가 없던 때, 여자는 일하는 틈틈이 그의 책을 읽었다. '서해안의 노을은 어두운 보랏빛으로 오래 물들어 있고, 나문재의 선홍색 빛깔이 황량한 갯가를 뒤덮고 있다. 이런 곳에서 시를 쓰며 외롭게 외롭게 살았으면.'

"달빛에 모래 쓸리는 소리가 들리는 밤. '서울의 소녀'가 아픈 발로 사막을 걷고 있었다. 한동안 침대 위를 내려다보던 나는 한쪽 무릎을 굽혀 방바닥에 대고 꿇어 앉아 가만히 그녀의 발에 입술을 댔다."

"아니, 폐허와 같은 사랑도 어떤 섭리의 밀명을 띠는 것일까."

그의 글은 가슴이 아리도록 아름다웠고 무엇보다 어릴 때나 다름없이 자신의 소위 '패악질'을 낱낱이 까발릴 정도로 정직했다. 또한 협궤 레일 밑 자갈 사이에 돋아난 바랭이풀 하나 지나치지 않을 만큼 뭇 생명의 이름을 불러주고, 모든 만남의 순간을 영원으로 아로새기고 있었다. 영등포를 '여자의 머리핀 하나'로 머리에 새긴 그였다. 불쑥 용기가 솟았다. 어린 시절 그가 그랬듯 이번엔 그녀가 그에게 가서 '별일 있겠저'라고 하소연해도 될 것 같은 느낌.

마치 어제 만난 것처럼 그는 저간의 방황을, 여자는 사는 일의 고달픔을 서로에게 고해 바쳤다. 그리고 나서 또 수년이 지나 여자가 이젠 숨이 턱에 찼다고 했을 때 그가 말했다. '거두절미, 글을 써. 80매를 채워 봐.' 그렇게 그는 그녀의 글 선생이 되었다. 5전 6기 끝에 신춘문예에 당선했을 때 본인보다도 더 기뻐하던 그의 모습이 보인다. 부모라도 이럴 수가 있을까, 싶을 만큼. '이제까지의 삶은 훈련과정이었어. 글을 쓰기 위한.' 그날 그녀의 인생을 한마디로 요약하던 그.

그 질풍노도의 시절은 지나간 것일까. 그 증인인 협궤 레일 앞에서 묻는다. 그와 또 나에게.

계보학 윤후명

방민호 소설가, 시인, 평론가

여름도 요즘 같은 여름은 견디기 힘들게 변덕스럽다. 며칠씩 비가 주룩주룩 내리는가 하면 비가 내리고 나도 서늘함은 없다.

스콜 같은 비가 한자락 쏟아지고 지나가면 열대우림의 한증막 같은 더위가 몸을 옥죈다. 바람 한점 없다. 바람 없는 뜨거움, 바람 없는 고임, 마치 썩어 가는 고인 물이 되어버린 것 같다. 웅덩이에서 뜨거운 한낮의 태양빛에 흐물흐물 살덩이가 내려앉는 것 같다.

이 웅덩이를 지금의 문단이라고 해두자. 그날 나는 안국역 육번 출구 종로경찰서 주차장 옆 초록별 주막이 있는 좁아터진, 이라고 밖에 표현할 길 없는 골목을 몇 사람과 함께 걸어나오고 있었다. 아마도 그날은 시와 관련된 모임이 있었던 것 같다. 그렇게 기억 된다. 큰길 쪽 육번 출구 있는 안국역 쪽에서 키가 그다지 크지 않은 체구의 사내가 걸어오고 있었는데 눈을 다시 떠 보니 윤후명이다. 그 뒤에는 그보다 키가 조금 더 커 보이는 여인이 따라오고 있다. 아내인 듯했다.

그가 가까이 왔을 때 나는 그의 존재를 깨달았다. 마음이 먼저 그를 알아 보고 의식으로 하여금 그를 반기도록 부추겼는지도 모른다. 이 몇 년 사이에 어느새 그런 관계 인식이 내게 자리를 잡았다.

바람 한 점 불지 않는 물웅덩이 속에서 생존해 나가려면 어찌해야 하나. 부레가 공기가 목말라 마른 풍선처럼 꺼졌다 부풀었다 할 때 그의 소설들을 다시 읽었다. 『협궤열차』 같은 것, 『둔황의 사랑』, 『알함브라 궁전의 추억』 같은 것들을 찾아 읽었다. 그것은 내게 문학이란 삶에 대해서 어떤 것인가를 고통 속에서 반추하게 했다.

비록 소설과 시를 쓰지만 비평가로 먼저 글을 쓰기 시작했다. 리얼리즘 비평을 익혔고 그런 규준 같은 것이 있다고 생각했다. 그러나 등단할 즈음에 이미 그것에 관해 회의하고 있었다. 사람은 속으로 변하고 있으면서도 겉은 구각을 벗지 못하는 때가 많다. 때문에 더 낡아빠진 극단을 보이기도 한다. 실제로 사람은 사랑에 관해서처럼 떠나가려 할 때 더 과거에 매달리는 포즈를 취하기도 한다. 문학하는 사람이 새 세계로 나아가려면 과거의 인식을 그 그림자조차 버려야 한다. 문학은 머리로도 가슴으로도 하는 것이 아니며 온몸으로 온몸을 밀고 나가는 것이라 할 때, 그것은 정확히 글 쓰는 사람이 그 자신에 대해 맺어야 할 관계를 가리키는 말이다.

1994년 말부터 1997년, 8년, 9년경까지 나는 "창비"에서 "실천"으로, 다시 '무국적자'로 나아갔다. 나아갔다고 했지만 나가고 보니 절벽이었다. 벼랑 끝에 매달려 떨어지지 않으려 바동거렸다. 그것이 수도였다. 수행 중에는 나무에 거꾸로 매달려 명상하는 법도 있다지만 내게 부과된 세금은 너무 무거웠다. 벼랑 끝 풀덩이를 움켜쥐고 땅에 디뎌야 할 발을 허공에 내놓고 몸부림치며, 아아, 어떻게 살아야 하느냐고, 어떤 것이 문학이냐고, 쓴다는 것, 읽는다는 것과 삶은 어떤 관계에 있느냐고 물었다.

그사이에, 그 후로도 나는 수세에 몰리다 못해 고립의 논리라는 것을 탐구한다고까지 치부하며 스스로도 온갖 어처구니없는 일을 벌이며 허공에 발을 내딛는 술법을 고안하는데 시간을 바쳤다. 노름으로 빚을 지고 '카드깡'으로 버티면서, 고립에서 내부적 외부자로, 아니 외부적 내부자로, 헤겔리언, 마르크시트 리얼리스트에서 캘리니코스, 불교, 모나드, 스피노자, 들뢰즈, 네그리, 손창섭, 임노월, 김동인, 이상, 이효석으로 나아갔다.

그사이에 월급을 받는 직장이 생겼다. 논문을 쓰고 강의를 하면 돈을 주었고 허영심의 일종인 학문적 사명감이라는 것조차 품을 수 있게 하는 곳이었다.

학교는 정차 시간 긴 정류소다. 그것은 종착지도, 정체성의 확인 공간도 되지 못한다. 일터는 새로운 조건으로 작용했지만, 글을 쓴다는 행위를 더욱 총체적으로 생각하도록, 실제로 그런 글쓰기로 나아가도록 했다. 타인의 시선이 용납하고 승인하는 위치에 머무르지 않는 것은 그 사람으로 하여금 대가를 치르게 한다. 대속이라고도 할 수 있을, 희생해야 할, 바쳐야 할 어떤 것도 없는 실험이란 없다. 무리는 본능적으로 혼자 노는 사람을 싫어한다.

작가로서 윤후명은 한국현대 문학사에서 흔치 않는 계보에 선다. 김동인, 임노월, 이효석, 이상, 계용묵, 손창섭, 이제하 같은 작가들을 거론할 때 그의 이름이 와야 한다. 그들은 이방인이요, 여행자요, 혼자 제 길 가는 자들이다. 생활에 대해서 예술을, 삶에 대해서 문학을, 반영 대신 제시와 표현과 연기로서의 글쓰기를 선택한 자들이다.

그가 주량 총량의 법칙에 따라 더 이상 술을 마시지 못할 지경에 이르렀을 때쯤일 것이다. 그의 문도들, 이평재 같은 작가들을 사적으로 알게 되었다. 그보다 먼저 작품으로 그에 관한 계보학적 위상도를 그렸고, 또 내 자신의 더 깊은 비밀 속에서 그의 존재를 아주 가깝게 자각해 왔다.

그의 소설 형식, 여로, 여행은 그가 아마도 평생 추구했을 자유의 소산이다. 대책 없는 것, 도덕을, 금제를 뛰어넘는 땅에 예술이 있다. 아리스토텔레스는 훌륭한 시민과 훌륭한 사람을 구분했다. 그는 시민 대신에 작가적인 작가이고 싶어 했다. 그의 얼굴에는 어떤 집념 같은 것이 새겨져 있는데, 그것은 그가 공식석상에서 입을 열 때 언어가 되어 나타난다. 날카롭고, 착안점이 다른 말은 그가 확실히 문단적인 다른 문학인들과는 다른 사람임을 말해준다.

옛날 허균의 외가가 강릉에 있었다. 허균은 삼당시인의 하나 이달에게 배웠고 그는 서자였다. 이상 김해경이 강릉 김씨였고, 지금 문단에서 고집 센 사람들은 '다' 강릉 출신이다. 김별아가 특히 그런데, 이것은 특별한 농담이다. 윤후명은 강

릉 사람, 맑고 푸른 바다와 바다의 동경을 지녔다. 그래서 뱃
사람의 야생과 인정도 있어, 내 문학이 고단했던 지난 날들
에 소설도 주고 마음도 베풀었다. 하지만 나는 안다. 그것은
깊은 곳에서 내 마음이 먼저 그를 향해 손을 내밀었기 때문
임을.

촉나라 태생 이백이 알고 보면 강릉 사람이다. 그의 시 오
언 한 수를 여기 옮긴다. 늘 엉겅퀴를 그린 윤후명을 위하여.

憨君能衛足 / 嘆我遠移根 / 白日如分照 / 還歸守故園

해바라기를 노래한 시다. 이백이 생각한 해바라기는 우리
가 생각한 것과 달랐다. 그는 해바라기가 햇빛 비치는 곳으
로 잎을 돌리어 제 뿌리를 가려 지킨다고 보았다.

뿌리는 누구나 자신이 지켜야 할 제 것이다. 우리는 모두
고향으로 되돌아가고 싶은 여행인이다.

강릉, 모래커피

양진채 소설가

커피를 끓이고 있어요. 모래를 달구고 그 위에 커피가 든 쇠국자를 올려 끓이는 커피죠. 그래요. 당신이 러시아 레닌그라드대학 근처 골목에서 맛보았던 그 '모래커피'예요. 먼 바다에서 바람이 불고 너울성 파도가 치면 마가리를 흉내 낸 카페 안은 다른 날보다 훨씬 진한 커피향으로 가득해져요. 통유리창으로 그 파도를 지켜보다가 더는 못 견디겠으면 테트라포트로 막아놓은 방파제로 나가죠. 그리고는 방파제 끝까지 나아가 파도를 가장 가까이 보면서 아주 깊게 심호흡을 해요. 아마색 머리카락들이 제멋대로 휘날리고 호흡 끝이 떨리고 있어요. 파도는 무엇이든 덮쳐버릴 것만 같아요.

얼마 전 읽었던, 통영 먼 바다를 지나던 2천803t급 원목운반선에서 유실된 원목이 해류를 따라 울산 앞바다에서 발견되었다는 기사를 본 적이 있어요. 그 기사를 보면서 지도를 꺼내 통영과 울산 바다를 검지 끝으로 따라가 봤죠. 지도 안에서 그 거리는 고작 3센티미터. 통영에서 떠내려갔던 원목은 20일 만에 울산에서 발견되었다고 해요. 20일은 어떤 시간인가요?

저는 아주 오랫동안 당신을 기다려왔어요. 이 안목해변에 카페거리가 생기기 훨씬 전부터죠. 당신이 여기 강릉으로 돌아오리라는 것을 믿게 된 그때부터예요. 달군 모래에 국자를 엎어 끓인 커피를 당신이 모를 리 없을 테니까요. 한번은 이 길을 지나치리라는 것을 알고 있었고, 바로 그날이 오늘이 되리라는 것도 알고 있어요.

몇 년 전에 터키 이스탄불 갈라타 타워 입구에 서 있던 비 (碑)를 본 적이 있어요. 그 비는 한국 경주와 터키 이스탄불 이 실크로드로 이어진 것을 기념하는 비였어요. '실크로드 우호협력 기념비'라고 씌어 있었고, 바로 아래 터키와 대한 민국 국기가 나란히 새겨져 있었죠. '2013 이스탄불 — 경주 세계문화엑스포 개최를 기념하여, 실크로드 기점과 종점인 대한민국 경상북도와 터키 이스탄불 시의 영원한 우정을 위 하여 이 비를 세운다.'라고 되어 있었어요. 당연히 당신의 비단길을 떠올렸죠. 둔황으로 가는 길이요. 그때도 저는 고 대 경주에서 출발한 상인이 중국을 거쳐 이곳 이스탄불까지 무역을 위해 걸었던 길과 그 시간을 생각했던 것 같아요. '감, 검, 곰, 금'이 '검다'는 뜻이자, 깊고 넓은 큰 세계를 가 리키는 '가라'까지 확장된다는 글도요. 당신은 그런 사람이 었죠. 당신은 소설 속에서 별일 아닌 듯한 일상을, 남녀의 사 랑을 얘기하는 듯 보였지만 '감, 검, 곰, 금'을 '가라'까지 확 장시키듯 그 사랑은 먼 우주까지 뻗어나갔죠. '먼 길을 가야 만 한다 / 말하자면 어젯밤에도 / 은하수를 건너온 것이다 / 갈 길은 늘 아득하다 / 몸에 별똥별을 맞으며 우주를 건너야 한다 / 그게 사랑이다'라고 읊조리는 당신의 글들은 은하수

반짝이는 별들이 되었겠다는 생각도 하죠. 황새기젓이나 곤쟁이젓에서도 사랑을 발견하는 당신. 당신이 제게 찾아올 것이라고 믿는 이유입니다.

잊히지 않는 영화가 있어요. 제목도, 전체 내용도 생각나지 않는데 이상하게 잊히지 않는 장면이 있어요. 자신의 죽음을 위장하고 유유히 거리를 활보하고 있는 남자와 그 남자를 멀리서 발견한 여자. 여자가 달려가지만 남자는 여자를 모르는 척해요. 여자는 그이면서 그가 아닌 남자로 인해 혼란해 하죠. 남자와 여자의 기묘한 동거가 시작돼요. 남자는 끝내 여자를 모르는 척 대하죠. 여자가, 앞에 있는 남자가 자신이 알던 옛 연인이 아님을 알고 떠나려할 때, 그 남자의 사소한 버릇을 보게 되죠. 담배를 잘근잘근 깨물며 씹는 버릇. 분명 그였어요. 어떻게 끝나는지는 기억나지 않아요. 남자가 정말 여자의 애인이었는지, 완벽하게 죽음을 위장하고 살아 있는 것은 아닌지. 어떻게 끝이 났을까요.

당신이라면 제가 누구인지 짐작했을지 모르겠습니다. 그래요. 저는 영화 속, 남자. 그러니까 이 강릉에 전설처럼 내려오는 호랑이에게 물려간 처녀죠. 당신이라면 단오 때만 되면 서늘한 목덜미를 손바닥으로 훑는 제게 정말 그 처녀가 맞느냐고 묻진 않겠죠. 당신은 내 머리통을 팔에 안고 마가리를 찾아가는 사람이니까요. 제가 왜 방파제 끝에 나가 파도를 보고, 떠오르는 해를 보는지 아는 사람이니까요.

당신은 커피향에 이끌려 오시겠지요. 달군 모래 위에 쇠국자를 올려 끓이는 커피를 다른 사람은 몰라도 당신은 알 테니까요.

내게로 오는 길은 북청사자가 사막을 건너고 '카라'를 지나 강릉 바닷가로 이어진 길이죠. 경주에서 터키까지의 실크로드 길이고, 곤쟁이젓이 보랏빛 엉겅퀴로 피어난 시간의 길이고, 당신이 쓴 모든 소설이 이 세상에서는 씌여진 적 없는 한 권의 소설로 묶이는 길이고, 호랑이에게 물려갔던 처녀가 안목해변에서 커피를 끓이고 있는 전설의 길이고, 은하수를 건너온 길이겠죠.

당신은 무심한 척 카페에 들어와 커피를 주문하겠죠. 그러면 저는 보란 듯이 달군 모래 위에 쇠국자를 얹고 커피를 넣어 끓일 거예요. 커피가 끓는 동안, 당신은 말을 걸어오겠죠. 혹시 헌화로를 아시오? 그럼 저는 대답하겠죠. 오늘은 참 기인 하루예요. 우린 서로 알 듯 모를 듯한 미소를 지으며 바라보겠죠. 목덜미가 서늘해지네요. 목덜미에 깊숙이 박혔던 이빨 자국은 이제 흉터조차 남아 있지 않는데 어쩐지 이런 날엔 까닭없이 더 시립니다. 파도 탓만은 아닐 테지요. 너울은 더 사나워지고, 멀리, 엉겅퀴 한 송이를 든 당신이 걸어옵니다.

내 사랑하고 존경하는 강릉의 선배

이순원 소설가

내가 윤후명 선생을 처음 만난 것은 1989년 겨울의 일이다. 그때 나는 고향 선배인 최성각 형을 따라서 인사동의 어느 작가 모임에 나갔다가 그곳에서 그동안 작품으로만 보아왔던 윤후명 선생을 보았다. 이날 본 또 한 사람은 이경자 선생이었다. 김형경도 참가했고, 조선희도 나왔다. 일부러 강원도 작가들만 모인 자리는 아니었다. 자리는 아마도 이경자 선생 중심으로 모였던 것 같다. 그때 이경자 선생의 소설『절반의 실패』가 매주 이틀씩 옴니버스 드라마 형식으로 방영되고 있었다. 지금 보면 다소 고전적인 주제일 텐데 당시로서는 사회적으로 또 가정적으로 불합리하고 부당한 대우를 받아온 여성의 문제를 다룬다는 점에서 매주 이슈가 되었다. 그 자리에서 나는 최성각 형의 소개에 따라 이제 막 중앙문단에 나온 신인으로 매우 수줍게 여러 사람에게 인사를 했다.

그때 이경자 선배는 내게 그때그때 이슈가 되는 작품을 쓰는 작가가 성공한 작가가 아니라 이다음 나이 들어 남들이 하나둘 쓰는 걸 접을 때까지도 오래 글을 쓰는 작가가 성공하는 작가라고 말했다. 이제 막 문단 말석에 들어온 신인인 내게『절반의 실패』로 이미 '절반의 성공'을 거두고 있는 듯 보이는 선배 작가의 말이라서 더 가슴에 와 닿았다.

　윤후명 선생은 그 자리에 처음부터 참가한 사람은 아니었다. 다른 자리에서 이미 술이 많이 취해 이 자리로 건너와 합석했다. 최성각 선배가 나를 강릉출신 작가라고 소개하자 "이 봐. 지금은 잘 가지 않아도 나도 강릉에서 태어났다고." 라고 말했다. 그의 작품이야 이미 내가 문청시절부터 흠모해 읽었던 터라 더 말할 게 없었지만(군대에서 막 제대해 나와 「둔황의 사랑」을 읽던 날 밤의 떨림을 나는 아직도 기억하고 있다), "나도 강릉 출신이야"라고 말하지 않고 "나도 강릉에서 태어났다고." 라고 말하던 게 마음 한구석에 남았다.

　나는 윤후명 선생이 그렇게 말한 뜻을 나중에 알았다. 그곳에 누대로 살았다거나 어떤 연고가 있는 것도 아니고, 해방 후 군인이었던 아버지가 강릉에 와서 사는 동안 그가 태어났고, 자라는 동안 6.25 전쟁이 터져 근무지를 이동한 아버지를 따라 강릉을 떠났다고 했다. 강릉 임당동 천주교회 맞은편 어디쯤에 살며 천주교회에 대한 어린 날의 흐릿한 기억을 이야기할 때도 있었다. 그곳에서 태어나 자라다가 어린 시절 강릉을 떠난 것이었다. 나는 거기에서 꼭 오래 살아야만이 아니라 그곳에서 목숨을 얻고 태를 묻은 곳이 고향이라고 여기는 사람이어서 그 후에도 선생을 만날 때마다 이 부분을 여러 번 확인하고, 선생의 책에 강릉 이야기를 왜 자신 있게 말하지 않는 거냐고 고향 후배로서 따지기도 했다. 그는 고향이라고 강릉에 갔을 때 예전에 살던 내 집이거나 내가 아는 친구, 혹은 친척집에서 잠을 자는 것이 아니라 나그

네처럼 돈을 주고 여관에서 자는 잠에 대한 얘기를 했다.

그때에도 나는 누대로 그곳에 살던 사람들도 일단 고향을 떠난 다음 부모님이 그곳에 살아 계시지 않고 돌아가시면 누구나 여관에 짐을 풀고 잘 수밖에 없다고 말했다. 나는 언제나 선생에게 좀 더 적극적인 모습으로 강릉 출신의 작가임을 내세워주길 바랐다. 나만이 아니라 강릉 출신의 최성각 선배와 다른 고향의 작가들 모두 같은 마음으로 윤후명 선생이 그 앞자리의 든든한 몫을 해주길 바랐다. 그러면서 선생을 알고 지낸 지 30년이 되면서 선생에 대한 나의 호칭 역시 처음 그를 만났던 시절의 '선생님'에서, 문단의 존경하는 '선배님'으로, 함께 대관령 아래에 고향을 둔 '동네 형'으로 가까워지게 되었다. 그러다 지난봄 등단 50주년을 앞둔 선생의 신작 소설집 『강릉』이 '윤후명 소설전집'의 첫 권으로 출간되었을 때 나는 또 다른 반가움과 또 다른 기쁨을 느꼈다. 그것은 같은 고향의 후배 작가가 느끼는 동지애이자 한 울타리 안의 형제애와 같은 느낌이었다.

예전에는 술자리에서 자주 만나고 자주 보았다. 지금은 선생이 술자리를 만들거나 지킬 형편이 아니어서 이따금 고향 강릉에서 만들어지는 어떤 자리들과 함께 심사를 보게 되는 어떤 공적인 자리에서만 보게 된다. 그거야 어디에서 어떻게 만난들 무슨 상관인가. 바라노니 그가 늘 건강한 모습의 '한국문학 문체의 대가'로서 또 그런 모범을 보인 강릉의 내 형님으로 건강하게 오래오래 우리 곁을 지켜주기를 바라는 마음뿐이다. 알았지요? 혀엉!

나의 스승, 나의 소설

이순임 소설가

돌이켜 생각해 보니, 나는 선생님을 크게 두 번 만났다. 그 기준은 공교롭게도 '술'이다. 내가 소설을 쓰겠다고 나선 것은 지난 2000년도, 그때 선생님께서는 하루도 거르지 않고 술을 드셨다. 그 후 나는 몇 년간 습작을 하다가 개인적인 이유로 해서 소설을 잊고 지냈다. 그런데 소설이란 잊겠다고 해서 잊어지고 버린다고 해서 버려지는 게 아니라는 것을 나는 선생님과의 두 번째 만남을 통해 깨닫게 되었다. 그러니까 선생님을 다시 뵙게 된 것은 2009년 1월이었고 그때 선생님은 술 대신 맹물을 잔에 채워 한 모금씩 드시고 계셨다. 술을 끊으신 거였다. 나는 실로 놀라지 않을 수 없었다. 예전의 선생님은 항상 술과 함께였고 늘 취해 계셨던 분으로 기억되었기 때문에 그 모습은 너무나 생소했다. 물론 선생님의 건강이 염려되지 않은 건 아니었지만 선생님의 작품은, 어쩌면 다 술에서 나오는 거라 여겼던 때가 있어 그런지 꼭 그때의 선생님 같지 않았다. 아무튼 선생님을 뵙고 나니 다시 소설을 써야겠다는 다짐 같은 것이 불현듯 솟구쳤다. 먼저 그보다 앞선 직접적인 계기를 밝힌 다음 지나가고 싶다.

선생님을 내 인생의 멘토로 여기는 데는 특별한 이유가 하나 있다. 지금까지 살아보고 저절로 알게 된 게 있다면 그건

바로 인연이란 것이다. 내가 꿈을 이룰 수 있도록 나의 손목을 꼭 잡고 중력보다 더 센 힘으로 끌어주신 분이 선생님이시다. 2009년 새해 첫 날인가 둘째 날인가 선생님께서 친히 나에게 전화를 주셨다. 넌 요즘 뭐하고 사니, 90살까지 넌 뭐하고 살래? 선생님 특유의 낮은 음성으로 물으시는 거였다. 난 그 말을 듣는 순간 가슴이 턱 막혀왔다. 이혼을 하고 소설을 쓰네 하다가 그것도 던져버리고 일을 벌여 웬만큼 돈 좀 벌었다 싶을 무렵 2008년 금융위기가 찾아왔다. 모든 게 다 헛헛하다고 느낄 즈음, 선생님 말씀대로 난 정말 뭐하고 살지? 의문이 들었다. 하여 나는 곧바로 마음을 다잡고 노트북을 열었다.

지난 5월에는 강릉시립미술관 주최로 있던 '등단 50주년 기념 윤후명 전'에 다녀왔다. 시와 소설 그리고 그림. 선생님께서 걸어 온 오십 년 동안의 예술세계를 한 눈에 볼 수 있었다. 제1전시관에서부터 제3전시관까지의 작품들을 둘러보았다. 말이 오십 년이지 그 세월을 미분해서 보자면 어마어마한 시간이다. 그러나 선생님은 한결같으셨다. 전시 벽면에는 "첫 문장을 얻으려는 것 참 저도 어렵죠."로 시작된 글이 빛을 받고 있었다. 선생님께서도 여전히 그 고민을 하시는구나 하고 느낀 순간 얼굴이 확 달아올랐다. 그리고 나의 게으름을 질책했다. 한없이 부끄럽고 송구하기가 이를 데 없었다. 2층 전시관에는 색 바랜 선생님의 원고지 뭉치도 있었다. 버리고 채우고 수없이 반복한 원고지에도 세월의 때가 고스란히 묻어 있었다. 나는 그 자리에서 한동안 발을 떼지 못했다.

그렇게 쓰고 고치고 다듬고 한 선생님의 작품들이 이번에 12권 전집으로 묶여 나왔고 선생님은 각 일간지 인터뷰에서 소설은 결국 나의 이야기이고 한 권의 책이란 말씀을 하셨다. 그 한 권의 책을 쓰기 위해 오십 년 동안 걸어왔다는 말씀에 나는 격하게 감동하고 말았다. 나는 나의 이야기를 하고 있는가.

얼마 전 비단길 모임에서 우리는 선생님을 모시고 한 식당을 찾아갔다. 체부동에 있는 뼈해장국 집이었다. 어떻게 하다 보니 선생님 옆 자리에 앉게 되었는데 나는 선생님께서 별 말도 아닌데 선생님께서 말씀하시면 웃음을 참지 못할 때가 있다. 그날도 아마 무슨 이야기 끝에 몇 번 크게 웃었던 것 같다. 한 선배님의 제안으로 맥주와 소주를 시켰었다. 나도 소맥을 한 잔 달라했고 그 말을 들으신 선생님께서 정색을 하시며 "순임이 너도 술을 좀 하니?" 물으시는 거였다. 마주 앉아 있던 선배님이 순임이가 좀 마시죠, 웃으면서 한 마디 건넨 일이 생각난다. 하루도 거르지 않고 술을 드셨던 예전의 선생님, 술의 힘으로 소설을 쓰시나 믿거라 했던 그때가 그립기도 하다. 선생님의 등단 100주년을 기다리자며 건배 제안한 선배님이 떠오른다.

선생님은 내게 90살까지 뭐하고 살 거냐며 소설을 쓰도록 이끌어 주셨다. 아닌 게 아니라 구십에 십을 더해 선생님의 등단 100주년을 기리기 위한 소설을 청탁받기 기원하면서 나는 이 글을 마치고 싶다.

엉겅퀴꽃 그림

이종주 시인

　윤후명 선생이 엉겅퀴꽃 그림 한 점을 주셨다.

　선생의 엉겅퀴꽃 그림을 침실에 걸어두고 보다가 거실에 걸어두었다가 마침내는 현관에 걸어두고 출퇴근할 때마다 보게 되었다. 내가 그림을 오며가며 본다기보다는 엉겅퀴꽃 그림이 언제나 나를 지켜보고 있다는 생각이 들었다가 그림을 그린 작가가 나를 지켜보고 있다는 생각마저 들기 시작했다.

　어느 일요일, 엉겅퀴꽃 그림을 유심히 보게 되었다. 그리고는 윤후명 선생의 엉겅퀴라는 시도 찾아 읽게 되었다.

　　터키산(産) 아티초크 병조림을 얻어

　　이게 뭘까

　　사전엔 솜엉겅퀴, 꽃받침을 먹는다고 했다

　　그런데 곤드레나물이 고려엉겅퀴라 하여

　　엉겅퀴가 더 다가온 아침

　　엉겅퀴를 그려놓은 회사에 임시사원으로 드나든

　　세월을 생각한다

　　사랑도 없이 술로 상한 내 간(肝)에는

독일산(産) 레가론을 투여한다
학명 카르두스 마리아누스에서 뽑은 약
(실리빈으로서 60mg)
다시 말해 가시엉겅퀴에서 뽑은 약
그래서인가
몇 해 전부터 엉겅퀴 몇 포기 심어놓고
그 꽃빛 적자색(赤紫色) 간을 생각해왔다
삶을 생각한 건 아니었다
(슬픔으로서 몇mg)

— 「엉겅퀴」 전문

윤 선생의 지나온 여정이 그림 한 점에, 시 한 편에 다 있는 듯해서 눈시울이 붉어졌고 나 또한 슬픔 몇 mg에 젖어들었다. 미안하고 죄송한 마음도 몇 mg 생겼다. 허구헌 날, 인사동에서 윤후명 선생과 제자들과 함께 날밤을 지새운 적이 많았으므로.

그때부터 틈나는 대로 엉겅퀴에 대해 토막 지식을 모았다.
꽃말은 '고독한 사람'이고 어원은 피를 엉기게 하는 성질이 있어서 붙은 이름이라는 것도 알았다.
전 세계에 200여 종이 있고 한국 자생종은 10여 종이 있다는 것을 알았다. 울릉도 자생 섬엉겅퀴, 지리산에서만 핀다는 정영엉겅퀴, 엉겅퀴 종류 중에서 가장 수수한 지느러미

엉겅퀴, 희귀종인 흰잎엉겅퀴, 버들잎엉겅퀴, 바늘엉겅퀴, 도깨비엉겅퀴, 큰엉겅퀴, 물엉겅퀴, 그리고 어린 잎을 나물로 먹는 곤드레나물 고려엉겅퀴.

윤후명 선생 화법을 빌리자면 '엉겅퀴가 더 다가온 일요일'이었다.

윤후명 선생이 기억하는지는 몰라도 안산 시절, 윤후명 선생댁에서 통음하던 날, 함께 DMZ와 독도, 제주도, 거제도, 강릉을 다니던 날, 임만혁 화가, 김원숙 화가와 전시를 하던 일, 인사동 카타르시스 포장마차의 추억이 스친다.

등단 50주년, 반 세기가 이렇게 지나가는가?

늙었지만 젊은 작가, 소설가를 가장 많이 등단시킨 소설가 중의 소설가. 어디 그뿐이랴. 시인, 화가, 식물학자, 철학자. 작은도서관장. 그 연세에 아직도 현역으로 노익장을 뽐내는 분.

돌아가시는 날까지 원고지 칸을 한 칸 한 칸 메우고 있는 모습이 떠오른다. 그 곁을 지키고 있는 흔히 볼 수 있지만 유익한 엉겅퀴꽃이 보이고 호랑나비가 오고 벌이 모인다.

현관에 걸린 엉겅퀴꽃 그림도 윤후명 선생의 등단 60주년, 70주년, 80주년을 지켜보리라.

이제 내게는 윤후명 선생과 엉겅퀴가 겹쳐 보인다. 하루 70만 번의 파도로 새로워지는 강릉 바다 파도소리도 들린다. 강릉에서 서울까지 먼 여정을 걷고 있는 선생의 삶이 해마다 자주보라색 엉겅퀴꽃으로 거듭거듭 피기를 소망한다.

석남꽃의 화신

이채형 소설가

양평군 옥천의 남산 기슭에 화비루(花飛樓)가 있다. 윤후명의 서재다. 오래전에 나는 그곳에서 몇 해를 보낸 적이 있었다.

그는 화비루의 뜰을 꽃나무로 가득 채웠다. 그 꽃 한 그루한 그루를, 그가 종로 묘목 시장에서 하나하나 직접 구해다심은 것을 알면 놀랄 수밖에 없다. 그 무렵, 아직 다 자라지않은 꽃나무가 그의 뜰을 사시사철 풍성하게 꾸몄다. 봄에는산수유, 매화, 진달래, 목련, 수선화, 철쭉, 살구꽃, 모란, 송화…… 여름이면 작약, 백리향, 능소화, 원추리, 나리, 목백일홍, 연꽃, 옥잠화…… 가을이면 국화, 구절초, 쑥부쟁이, 오동꽃…… 그리고 겨울에는 동백, 잣나무, 대나무가 그 뜰을 푸르게 지켰다.

아는 사람은 다 알지만 그는 유난히 꽃을 좋아한다. 그가꽃나무를 구해 와서 작은 꽃삽으로 흙을 파서 정성스레 심고물을 주는 모습을, 나는 거기 있는 동안 수시로 보았다. 그하나하나의 동작이 너무도 경건하고 숙연해 보여 매양 어떤비의(秘儀)처럼 느껴졌다. 그리고 그 의식을 마친 뒤에 아득한 눈길로 꽃가지를 바라보는 그의 모습을 지켜보다가 나는이렇게 탄식하곤 하였다.

"아, 저 빈 꽃가지에서도 그는 이미 꽃을 보고 있구나, 아무도 보지 못하는 꽃을!"

꽃의 정령이 지필 대로 지핀 그에게 있어서 꽃은 '생명의 신비에 몸을 떨지 않을 수 없는' 존재이며 '이 원초적인 느낌이야말로 우리의 태어남의 의미로까지 이어지는' 존재다. 그러므로 그에게 있어서 '꽃 한 송이에서 우주를 본다는 것'은 전혀 과장으로 여겨지지 않으며, 그것은 그가 '우리들 사랑이 우주에 닿아야만 완성된다고 믿는 까닭'이기도 하다.

어느 날 그가 꽃나무 분 하나를 구해 가지고 왔다. 아직 꽃을 피우지 못한 그것이 무슨 꽃나문지 꽃에 둔한 나로서는 알 턱이 없었다. 알고 보니 그것은 설화 속에 등장하는 신비로운 꽃이었다. 석남꽃!

신라 때 최항이라는 사람이 있었는데 그에게는 사랑하는 여자가 있었다. 그러나 부모가 허락하지 않아 몇 달 동안 만나지 못하다가 그만 죽고 말았다. 죽고 여드레째 되는 날 그 혼령이 여자를 찾아갔다. 그가 죽은 줄 모르고 있던 여인이 그를 반가이 맞자 사내는 머리에 꽂고 있던 석남꽃 가지를 꺾어 여자에게 건넸다. 여자가 그의 집까지 따라갔지만 그가 담을 넘어 들어간 뒤 새벽이 되도록 나오지 않았다. 아침에 그 집 사람이 온 까닭을 물어 여자는 사실대로 대답했다. 그러자 그가 죽은 지 8일이 지나 오늘이 바로 장례날이라는 것이었다. 여자는 그가 건네준 석남꽃 가지를 내보였다. 관을 열어 보니 사내의 머리에 석남꽃 가지가 꽂혀 있고 옷이 이

슬에 젖어 있었다. 여자가 그를 따라 죽으려 하자 그가 다시 살아나 마침내 백년해로를 하고 함께 살았다.

이 수삽석남(首揷石南) 설화가 우리에게 보여주는 것은 무엇인가. 운명적인 사랑의 힘이다. 은장도의 푸른 날로도 벨 수 없는 질기고 질긴 연(緣), 그것의 몸서리침이다. 꽃가지로 얽힌 사랑의 연은 죽음으로도 막을 수 없어 죽은 이를 일으켜 세우고, 끝내 사랑의 완성을 가져오게 한 것이다.

문득, 그가 들고 온 석남꽃 화분의 가지마다 노란 꽃송이가 터지는 듯했다. 그리고 그 꽃 사이로 나는 천 년 전 사내의 환생을 보았다. 머리에 꽃가지를 꽂은 채 관 뚜껑을 열고 걸어 나오는 저 사랑의 화신. 놀랍게도 그는 천 년을 단숨에 건너뛰어 바로 내 앞에 서 있었다.

그는 꽃의 화신이자 사랑의 사도다. 그는 사랑이야말로 '존재의 영원한 본질이며, 또한 그 본질이 들어 있는 상자를 여는 열쇠'로 인식하고 있을 뿐 아니라, 앞의 설화에서처럼 '사랑은 죽음까지 거느린 심원한 모습으로 우리와 가까이, 함께 있음'을 깊이 체득하고 있다. 그럴진대 그가 저 설화 속 사내의 환생이 아니고 어쩌랴.

요즈음 윤후명은 그림에 깊이 빠져 있는 듯하다. 그 또한 꽃의 화신으로서 사랑의 본령을 찾는 작업이 아닌가 싶다. 실제로 그가 시리즈로 그린 엉겅퀴꽃에 그의 모습과 그의 마음이 내다보였다. 언젠가 어느 전시장에서 그의 그림을 보며 혼자 감탄하여 이렇게 읊조렸다.

화가

그리기 싫은 그림을
그리지 않으려고
스스로 눈을 찌르고

그림이 좋다는 말을
듣지 않으려고
스스로 귀를 잘랐다

구천을 떠돌던
그 눈과 귀가
오늘 여기서 만났다

아름다운 수컷

이평재 소설가

한 조류학자가 있다. 그는 어느 자리에서건 '프랑소와 비용, 장 주네, 클로드 모르강, 조셉 콘라드, 에리히 캐스트너에게 따뜻한 포옹을!' 하고 외치곤 한다. 세상에서 가장 아름다운 새가 극락조인데, 이 다섯 작가가 극락조를 떠올리게 하기 때문이라나, 뭐라나. 다섯 작가의 공통점을 살펴보면 전혀 이해 못할 바는 아니나, 어려운 이야기였다. 어쨌든, 내가 알고 있는 극락조라면 남태평양의 섬나라 파푸아뉴기니의 국기에 새겨져 있는 새였다. 그런데도 조류학자의 말은 무엇 때문인지 나에게 어떤 코멘트로 작용을 했고, 나를 알지 못하는 세계로 빠져들게 했고, 나로 하여금 몇 개의 낱말로 한 남자 인생을 가늠하게 했다.

옥수수

그는 민박집 툇마루에서 사람들과 이야기를 나누고 있었다. 그사이, 저만치 어둠에 묻힌 바다는 거친 파도소리를 내며 여름비를 삼켜댔지만 길가의 접시꽃은 모두 바닥으로 쓰러져버렸다. 담장을 따라 핀 참나리꽃도 여름비에 사락사락 쓸리고 있어 이제 곧 문드러질 것 같았다. 그래도 민박집 여주인은 몰려든 손님에 기분이 좋은 듯, 달빛처럼 뽀얀 얼굴로 찐 옥수수를 내와 사람들 손에 하나씩 쥐어주었다. 맛있는 옥수수였다. 사람들은 쫀득한 옥수수 알을 씹으며 더 많은 이야기를 나눴다. 긴 머리의 여자는 그의 소설 속 한 문장을 거론하며 감탄사를 터트렸고, 하얀 셔츠를 입은 남자는 어느 베스트셀러 작가의 이름을 들먹이며 큰 소리로 욕을 해댔고, 그 와중에도 얼굴이 깡마른 여자는 남자들을 홀끔거리며 배시시 묘한 미소를 지었고, 외국유학을 다녀왔다는 남자는 외국과 다른 우리 문학의 현실에 대해 긴 이야기를 늘어놓았다. 그러나 그는 조용했다. 아무 말도 하지 않고 손에 든 옥수수를 가만히 내려다보고 있었다. 그러곤 어린아이처럼 홀쩍홀쩍 울음을 터뜨렸다. 그때, 누군가 속삭였다. 그의 어머니가 여름이면 찐 옥수수를 머리에 이고 장터로 나갔었다고.

그림

가을볕이 따가운 오후였다. 그는 반바지를 입은 채 마당에 물을 뿌리고 있었다. 파란 잔디밭 위의 그의 종아리가 유난히 하얗게 빛났다. 사람들은 선생님, 하고 외치며 그에게 다가갔다. 그 역시 반갑게 사람들을 맞이했다. 그런데 이미 술에 취한 그의 몸은 비틀거렸다. 사람들을 이끌고 집 안으로 들어가면서도, 이층의 작업실 계단을 오르면서도 비틀거렸다. 다행히 그의 표정은 누군가 목구멍을 간질이는 것 같았다. 한편으론 연애에 빠진 듯 무언가에 달아올라 있었다. 사람들은 그의 작업실로 들어서면서 그 이유를 알 것 같았다. 그의 탁자 위에는 글을 쓰는 노트북 대신 여러 겹의 화선지와 색색의 수채화 물감이 널려 있었다. 화선지에 수채화 물감이라니? 그래도 술에 취한 그는 호기롭게 외쳤다.

"그림이 뭐 별 거야? 내가 멋진 그림을 한 장씩 그려주지!"

그는 화선지 위에다 유치원생보다 더 아무렇게나 선을 긋고 아무렇게나 색칠을 해 사인까지 한 뒤, 그 엉터리 그림을 사람들에게 한 장씩 나눠주었다. 그때마다 사람들은 까르르 웃음을 터뜨렸다. 코미디 같은 장면이었다. 그랬기에 한때 화가생활을 하고 이제는 소설가가 된 여자는 난감했다. 그가 무례하게 그림을 모독하는 것 같았다. 여자는 코미디 같은 장면을 피해 마당으로 나갔다. 그가 촉촉하게 물을 뿌린 잔디밭을 서성이며 곰곰이 생각에 빠졌다. 만물의 관계가 동그라미를 만들어가는 거라고 말하는 그가 왜 이런 어처구니없는 행동을 하는 건지, 알 수 없는 일이었다. 한 가지 맥락 없이 떠오르는 것이 있다면, 좋아하는 여자아이의 머리카락을 잡아당기는 소년의 모습이었다. 순진한 사랑은 상대를 모독하고 괴롭히는 것으로부터 시작되기도 하니까.

소설

그에겐 책으로 묶어야 할 원고가 하나 있었다. 소설 작품은 아니었다. 그가 아주 오랫동안 학생들을 지도하면서 알게 된 것을 틈틈이 정리한 소설작법에 관한 원고였다. 몇몇 제자들에게도 짧은 글을 받아 곳곳의 예문으로 사용까지 한 터였다. 이제 출판사에 넘겨 출간만 하면 그동안 나왔던 모든 글쓰기에 관한 책들이 무안해질 정도의 책. 그러나 그는 무엇 때문인지 원고를 그대로 묵혀 두었다. 누군가 궁금해 하면 글쎄, 하고 더 이상 말을 잇지 않았다.

그러자 어느 날, 한 제자가 적극적으로 나서며 물었다.

"그 책 내셔야지요. 제가 어느 출판사에다 얘기했더니 당장 달라는데요."

그가 대답했다.

"그 책 안 낼 거야. 무슨 의미가 있겠어."

제자는 어리둥절하여 다시 물었다.

"네? 왜요?"

그가 대답했다.

"소설이 그런 게 아니잖아. 문학으로 만나서 함께 지지고 볶아야하는 거지."

그의 말에 제자는 머리를 한 대 후려 맞은 것 같았다. 부끄러움에서 오는 고통을 느꼈고, 동시에 깨달음에서 오는 기쁨을 느꼈다. 정말 소설은 작법 책으로 되는 게 아니었다.

육성

사회자가 두 명인 '북 콘서트'는 많이 이상했다. 초대작가인 그가 질문에 답하는 시간보다 두 명의 사회자가 주거니 받거니 만담을 하는 시간이 더 길었다. 게다가 초대작가인 그를 보조하기 위해 나온 두 명의 작가도 속절없이 솔직해 시크하기까지 했다. 그렇게 그 한 명만 빼고 모두가 제자리를 잃고 있었다. 도대체 콘티대로 맞아 돌아가는 게 없는 것 같았다. 역시, 어느 정도 시간이 흐르자 객석 앞쪽에 앉아 있던 철없는 학생들이 하나둘 자리를 빠져나가기 시작했다. 얼마 지나지 않아 앞쪽이 휑하니 비어버렸다. 이제 객석에는 초대받은 그의 제자들과, 그에게 팬심이 있는 열렬한 독자들과, 두 사회자의 만담에 시시덕거리는 관계자들과, 우연히 들어왔다가 예의상 자리를 뜨지 못하는 착한 손님들과, 원래 북 콘서트가 이런 거라고 여기게 될 문외한들이 남아 있었다. 그리고 객석 중간쯤에 한 여류소설가가 가끔씩 자신의 아픈 허리를 두드리며 앉아 있었다. 사실, 그녀는 허리통증보다 지루한 무대를 지켜보는 게 더 고역이었다. 그러나 자리를 뜰 수는 없었다. 오히려 객석이 점점 비워지자 안절부절못했다. 무대 위의 그의 표정을 살피면서 두 명의 사회자가 어서 북 콘서트를 끝내 주길 간절히 바랐다. 그리고 마침내 그를 향해 마지막 질문이 던져졌다.

"선생님께서는 이곳이 선생님 소설의 시작이자 마지막이라는 말씀을 하셨고, 올해는 이곳 문화도서관의 명예관장도 맡아주셨습니다. 다른 사람들은 좁은 세계를 떠나 더 넓은 세계로 가는 것이 꿈인데, 거꾸로 넓은 세계에서 이곳으로 오신 이유가 무엇인지 알고 싶습니다."

여류소설가는 질문의 대답을 짐작할 수 있었다. 나이가 드니 발걸음이 자연스레 고향으로 향해지더군요. 그러나 그의 대답은 그렇게 단순하지 않았다. 많은 서사가 은유로 담겨 인생을 이야기하고 있었다. 그래서 여류소설가는 아쿠다가와 류노스케의 '아름다운 수컷'이라는 말을 떠올렸고, 기연 가미연가 눈앞에 있는 그가 한 마리 극락조로 보였다. 그토록 대책 없던 북 콘서트를 세상에서 가장 멋진 북 콘서트로 기억되게 한 그의 말 한마디는 이랬다.

"육성이 들리는 데까지가 자기의 세계다."

제주, 수선화

이희단 소설가

참 이상한 일이었다. 그가 수선화로 보이다니. 어떻게 그럴 수가 있지?

"이게 제주의 수선화입니까?"

일행보다 앞서 가던 나는 걸음을 멈추었다. 하얀 꽃이 예쁘단 생각을 하며 지나친 길이었다. 겨울 산중턱에 꽃이 피어있다는 것이 신기하다고 여기며 걷고 있었다. 어렴풋이 들려온 그 말에 나는 뒤를 돌아보았다. 잿빛 바바리코트를 걸치고 담배를 입에 물고 있는 남자. 제주공항에서 내려 버스로 이동하는 중에 소설가라고 소개되었던 사람. 그 남자가 꽃 이름을 물어보았다.

그 해, 일월, 제주의 하늘은 그리 맑지는 않았으나 바람만은 제주 바람이 불었다. 제주 바람, 이것은 내가 제주의 바람에게 붙인 이름이었다. 지중해 바다라고 하듯이. 일년 삼백육십오 일의 바람이 달랐으니 무어라 이름을 붙일 것인가. 일월의 바람은 적당히 차가웠으나 매섭지는 않았다. 차가운 부드러운 바람이라고나 할까. 그러나 바람은 끊임없이 불어왔다. 제주 바람이 나를 부르고 있다고 여겼다. 제주는 여자의 섬이라고, 그래서 나를 부르고 있는 것이라고 무슨 신앙처럼 여기며 제주를, 제주의 바람을 사랑했었던 시절이었다. 겨울이라고 해도 눈보다 비가 오는 날이 많은 제주 날씨답게 그날도 비가 올 듯 흐렸다. 구름이 습기를 머금고 있었다. 그러나 비는 올 듯 올 듯 하면서도 오지는 않았다. 이런 날이 걷기에는 최상이라며 진행자는 흐린 날에 감사해야 한다고 했지만 나는 비옷을 준비하지 못했기 때문이 아닐까란 쓸데없는 생각을 하고 있었다. 비옷 사는 것이 그리 힘든 일은 아니겠지만 맑은 날을 기대한 나의 마음이 그를 곱게 보고 있지는 않았던 것이다. 전부터 알고 있었던 진행자와는 행사가 끝난 후부터 지금까지 친구처럼 지내고 있으나 당시에는 그의 큰목소리가 조금은 신경에 거슬렸었다. 하늘을 덮고 있는 구름은 매우 낮게 깔렸다. 화가와 소설가는 상당히 안면이 있는 듯 다정한 인사를 나누었지만 그들은 우리의 관심을 끌지는 못했다. 나는 제주의 매력에 서서히 빠져 들어간 사람들을 다시 만나는 것만이 기뻤던 것이다. 우리는 매달 제주를 찾아 올레를 걸었다. 올레는 아직 미완성이었다. 길을 새로 낼 때마다 나는 그 길들을 따라 걷고 있었다. 내가 떠맡은 작은 책임들을 그 길에 놓고 오고는 했다. 혼자 걷는 그 길에서 소설가와 시인과 화가들을 만났다. 그 해 일월은 올레 12코스를 걷고 그림도 그리는 행사였다. 첫날은 올레 12코스를 걷고 저녁엔 강연을 듣는 순서였다. 그렇게 녹색문학미술기행의 행사는 시작되었다. 강연장에서 소설가는 '인생이막'을

준비하라며 글을 쓰라고, 소설을 쓰라고 작은 목소리로 우리
를 설득했다. 나는 나도 모르는 사이에 그의 말에 끌려들어
갔던 것일까.

꽃 이름을 물어보는 소설가. 그래서 내 눈에 특이했던 소
설가. 제주에선 겨울에도 수선화가 피어 있다고 신기해하는
소설가. 그는 나에게 제주 수선화 소설가로 인식되었다. 후
에 나는 알았다. 그가 식물학자에 버금갈 정도로 꽃을 많이
알고 사랑한다는 것을, 그는 수선화보다 엉겅퀴를 더 좋아한
다는 것을, 그러나 무슨 상관이랴. 그는 나에게는 제주 수선
화의 소설가였다.

문학비단길은 비단길이 아니다

정승재 소설가

그를 만난 건 22년 전 어느 날 저녁이었다.

뭔가 변화를 꿈꾸던 때다.

그때 나는 이 지루한 삶을 탈출하기 위해서는 진화가 아니라 돌연변이가 필요하다고 느끼고 있었다. 어쩌면 스타워즈의 요다가 되기를 바랐는지도 모른다. 어떤 사건이 발생하길 은근히 기대하면서 어두운 계단을 오르고 있었다. 변화에 민감한 젊은이들의 거리 대학로에 있는 문학과창작사가 입주해 있는 건물이었다. 건물 입구에는 '문학비단길'이라는 글귀가 크게 쓰여 있는 한지가 붙어 있었다.

2층에 있는 강의실 문을 열고 들어서자, 큰 책상이 보였다. 그 책상 한가운데에 웅크려 앉은 남자가 담배를 물고 있었다. 희뿜한 연기가 자욱한 방이었다. 전등이 하나 켜 있었으나 30촉도 안 되는 듯 사위는 어둠침침했다. 그리고 십여 명의 여자들이 도열하듯 양옆으로 고개를 숙이고 앉아 있었다. 십여 명이 넘는 그 사람들 틈에 왜 그 사내가 먼저 눈에 들어왔는지는 설명할 길이 없다. 그냥 그가 먼저 눈에 들어왔다. 가장 멀리 있었음에도 불구하고 그가 요다처럼 웅크리고 있기 때문인지도 몰랐다. 담배연기 속에 무거운 침묵이 흐르고 있었다. 그 남자처럼 담배를 피우는 여자도 있었고 술을 홀짝이는 여성도 있었다.

희붐한 연기 속에서 그들은 무슨 짓을 하고 있었던 것일까.

내가 들어서자 그들의 대화는 멈췄다. 그들은 뭔가 내밀한 이야기를 주고받고 있었던 것이 분명했다. 도달할 수 없는 어떤 경지를 갈구하는 의식을 치르고 있는 것 같기도 했다. 내 앞에 펼쳐진 그 전경은 이교도들의 집회장면 같았다. 밀교도들의 성스러운 제사장소 혹은 밀회의 장소였다. 어두컴컴하고 약간의 푸르스름한 빛이 도는 방이었다.

그곳에 가 열두어 명의 여자들을 모아놓고 작은 소리로 무어라 훈계를 하고 있는 것이었다. 주문을 읊조리는 듯싶기도 했다. 왠지 들어가기가 저어되는 분위기였다. 세 명인지 네 명인지 힐끗 내 쪽을 돌아봤지만 곧바로 고개를 거두었다. 그들은 나를 원치 않는 것 같았다. 그러나 나는 두려움에 떨면서도 문을 닫고 비실비실 빈자리를 찾아 앉았다. 문에서 가장 가까운 맨 끝자리였다. 문을 열고 들어오다 되돌아 나갈 수는 없는 노릇이었다. 되돌아 나가는 것보다는 남는 것이 더 안전할 듯싶었다.

아내의 선배로부터 소개받은 모임. 소설을 배우러 갔던 그곳에서 나는 밀교신도들의 이상한 제사 장면을 보고 만 것이었다. 지극히 존경의 대상이 되어야 할 소설 쓰는 사람들의 모임이었지만, 그 모임은 정상적인 사람들의 모임이 아닌 듯싶었다. 뭔가 특별한, 아니 음침하고 절박한 뭔가를 꾸미고 있는 족속들이었다.

"됐습니다. 이 정도면 됩니다."

그 남자가 조용히 말했다. 여기저기서 작은 탄식이 흘러나왔다. 한 여자가 허리를 꺾고 고개를 책상 위에 묻었다. 그녀의 어깨가 조금씩 위아래로 오르내렸다. 한참 만에 고개를 든 그녀의 얼굴에는 눈물이 번들거렸다. 선생님께 칭찬을 받은 것이 처음이라는 그 여자는, 두 달 후 『한국일보』 신춘문예에 당선되었다는 소식을 듣게 된다. 죽은 어머니에 대한 이야기를 쓴 소설이었다. 활달했던 나는, 유쾌함과 가벼움을 즐기던 나는, 그 모임에 나가면서부터 삶이 점차로 힘들어졌다. 회사는 경영이 어려워졌고, 이 세상 모든 것들의 부조리함을 깨닫기 시작했고, 이 부정의한 세상은 깨질 수 없는 완고함을 가졌다는 것을 알아갔다. 형의 교통사고 죽음과 연이은 아버지와 어머니의 병사, 그리고 회사의 부도와 실직이 이어졌다. 문제는 그 많은 것들이 순식간에 찾아왔고, 또한 그 모든 것들이 곧 시큰둥해졌다는 사실이었다.

내가 의지할 것은 소설뿐이었고, 내가 의지할 사람은 그 남자뿐이었다. 언젠가는 내가 제다이처럼(내가 제다이를 생각해낸 것은 그가 스타워즈의 요다와 겉모습이 비슷해서 그랬는지도 모를 일이었다) 뭔가 큰 인물이 될 것이라는 무모하고도 막연한 기대를 갖고 있던 나는, 삶이 그렇게 호락호락한 것이 아니라는 것을 알았다.

그때부터 나는, 내가 진짜로 탈출을 시도하고 있다는 것을 깨달았다.

수업이 끝나고 그 남자가 말했다.

"남자 제자가 오니 좋군."

그리고 밖으로 나오기 위해 그 끼긱거리는 문을 밀 때 여자 제자 중 한 명이 이렇게 말하는 것이었다.

"이제 술 먹는 일만 남았네!"

두 시간의 합평 시간 동안에 처음으로 듣는 경쾌한 목소리였다. 그때는 합평이 끝나면 다음날까지 밤새도록 술을 마셨다.

술취한 나는 지금도, 담배연기가 자욱한 비단길 선상에서, 그 남자의 목소리를 기다린다.

"됐습니다. 이 정도면 됩니다."

501호 계단을 오르며

정태언 소설가

그 허름한 건물의 계단 앞에 처음 섰던 날은 몹시 춥던 겨울이었다. 대한(大寒) 언저리로 바지통을 타고 막 올라오는 찬 공기는 잔뜩 긴장한 나를 더욱 움츠리게 만들었다. 계단 앞에 서기까지 나는 그 허름한 건물 앞에서 몇 번씩이나 심호흡을 했던 터였다. 내가 갈 곳은 5층이었다. 물론 그 건물에는 엘리베이터는 없었다. 허연 입김을 뿜으며 계단을 오르기 시작했다. 목적지인 501호를 되뇌었다.

그 무렵 나는 정말 오래 내려놓고 있던 소설 습작을 다시 시작했다. 그래봐야 매일 제자리에서 뱅뱅 돌 뿐이었다. 정말 지금 내가 쓰는 게 소설이 맞는지 알 수 없었다. 그러다가 알게 된 곳이 501호였다. 몇 번을 망설이다가 전화를 했고, 그렇게 501호로 향했던 터였다. 2층을 지나 3층에 다다르자 계단은 더 이상 보이지 않았다. 그럴 리가. 당황스러웠다. 건물을 잘못 짚은 게 틀림없었다. 1층에서 위로 오르는 계단은 분명 하나였다. 계단 옆으로 횟집과 노래방 같은 게 들어차 있었다. 재빨리 건물을 빠져 나와 목적지 501호가 속한 건물 주소를 재차 확인했다. 종로구 공평동 ○○○○-○○ **빌딩 501호. 틀림없었다. 고개를 쳐들고 위를 올려보니 3층 건물은 아니었다. 헤아려보니 그 위로 4층이 있었다. 내 시야에

5층은 들어오지 않았다. 뭐가 뭔지 도통 감이 안 왔다. 허옇게 뿜어져 나오는 입김, 그보다 조금 짙은 칙칙한 잿빛을 휘감은 건물. 501호도 그 색 같다는 생각이 들었다. 내게 다가든 '소설'이란 것도 그랬다. 그렇다고 돌아설 수도 없었다. 또 내 주변머리로 재차 전화하기도 뭐했다. 알아 본 바로는 수업이 진행되고 있을 것이었다. 들어갈까 말까. 그날 내 심정이 그랬다. 좁은 건물 입구에 한참을 서성였다. 새로 소설을 써보자고 마음먹지 않았던가. 다시 계단으로 발을 옮겼다. 2층에서 멈췄다. 긴 복도를 따라 사람들이 간간 오갔다. 양옆의 사무실들을 보며 주춤주춤 복도 반대편 끝에 다다랐다. 그러자 위로 오르는 계단이 보였다. 거듭 심호흡을 했다. 아니 계단을 오르는 데 이리 까다롭단 말인가. 툴툴대며 위를 향해 걸었다. 4층에서 내가 밟고 올라 온 형태의 계단은 5층이 아닌 필시 건물 옥상으로 향할 것만 같은 가파른 계단이 가로막았다. 미심쩍었다. 하지만 내친걸음이었다. 그리고 내 눈앞에 나타난 옥탑방 둘. 거기가 501호 소설학당이었다. 그렇게 나는 윤후명 선생님을 처음 뵈었다. 선생님의 강의를 들으며 머리를 갸우뚱했고, 또 그곳을 오르내리는 동안 그 계단 앞에 서서 자주 길을 잃곤 했다. 그곳은 내게 소설 같았다. 알 듯 알 듯 하면서도 저만치 다른 세계에 서 있는 소설의 세계. 카프카의 '성(城)' 같은 소설학당도, 소설도 잡힐 듯 가까워 보였지만 다가서면 멀리 달아난 형국이었다.

　'소설, 길을 떠나다……' 윤후명 선생님의 작업실에 붙어 있는 그림 속 글귀. 선생님이 걸으셨던 비단길을, 그리고 알타이를, 시베리아를, 시인 백석이 읊었던 저 '북방'을 더듬을 무렵 나는 등단을 했다. 나도 그렇게 소설이란 길로 들어섰다. '소설'을 쓰는 게 아니라 '내 소설'을 써야 한다는 선생님 말씀도 늘 귓가에 맺혀 있다.

오늘도 수많은 계단을 오르내린다. 매일 오르내리는 아파트의 계단, 지하철의 계단, 약속이 잡힌 낯선 건물의 계단 등 수도 없다. 그러다가 덜컥 가슴이 내려앉는다. 일상화되고, 자동화된 내 발이 무심하게 밟고 오르내리는 계단들 앞에서, 대충 방향만 잡으면 목적지에 데려다 놓는 그 계단들 앞에서 내가 지나친 곳이 맞는 방향인지 고개를 갸우뚱 거린다. 그럴 때마다 공평동의 그 건물 501호로 오르던 계단이 자꾸 생각나는 것은 무슨 까닭일까.

그 건물은 재건축으로 새롭게 태어나는 중이다. 그 자리에 들어서는 501호에 가려면 필시 성능 좋은 최신형의 엘리베이터를 타면 될 것이다. 나는 그 앞을 지나며 가끔 그런 생각에 잠겼다. 그 계단을 다시 오를 수 있을까. 이제 등단 10년차를 앞둔 시점에서 501호에 어찌 오를까, 그 501호 속에서 뿜어져 나오던 열기와 계단 오르는 방법을 말씀하시던 선생님.

이제 등단 50주년을 맞은 거목의 그림자를 따르려면 그렇게 올라야 한다. 그래서 초심으로 돌아가 보고자 이제는 사라진 이미지로 저장된 그 501호 계단을 찬찬히 한 발 한 발 오르려 마음을 다잡는다.

바다에서 발목을 묶다

최규익 소설가

  태안반도의 한 이름 있는 해변에서 얼마 떨어지지 않은, 한 이름 없는 해변이었다. 국민대 문예창작대학원의 정기 문학 기행 길이었다(그와 나는 그곳에서 함께 선생으로 근무하고 있었다).

  이름 있는 곳에는 없던 해당화가 이름 없는 곳엔 무더기로 피어 있었다.

  일행 중 한 시인이 해당화다 하고 소리치는 바람에 우리는 스쿨버스를 잠깐 멈추었다. 사람 눈을 별로 안 탄 해당화들이 앳된 소년 장수같이 당당하게 피어나 있었다. 그 해안 사구 아래는 폭이 이삼백 미터도 넘을 넓은 백사장이었고 바다는 그 끝에서 더 멀리 달아나고 있었다. 바다로 갈 땐 어쩐지 해당화 핀 언덕을 넘어서 가는게 맞겠군 하는 생각이 잠깐 들기도 했다. 우리는 너 나 할 것도 없이 저절로 해당화 언덕을 넘어 백사장에 발을 들여 놓았다. 바다 쪽으로 걸어 갈수록 모래는 단단해졌다. 바닷바람이 확 불고 몇몇은 긴 머리를 뒤로 옆으로 펄럭였다.

  물기가 배어 있는 백사장엔 조그맣고 가느다란 무늬들 천지였다. 무엇이 기어간 흔적이었다. 수도 없이 뱅뱅 돌거나, 비스듬한 산능선의 그리매를 그리거나, 사막의 대상들처럼 먼 길을 계속 기어간 흔적이었다. 이십 명 가까운 우리 일행

들은 각각 마음에 드는 무늬를 쫓아 둘씩 셋씩 무리지어 흩
어졌다. 어떤 이는 수평선을 지평선으로 만들려는 듯이 달아
나는 바다를 쫓아 벌써 얼굴 표정이 보이지 않을 만큼 멀리
바다를 향해 걸어가고 있었다. 우리는 모두 행복하게 흩어졌
다. 한참을 그렇게 바닷바람 속을 걷고 있을 때였다.

　윤후명 선생님과 나와 몇 학생이 걸어가고 있는 길에 어른
무릎 높이만큼 크고 동그란 물체가 나타났다. 우리는 그리
걸어갔다. 그것은 먼 바다의 어선에서 떨어져 나온 성 싶은
밝은 주황색의 부표였다. 부표에는 끊어진 밧줄도 아직 매달
려 있었다. 우리는 그 예기치 않았던 바다의 선물을 빙 둘러
쌌다. 생활을 떠나 다른 무대 위에 올려진 삶의 도구들은 다
른 의미를 갖기 마련이었다. 그 부표는 바다 속에서 걸어 나
온 무슨…… 열정 같기도 했다.

　우리는 그저 이 이상한 만남에 의아한 기쁨을 느낄 뿐이었
다. 그때 윤후명 선생이 그 부표를 향해 몸을 굽혔다. 그리고
길이가 2미터는 족히 될 끊어진 밧줄을 자기의 한쪽 발목에
칭칭 감기 시작했다. 학생들은 손뼉을 치며 웃었다. 그는 단
단히 그 부표에 자기 발목을 동여맨 후 자리에서 일어났다.
이제 그는 부표에 매인 몸이 되었다.

　허름한 콤비를 걸치고 불붙인 담배를 손에 들고 십여 년
째 바뀌지 않는 옛 양화점 맞춤용 같은 구두를 고수한 채, 바
다에서 나온 이상한 붉은 덩어리를 발목에 칭칭 감고서, 그
는 모래 위를 걷기 시작했다. 그 주황색의 동그란 부표가 갑

자기 무게가 되어 그의 뒤를 잡아당기는 꼴이 되었다. 그는 아랑곳하지 않고 열심히 걸었다. 학생들의 웃음은 더 커지고 한 학생은 카메라를 꺼내 그 이상한 모습을 찍었다.

그는 흡사 바다의 노예가 된 것 같았다. 그때 나는 그가 바다를 향해 걸을 줄 알았다. 당연히 바다를 향해 부표를 발목에 매달고 멀리멀리 걸어갈 줄 알았다. 그러나 그 방향은 내 예상과는 정반대였다. 그는 바다의 노예가 된 순간부터 갑자기 바다를 등지고 해당화 핀 언덕을 향해 걷기 시작했다. 나는 깜짝 놀랐다. 바다를 끌고 대체 그는 어디로 간단 말인가?

해당화 핀 사구를 넘어서면 그곳은 그렇게도 우리가 떠나기를 염원했던 사람의 마을이었다.

달리 뭘 할 게 있냐?

최옥정 소설가

이 말은 오래도록 내 머릿속을 떠돌아다녔다. 내가 뭘 할 게 있겠어. 그냥 이대로 살지 뭐, 하는 자조 섞인 낙담에서부터 그래, 내 길은 이것뿐이야, 하는 비장한 다짐 사이를 오가며 나는 내 인생에 아주 길고 단단한 매듭 하나를 짓기 위해 골머리를 앓고 있었다. 등단하고 칠 년쯤 되었을까? 아니 오 년쯤이었나? 열심히 쓴다고 쓰긴 하는데 이렇게 쓰는 게 맞는 걸까 알지 못한 채로 썼다. 내 글을 청탁하는 곳도 없었다. 그때까지는 소설 쓰는 재미로 다른 생각 안 하고 달려왔다.

써놓은 글이 쌓이면서 이제 좀 다른 것을 써보고 싶기도 하고 내 소설을 세상에 내보이고 싶기도 하면서 어깨에 힘이 빠지던 시기였다. 선생님을 스승으로 모시고 함께 소설을 공부하다 등단한 작가들끼리의 모임이 끝나고 집에 가던 길이었다. 인사동에서 광화문까지 선생님과 함께 걸어가면서 이야기를 나누었다. 별다른 이야기를 한 것도 아니었다. 그날 모임에서 선생님은 아마도 내가 좀 기운이 빠진 상태임을 알아봤을 거다. 묻는 말에 신명나서 대답하던 예전의 내가 아니어서 의아했을 거다. 뭘 어떻게 해야 할지 모르겠어요. 소설 쓰기 힘들어요. 아마도 그런 류의 말을 내뱉었겠지. 일종의 슬럼프를 겪고 있었으니까. 다감하게 응원하고 설득해주는 대신 선생님은 한 마디 툭 던지셨다.

"달리 뭘 할 게 뭐가 있니? 소설이나 열심히 써."

오랫동안, 평생 문학에 몸을 담고 소설을 써온 선생님이시기에 그 말에 한 치의 헛됨도 없음이 내게 전해졌다. 그 후로 선생님이 사람들을 만날 때 "소설 쓰세요." 권하는 말을 종종 듣곤 했다. 누구에게나 소설을 쓰라고 했다. 마치 소설이 만병통치약이기라도 한 듯이. 그렇다고 내게 해준 충고가 퇴색하는 것은 아니었다. 나는 단 한 번도 의심하지 않았다. 나에게 소설 말고 달리 할 일이 없다는 사실을. 인생에서 건져 올린 언어로 뼈를 세우고 살을 붙이는 것이 소설가의 일임을.

이 길 말고 달리 할 일이 없잖아. 나 또한 그렇게 생각하고 있었다. 이미 여러 개의 다른 직업을 거쳐 왔고 정말이지 다른 일을 해보고 싶은 생각은 손톱만큼도 없었다. 괜한 투정이었다. 누가 나한테 너는 소설 쓰는 일밖에 할 게 없다고 말해주길 진심으로 바랐다. 나중에야 나는 가슴을 쓸어내리며 그렇게 결론 내렸다. 내가 혹시 엉뚱한 선택을 할까 봐 헤어지기 직전에 사탕 한 알 던져주듯 하신 말씀을 손에 꼭 쥐고 나는 얼마나 안도했던가.

"너만큼 문장 쓸 줄 아는 사람 많지 않아. 열심히 써라. 그 길밖에 없다."

이 말이 농담이어도 좋고 적선이어도 좋다. 나는 그 순간 생명수를 마신 것처럼 살아났다. 선생님에 대한 글을 써야겠다고 모니터를 마주하고 나니 아름답고 다채로웠던 문학의 길에 대한 파노라마는 사라지고 그날 밤의 그 짧은 대화만 생각났다. 인생을 보는 법을 가르쳐주는 그 숱한 만남과 대화들은 다 어디로 가버렸나. 선생님이 삶과 죽음의 고비를 넘고 지금 이토록 건재하게 우리를 긴장시키며 소설의 자리를 지키고 계신 것이 얼마나 축복인지 표현할 말이 없다. 아무 말도 한 것 없는 것 같은 대화, 그러나 말 한 마디가 계속해서 내 발목을 붙잡는 그런 대화를 그리워한다. 금과옥조를 지나가는 말로 던지는 사람. 그게 스승이다.

윤샘은 물이다

허택 소설가

윤샘은 물이다. 온갖 색깔, 모양, 냄새, 맛 등을 지닌 물이다. 전혀 생각지 않았던 반전이었다. 윤샘이 불인 줄 알았다. 그것도 활화산에서 뿜어내는 불덩어리 같은 줄 알았다. 처음 서울행 KTX 열차에 몸을 실었을 때, 나는 불을 상상했다. 나는 소설 창작을 시작하면서 불을 만나고 싶었다. 불을 만나야 만학의 성취를 빨리 이룰 수 있을 것 같았다. 지천명의 연륜에 왜 소설가로서의 변신을 소원(所願)했을까? 삶은 수수께끼며, 유전자적 취향에서 지천명은 나에게 변신을 위한 마지막 시기였다.

수소문 끝에 듣게 된 윤샘은 불같은 성품에, 불같은 작품 활동을 펼치고 있는 분이었다. 가까운 문우의 소개로 겨우 윤샘의 허락을 얻을 수 있었다. 매우 기뻤다. 불을 만나서 쉽게 변신할 수 있다는 기대감을 가졌다. 또한 지천명의 만학이지만 불같은 변신을 하고 싶었다. 변신을 위한 절호의 기회인 듯했다. 아마 늦가을 인사동 거리였을 것이다. 윤샘을 처음 대면했을 때 밋밋한 물 같았다. 속으로 실망했다. 내 변신을 도와줄 불이 맞을까? 내가 불같은 변신을 할 수 있을까? 윤샘이 불이라는 것은 헛소문이었나? 혹시 가슴속에 불을 숨기고 있지 않을까? 기대와 우려가 뒤섞여 나를 혼란스럽게 만들었다. 한 해 한 해 수업을 받으면서, 문학을 점점 깊게 접할수록 내가 엄청난 오착에 빠졌다는 것을 깨닫게 됐다. 윤샘의 정체가 서서히 노출되면서, 윤샘은 불이 아니고 물이라는 생각으로 바뀌었다. 그것도 상상을 초월하는 물의 결정체임을 알게 됐다. 온갖 모양의 물로 나타나기 시작했다. 경이와 감탄을 느끼게 하면서. 의심이 깊어졌다.

왜 문학판에서 불로 회자됐을까? 문학의 본질을 모르는 오해의 헛소문임을 알게 됐다. 또한 배움을 통해 문학을 파헤칠수록 문학의 실체를 왜곡된 시선으로 봐왔던 것을 깨닫게 됐다. 문학 자체가 물이다. 인간에게 필수적인 자양분으로 존재해야 하는 물인 것이다. 수소 두 개와 산소 하나의 만남, 우주 속 물질 중에 단순하지만 단순할 수 없는 화학적 결합이 생명의 근원이다. 우주창조가 시작된 시점이다. 태초부터 인류에게 문학은 필수품이다. 문학 장르마다 기기묘묘한 형태의 물로 특징돼졌다. 시, 소설, 희곡, 시나리오, 동화, 동시 등 장르에 따른 물의 형태와 색깔, 냄새는 더욱 세세하게 나타난다. 시는 마음을 촉촉이 적시는 청량한 샘물이며, 동화나 동시는 어린아이들이 마냥 장난치는 개울물이 되고, 소설은 강물이나 망망대해이기도 하다. 특히 소설로 표현될 때 물의 빛깔이나 냄새 또는 맛이 다양하게 달라진다. 소설 창작의 배움이 늘어날수록 소설은 너무나 다양한 색깔과 냄새, 맛을 지닌 물임을 점점 확신하게 된다.

등단 후 소설이 출산될 때마다 소설이 하수구나 시궁창물이 되기도 하고, 나의 침이 될 때도 있고, 온갖 빗물이 되기도 한다. 심지어는 나의 정액이나 소변이 될 때도 있었다. 윤샘과 문학은 닮은꼴 물이다. 윤샘은 문학을 천직으로 받아들여야 할 운명이다. 윤샘은 스스로 문학이 천직임을 알았을까? 동질의 물임을 알았을까? 운명은 거부할 수 없다. 스스로 감당해야 한다. 윤샘에게 철학적 고뇌와 방황은 물의 동질성을 찾기 위한 인생 여정의 현상이었을 것이다. 물의 동질성을 시(詩)로 시작해 소설로 전환했으며, 천직으로 삼았다. 물의 동질성을 찾은 후 윤샘이 개울물에서 강물로 변신하는 등 온갖 물의 형태를 보였다. 윤샘의 말들은 때로는 잔잔한 물결로 혹은 가슴을 후려치는 노도로 들린다.

윤샘의 문하생으로 소설 창작 학습을 하면서 나는 깜짝 놀랐다. 오히려 내가 불이라는 것을 알게 됐다. 그것도 거친 불임을 말이다. 50여 년 세월을 거친 불로 살아왔다. 거친 불을 다듬기 위해서는 물이 필요했다. 문학과 윤샘을 통해 나는 거친 불을 다듬어갔다. 처음 윤샘을 밋밋한 물처럼 본 것은 내가 미숙한 짜투리 인생이기 때문이었다. 50여 년 거친 불로 세상을 순탄치 못하게 살아왔음을 알았다. 60을 넘기면서 마음에 촛불이라도 간직할 수 있어서 다행이다. 윤샘의 물로 다듬어진 촛불을 간직했을 때 삶이 새롭게 보였다. 윤샘에게 존경과 고마움이 생겼다. 나는 태생적으로 물이 될 수 없음을 알게 됐다. 불로 만족해야하며 거친 불이 되지 않도록 다듬는 물이 필요하다. 그래서 윤샘 곁을 떠날 수 없다.

두 번째 작품집을 발간한 후 물은 온 세상과 사물에 촉촉이 스며들어야 한다는 사실을 알게 됐다. 그렇게 돼야 새로운 생명이 세상과 사물에서 시작된다. 세상을 지탱하는 원동력이 되는 것이다. 윤샘이 물임에 또다시 감사한다. 매번 서울행 KTX 열차에 몸을 실으며, 거칠어가는 내 마음을 적셔줄 물의 모양을 상상한다. 언제나 상상보다 더 큰 물의 모양을 접하게 된다. 감히 상상을 초월하는 문학의 모습을 보인다. 구정물이 됐건, 알칼리성 이온수가 됐건, 힘찬 폭포수가 됐건, 노도 같은 파도가 됐건 이미 물이라는 존재만으로 우리 삶에서의 의미는 대단한 것이다.

부산행 심야 KTX 열차에서 그날의 윤샘을 되새긴다. 나의 불이 다듬어진 것을 느낀다. 다듬어진 불이 나를 태우고, 태워진 연기들이 뇌 속에 모여 수증기가 되며, 수증기가 알알이 물방울로 변한다. 뇌 속의 물방울들은 여러 모양의 소설을 만들어간다. 나는 부산에 도착하면 홀로 외친다. 기쁘지 아니한가? 윤샘과 함께 하고 있음이.

밝음이 두터운 사람

황충상 소설가

　오랜 동안 알아 오면서 그만큼 모르는 사람이 있다. 이 생각은 그 사람에 대한 나의 본마음이다. 무려 50년 동안 우리는 서로를 지켜보았다. 반세기의 세월 층에 따라 각양각색의 표정 뒤 그의 얼굴은 미혹을 불러일으켜 생각에게 배움을 주었다.

　약관의 시인 얼굴, 첫 만남은 무엇인가 안으로 사린 고뇌를 부스러뜨리며, 그는 청년 속에서 소년으로 걸어 나와 사물을 읽었다. 그리고 그는 남과 나를 구분하지 않는 말을 했다.
　"이 꽃들은 하느님이 만들지 않았어. 세상이 만든 꽃이야. 그래서 꽃을 하느님 사랑으로 사랑하면 안 돼. 세상 사랑으로 사랑해야 해."
　왜 나는 그가 하지도 않은 말을 그렇게 들었을까. 실로 그것이 그를 알면서 모르고 모르면서 앎의 시작이었다.
　『명궁』 그의 첫 시집 시들에 대한 나의 화두적인 이해는 반투명 해석을 낳았다. 그 반투명 안쪽을 보고자 나의 문학수업은 혼돈에서 헤맸다. 그 무렵 그는 술의 주술로 마귀를 천사로 부렸다. 그 와중에 그는 어딘가를 향해 달려가고 있었다. 죽기 살기로 달려간 그곳.

1967년『경향신문』신춘 시 당선 12년 만인 1979년 그는
『한국일보』신춘 소설 당선 테이프를 끊은 것이었다. 시의
깃발을 내려놓고 소설의 깃발을 들며 그는 밝음이 두텁다는
후명(厚明)을 필명으로 썼다. 나는 두터운 빛을 향해 갈채를
보냈다.

다시 안다는 생각을 정리한다. 여전히 그에게서 모르는 생
의 방편이 나오고 있다. 시, 소설을 회화로 그리는 그의 작업
이 그것이다. 전시회 그림 앞에서 당황하는 나의 표정을 보
고 그는 어떤 가르침의 밝은 표정이 되었다.

"안다는 것은 사람에 따라 당황일 수도, 밝음일 수도, 어둠
일 수도 있어. 참으로 안다는 것은 모름에 이르는 어둠이거
든. 밝을수록 숨는 어둠."

이것은 십수 년 그가 그린 그림이 내게 한 말이다.

지금까지 나는 그의 밝음 뒤쪽 그림자를 따라 걸었다. 그
렇게 걸어와 멈춘 곳이 인왕산 밑 문학비단길 그의 학당이
다. 엉겅퀴꽃 그림이 있는 학당은 내 유년 정서를 숨 쉬게 한
다. 까닭이 있다. 어린 내가 인왕산 인왕사 사미로 있을 때,
이 학당 자리의 한옥에 사는 보살을 만나러 왔다가 마당에
피어 있던 엉겅퀴꽃을 보았지 싶다. 깊이 생각하면 그 꽃이
보인다. 화두의 꽃이다.

학당 벽에 걸린 엉겅퀴꽃 그림을 바라보며 나는 미소 짓는다. 보살의 꽃이여, 그리고 그 꽃의 연보랏빛 숨결을 크게 숨쉰다. 이런 현상은 우리가 알면서 모르는 있음을 보게 한다.

어떤 예술이든 화려한 밝음만큼 슬픈 어둠이 공존한다. 꽃의 말이다. 꽃을 글로 쓰든 그림으로 그리든 천차만별의 농담으로 피어난다. 그가 문단 데뷔 50년을 맞아 글, 그림으로 그린 꽃을 들어 보인다.

'아, 미소의 꽃!'

나의 미소에 그가 미소로 화답한다.

'입술 눈 얼굴의 웃음꽃.'

그와 나의 웃음꽃 언제까지 피울까. 이 알 수 없는 대좌의 바라봄. 화두를 지우기 위한 그의 두터운 빛의 글 그림 꽃은 이승을 지나 저승까지 향기 피우리.

순수와 사랑과 그리움의 고향이자 우리 시대 아이콘

이경철 문학평론가

"강릉 바닷가에서 별을 바라보는 것은/이 삶을 물어보는 것/이 삶이 지나면/다시 올 거냐고/어느 바다를 지나 다시 올 거냐고/물어보는 것/그러면 별은 물고기가 되어/멀리 헤어가기만 한다/하물며 별은 먼 향내에 빛난다/따라서 강릉 바다의 향내는 먼 별의 모습/우리가 살아 있는 지금을 가장 멀리 빛내는 별의 모습/강릉 바닷가에서 별을 바라보는 것은/지금 살아 있음을 되새기며/이 삶의 사랑을 물어보는 것" —「강릉 별빛」전문

윤후명 씨가 등단 50주년을 맞아 위 시를 표제작으로 한 시편들과 자신의 그림 등을 엮은 시화선집을 지난 5월 펴냈다. 이 시에 잘 드러나듯 고향 강릉에서 별을 바라보며 삶과 사랑과 문학을 물으며 가없이 깊어가고 있는 시들이다. 시인과 바다와 별과 물고기와 사랑은 하나가 돼가는 온전한 서정적 행위가 윤 씨의 삶이요 문학이다.

정현종 윤후명 김병익 이경철(왼쪽부터)

　"언젠가는 가려고 했던 곳이 있었습니다/그곳이 어디인지 몰라서 떠돌다가/젊어서도 늙어 있었고/늙어서도 젊어 있었습니다/무지개가 사라진 곳에 있다고도,/사랑이 다한 곳에 있다고도,/슬픔이 묻힌 곳에 있다고도,/짐짓 믿었습니다/그러나 어디인지 그곳은 끝끝내 멀고 아득하여/세상 길 어디론가 헤매어갑니다/꽃 한 송이 필 때마다 그곳인가 하여/영원히 머물면서 말입니다"

　그런 윤 씨의 삶과 문학을 진솔하게 자백한 시「고향」전문이다. 윤 씨는 젊어서도 늙어서도 세상 길 어디론가 항상 헤매어가고 있다. 아니 머물음과 떠남이 함께하는 헤맴의 영원한 출발선상에 있다. 우리 이율배반의 실존적 삶이 그러하듯. 인간의 순수혼, 사랑과 그리움의 근원 혹은 고향의 참모습을 자신과 우리 모두에게 유토피아 혹은 저 세상이 아닌 이 세상에서 보여주고 확인시켜주기 위해서. 삶이 그랬고 그의 시와 소설이 그렇다.

윤 씨는 1946년 강릉에서 태어났다. 본명은 상규(常奎). 전근이 잦은 군 법무관 부친을 따라 대전, 춘천, 대구, 양주, 부산 등으로 전학하며 초등학교 과정을 마쳤다. 5.16 쿠데타가 일어난 1961년 중학교 3학년 때 서울로 왔다. 그러나 부친이 군사정권에 숙정돼 몰락하자 윤 씨도 궁핍의 길을 걷게된다.

1962년 용산고등학교에 진학해 대학백일장과 『학원』지 공모 등을 통해 문재를 드러냈다. 고교 2학년 때 성균관대 백일장에 장원하면서부터 시에 운명을 바치리라 결심했다. 1965년 연세대학교 철학과에 입학하면서도 면접시험에서 시를 쓰려 이 학과를 택했다고 할 정도로 시인의 길을 굳게 다짐했다. 대학신문인 『연세춘추』에 꾸준히 작품을 발표하고 그 신문 시 부문 상에 입상하고, 1967년 『경향신문』 신춘문예에 시 「빙하의 새」가 당선되어 문단에 나왔다.

약관(弱冠)의 나이임에도 당선소감에서 당차게 "속 시원한 해결은 없을지라도 자기의 고독이 어떻게 세계와 공존하는가를 잠시 동안 마치 섬광과 같이 보여 준다"고 자신의 시 쓰기를 밝혔다. 그러면서 "'한 알의 모래 속에 세계를 보며' 산다는 것은 잊을 수 없는 이야기로서 내 모든 소유를 바쳐 그런 시간을 향유하고 싶다"고 다짐했다.

1969년 대학을 졸업하며 윤 씨는 연세대 출신인 임정남과 강은교, 그리고 김형영, 박건한 시인과 시 동인지 『70년대』

를 창간했다. 창간사나 편집후기도 없이 시에 대한 순정과 애틋한 그리움뿐으로 시작된 동인지는 1973년 5집까지 펴 내고 기약 없는 휴간에 들어갔다 윤 씨 주도로 40년 만인 2012년 『고래』라는 동인지로 다시 태어났다.

대학 졸업 후 삼중당을 시작으로 샘터사, 삼성출판사, 계 몽사, 독서신문사, 현암사 등 출판사를 전전하며 일하던 윤 씨는 1977년 첫 시집 『명궁(名弓)』을 펴냈다. 시집 해설 「캄 캄한 세계 속에서의 완강함」에서 문학평론가 김종철 씨는 "대부분 한(恨)에 관해 이야기하고 있는 그의 시에서 가장 현 저한 것은 애상(哀喪)이나 자기만족적인 슬픔의 제스처가 아 니라 오히려 끝없이 불안한 긴장된 분위기"라고 평했다.

"날새의 제일 유심히 반짝이는/두 눈깔을 꿰뚫음에/공명 (共鳴)하며 하룻밤을 흔들린 이의/사무치는 뜬 눈의 웃음/드 넓고 광포해라,/새가 온 들을 채어 쥐고/한 기운으로 푸드드 득 오를 때/활짝 당겨 개이는 먼오금/숲과 들을 벗어나 휘달 려/그는 죽음의 사랑에 접근한다"

첫 시집의 표제시 「명궁」 부분이다. 온 들판을 채어 나는 새의 반짝이는 두 눈깔과 활시위를 당기는 듯 팽팽한 시인의 마음이 긴장되게 공명하고 있는 시이다.

윤 씨는 사물의 '눈깔', 본질적 핵심을 꿰뚫으려 한다. 그 러나 그 명중은 곧 '죽음의 사랑'인 것을. 해서 윤 씨 스스로 시집 뒤표지에서 "아름다움을 찾아 나선다고 했다가 급기야 는 절망을 찾아 나선 꼴"이라며 언어와 문학, 그리고 우리네 순정한 삶의 숙명적 이율배반에 아파하고 괴로워했다.

　문학평론가 이승하 씨는 평문 「70년대의 우리 시」에서 "1970년대 가장 특이한 서정시집은 『명궁』이었다"며 "현실에 대한 즉각적인 반응이 시단의 주류를 형성했던 시기에 이러한 초월적 에스프리는 단연 이채를 띠었다"고 『명궁』의 문학사적 의미를 찾았다.

　그런 시사적인 평가에도 윤 씨는 시집을 펴내며 "첫 시집으로 지난 10년을 마감하면서, 나는 내가 왜 시를 쓰는 것인지 모를 상황에 이른 것을 슬퍼한다"고 고백했다. 그러면서 "시를 시작할 무렵의 나는 고독함으로 짓눌려 있었으나 지금의 나는 무서움으로 짓눌려 있다. 사물에의 무서움. 큰 비상(飛翔)을 스스로 기다려본다"고 밝혔다.

　시인 등단 후 10여 년간 여러 출판사 떠돌며 가난과 정처없음, 그리고 음주 등으로 망가진 몸과 마음을 추슬러 1979년 『한국일보』 신춘문예에 단편 「산역(山役)」이 당선돼 소설가로 비상한다. 소설가로 등단한 후 1980년 동인지 「작가」를 창간, 윤 씨 표현을 빌면 '소설은 전업, 시는 겸업'으로 주로 소설 활동을 펼치며 1983년 첫 소설집 『돈황의 사랑』을 펴냈다.

　표제작 「돈황의 사랑」에서 한 가난한 중년 실직자 '나'는 단칸 전셋방에 중고 쇠침대를 들여놓고 아내와 잠을 잔다. 아내가 자궁 종양으로 낙태 수술을 받고 돌아온 날 밤, 그 쇠침대에서 잠든 '나'는 꿈속 세계로 여행한다. 서역 타클라마

칸사막과 그곳을 건너가는 한 마리 사자와 신라승 혜초와 돈황벽화 속의 비천녀 옷자락 등 환상의 세계로 들어간다. '나'의 하루를 그리며 현실과 꿈, 영원과 찰나, 과거와 현재 등 2분법을 뛰어넘어 세상과 삶의 본질을 꿰려하고 있는 것이다.

　윤 씨는 1985년 25년간의 서울 삶을 정리하고 안산으로 내려간다. 곧 사라질 수인선 협궤열차가 공룡처럼 뒤뚱거리며 다니던 그곳에서 이른바 환상적-나르시소스적 '자멸파(自滅派)'의 길을 걷는다. 문학평론가 김윤식 씨는 평문「윤후명론-자멸파의 계보」에서 윤 씨를 김관식, 김종삼, 박용래 등 순정한 서정시인들과 함께 자멸파 계보로 분류했다. 운명적으로 외로움과 순진무구로 태어난 나르시소스들, 해서 스스로 자멸해갈 수밖에 없는 자멸의 미학을 휘황찬란하게 빛내며 윤 씨는 시류를 뛰어넘는 순수, 서정으로 문학적 명성을 얻는다.

　"한번 간 사랑은 그것으로 완성된 것이다. 애틋함이나 그리움은 저세상에 가는 날까지 가슴에 묻어두어야 한다. 헤어진 사람을 다시 만나고 싶거들랑 자기 혼자만의 풍경 속으로 가라. 그 풍경 속에 설정되어 있는 그 사람의 그림자와 홀로 만나라. 진실로 그 과거로 돌아가기 위해서는 자신은 그 풍경 속의 가장 쓸쓸한 곳에 가 있을 필요가 있다. 진실한 사랑을 위해서는 인간은 고독해질 필요가 있는 것과 같다."

　1992년 펴낸 장편『협궤열차』한 부분이다. 소설의 장르적

요체랄 수 있는 이야기의 줄거리와 구성을 윤 씨의 소설들은 나 몰라라 한다. 시공을 초월하고 이야기, 구성의 경과를 초월한 그의 소설들은 어디를 펼쳐 읽어도 순수하면서도 쓸쓸한 내면 풍경과 만나게 된다.

윤 씨의 소설들은 또 '나'라는 1인칭 서술 시점에서 씌어진다. '나'라는 화자도, 소설의 주인공도 그대로 작가 자신으로 간주하면 된다. 소설 대부분에서 주인공은 여행 중이다. '노예선' 같은 현실을 떠나 여행하면서 거기서 만나고 본 사람과 사물들에 자신의 순수 자아를 비춰보며, 줄거리가 이어지는 계기적 시간과 공간이 아니라 시공을 자유로이 넘나들며 줄거리와 구성을 일부러 헷갈리게 하는 것이 윤 씨 소설의 특징이다.

이런 소설을 문학평론가 권영민 씨는 '서정적 소설'이라 평한다. 줄거리를 통해서 던지는 인생과 사회에 대한 메시지보다는 시와 마찬가지로 소설에서도 이미지, 아우라 등을 윤 씨는 중시한다. 습작시절부터 시를 문학의 최고 가치로 삼은 시인으로 출발했기에 그의 소설 문장들은 시적인 밀도 높은 언어미학이 번득인다.

1991년 필자는 윤 씨 등 문인들과 중국 둔황까지 여행을 했다. 북경, 상해 등지를 여행하던 초반에는 왠지 술을 한사코 입에도 안 대던 술고래가 둔황에 가서는 넋 놓고 마셔대기 시작했다. 사랑해도 헤어질 수밖에 없는 이율배반의 사랑을 그리면서도 '소라고동이 천 년이 지나면 파랑새가 된다'

며 영원, 순수를 꿈꾸던 윤 씨. 상상의 작품 무대였던 모래 속에 묻힌 전설의 왕국 둔황과 누란사막에 와 막무가내로 술만 마셔댔다.

상상력이 그려낸 순간과 영원이 혼재된 도시, 둔황의 실제를 술 취한 순수혼으로 확인하기 위해서 마셨을 것이다. 그런 자멸파로서의 윤 씨의 안산의 삶은 그런 중국여행 직후 서울행으로 행복한 종말을 고하고 사랑의 완성의 길로 접어들게 된다.

"여러 기복의 날들을 거치고 다시 피폐한 '자멸파'의 나날을 보내던 어느 날, 나는 묘만을 만났다. 나는 다시 태어남의 길이 열리고 있는 것을 보았고, 새로운 출발을 스스로에게 알렸다. (중략) 내 삶이여, 저 질풍노도와 자멸의 시절이 과연 너를 여기에 이르게 하였구나!"

「나의 문학적 자서전」에서 윤 씨는 이와 같이 느낌표로서 글을 끝맺었다. 자멸파의 삶과 문학을 마감하고 새로운 서울행을 함께한 묘만. 시와 소설 속에서 그리 찾아 헤맸던 가야의 허황후, 신라의 수로부인 같은 부인 묘만과 함께 북한산 자락 평창동에 새둥지를 튼 것이다.

그와 함께 1992년 두 번째 시집 『홀로 등불을 상처 위에 켜다』를 출간했다. 시집을 펴내며 "조심스럽게 사랑을 받드는 마음을 일으켜 세운다. 이로써 자기완성을 기약하는 것이다"고 밝혔다. 15년 전 첫 시집의 비통하고 비장했던 서문과는 달리 상당히 희망적 언사다. 사랑을 잃고 끊임없이 다시 찾아 헤매는 마음이 아니라 이때부터 사랑을 받들려 지구 끝, 우주 끝까지 헤매는 마음으로 소설과 시를 창작하며 한국일보문학상, 현대문학상, 이상문학상, 이수문학상, 동리문학상 등을 수상하며 순수 문학의 강심수(江心水)로 흐르고 있다.

"태어남이 있었고, 전쟁이 있었고, 만남과 헤어짐이 있었습니다. 죽음이 있었습니다. 사랑과 미움이 있었고, 오랜 상처가 있었습니다. 과거와 현재, 시간과 공간이 얽혔습니다. 치유와 화해가 있었는가? 고향의 큰 산과 큰 바다가 눈앞에 펼쳐졌습니다."

지난해 신작소설집 『강릉』을 펴내며 밝힌 말이다. 고향 강릉을 모티프로 삼은 신작 9편과 데뷔작을 실은 이 책을 총 12권으로 엮을 '윤후명 소설전집' 첫 권으로 내보낼 정도로 윤 씨는 여덟 살 때 떠난 고향에 집착하고 있다. 그 고향은 지도상에 실재하는 고향이면서도 지난 50년간 시와 소설과 그림 등 작품을 통해, 무엇보다 삶 자체를 통해 보여주고 있는 순수와 사랑과 그리움의 고향이다. 해서 '윤후명'이란 이름은 우리 시대의 마지막 순정주의자요 예술주의자, 로맨티스트요 휴머니스트로서 신화적 사랑을 오늘에도 이룬 아이콘으로 다가온다.

축하 화가의 그림과 글

세계 공간과 시간의 여행자

박미하일 러시아 화가, 소설가

윤후명과 저, 우리 두 사람은 이미 25년을 알아오고 있습니다. 제게 윤후명 작가는 갓난아기와 다를 바 없습니다. 윤후명은 깨끗하고 약하지만 동시에 지혜롭고 심오합니다. 어떤 면에선 마치 오랜 여기 이 땅과도 같다고 할까요.

윤후명은 자신의 작품 『둔황의 사랑』의 주인공 혜초와 닮았기도 합니다. 기생 금옥을 찾아 실크로드로 떠난 소설의 주인공 말이죠. 그러나 윤후명 자신은 작품의 주인공보다 힘든 길을 선택했습니다. 작가 윤후명은 세계라는 공간과 시간의 여행자입니다. 나는 누구인가를 찾는 쉼 없는 길에 들어선 윤후명은 인간이란 무엇이며, 인간존재의 철학적 의미 그리고 삶의 영적, 육적 의미는 어디에 간직되어 있는가, 라는 문제를 풀어내려 하고 있습니다.

가장 멀리 있는 나

이보름 화가

'가장 멀리 있는 나'는 제 그림의 타이틀 입니다. 여기서 title 이라고 굳이 영어로 쓴 것은 제 그림에 제목을 붙인다는 동사로서의 의미를 크게 말하기 위해서입니다. 제 그림에 붙여진 이름뿐만 아니라 '가장 멀리 있는 나'는 제 그림의 내용이자 주제라는 것이죠. 내 안에 있을 여러 가지 나의 모습 중에서 가장 감추어지고 알려지지 않은, 나조차 깨닫지 못했던 자아의 비밀스런 모습이 저의 주제입니다.

제 그림의 제목을 찾던 중에 선생님의 책을 보게 되었어요. 책 제목을 본 순간 바로 저거야 싶었어요. 내 그림이 찾던 뭔가가 바로 거기에 있었거든요. 책을 읽은 것도 아니고, 단지 제목만을 보았을 뿐인데, 소설 내용과는 별개로 제 그림을 한 문장으로 옮겨놓은 듯했어요. 때론 선생님 소설의 분위기를 옮긴 것이 아닌가 하는 오해를 받기도 하지만, 그

런 지적마저도 기분 좋을 만큼 저는 선생님 소설을 좋아했
고, 읽어왔고, 지금도 무엇보다 사랑합니다. 전시를 앞두고,
혹은 작업이 잘 되지 않을 때, 그래서 선생님의 책 『가장 멀
리 있는 나』를 읽곤 합니다. 제 머리맡에 늘 두는 책 가운데
하나지요.

제 그림에 나오는 인물은 딱히 제 자신은 아니지만 그렇다
고 제가 아니라고 할 수도 없어요. 이따금 내가 생각하는 나
의 모습과 타인들이 이야기하는 내 모습이 달라 의아할 때가
있지 않나요? 그것도 가족이나 친한 친구처럼 아주 가까운
사람들이 들려주는 것인데도 말이죠. 아마 그 모두가 다 '나
의 모습'일 것입니다. 다만 '미러볼'처럼 어느 부분이 반사되
느냐에 따라 모습이 달라지는 것이겠죠. 살면서 내가 할 수
있을 거라고 생각하지 못한 것들을 하고 있을 때, 혹은 너무

수줍어서 불가능할 것이라고 생각했던 자신이 사랑의 고백을 하고 있는 것을 깨달았을 때, 우리는 내 안에 나도 몰랐던 또 다른 자아와 만납니다. 저는 누구나 그렇게 다층(多層)적인 자신의 모습을 갖고 있다고 생각합니다. 그 안에는 차마 보여주기 싫은 모습도 있을 것입니다. 숨기고 싶은 과거도 있을 것이구요. 창피했던 기억 속의 제 모습도 있지요. 어쩌면 무의식 속에 꼭꼭 숨겨져 나의 일상을 괴롭히는 어떤 것이 있을지도 모르겠어요. 저는 그림 안에서 나라는 자아의 여러 층위에서 가장 깊숙이 숨어 있는 나를 대면하고 싶었습니다. 그것이 바로 '가장 멀리 있는 나'이겠지요.

제가 생각하는 멀리 감춰져 있는 자아는 새벽 동이 틀 무렵, 혹은 해가 질 무렵 층층이 겹쳐진 산의 풍경 같은 것 속에 있지 않을까 생각을 합니다. 일상 속에서는 그러한 '나'는 잘 나타나지 않을 테니까요. 선생님 소설에서처럼 달빛에 하얀 길이 나올 만큼 깊은 시간에, 현실과 비현실에서 허둥거릴 때의 모습일 것 같아요. 그 사람 주위는 온통 흐드러지게 핀 오색의 모란입니다. 혹은 산처럼 보이기도 하고 인물 같기도 한 형상 뒤로 흐르는 강인지, 하얀 길인지 알 수 없는 것들이 있어요. 그림 속에서 사람은 명확하게 설명되지 않고, 풍경 또한 배경인지 무엇인지 알 수 없죠. 경계란 이쪽과 저쪽을 모두 품고 있는 곳이어서, 지금의 나이면서 동시에 과거에 나였을, 또 앞으로 나일 수 있는 것들이 모두 함께 뒤섞인, 아니 어우러져 있는 공간일 것입니다. 그렇게 꿈인 듯

생시인 듯 알 수 없는, 현실과 환상이 잘 구분되지 않는 모호한 경계에서 우리 존재의 다양한 얼굴을 마주하는 것이 제 그림입니다.

그림 그리면서 저는 선생님의 시「홀로 등불을 상처 위에 켜다」에서 그려진, 캄캄한 산 고갯길에서 홀로 있는 것 같다는 느낌을 늘 받아요. 강인지, 아니면 길인지 모를 공간에서 곧잘 길을 잃곤 하죠. 그럴 때마다 선생님의 소설을 읽으면서 용기를 얻게 되었다고 할까요? 모호한 가운데 명확하게 구별되지는 않지만 지극한 아름다움을 느낍니다. 그리고 내가 홀로가 아니로구나 위로를 받아요. 산모퉁이 너머로 반짝반짝 빛나는 등불을 보면서 용기를 얻습니다. 그러면 제 머릿속에서 구체화되지 않은 흐릿한 이미지로만 존재했던 것들을 하나씩 둘씩 과감하게 화면 위에 그릴 수 있게 되지요. 그때부터 서서히 온전하게 제 작품의 형상으로 드러나게 됩니다.

선생님께서 그림 전시를 하신 적이 있는데 전시장 입구에 있던 작가의 말에 이런 글귀가 있었습니다.

"세상에 잊혀진 어느 귀퉁이에 숨어 있을지 모르는 그것을 찾아 헤매는 길. 아무도 모르게 홀로 가는 고행, 그곳에 이르러 한 송이 꽃 같은 사랑의 본질을 발견할 수 있을까. 세상이 종말에 이르더라도 그 한 송이 꽃을 발견할 수 있다면 생(生)을 자기 것으로 간직하게 될 것이다."

저 또한 이러한 생각을 갖고 작업을 계속하고 있긴 하지만, 꽃을 보게 될는지, 결국 헤매다 말른지 아직 모르겠습니다. 다만 그러한 길 위에서 선생님의 글이 비추는 따듯한 등불을 보면서 위로를 받고 힘을 얻는 것이겠죠. "문학으로서의 삶, 삶으로서의 문학의 길을 걷는 것이 나의 정체성"(『가장 멀리 있는 나』, 319쪽)이란 절실한 고백에서 저 또한 그러고 싶다고 마음을 다잡습니다. 그래서 "나는 새벽하늘을 맑게 우러르는 나 자신을 마음속에 그려보고"(『가장 멀리 있는 나』, 297쪽) 싶다는 소설의 마지막 문장처럼 저 역시 그런 저 자신을 늘 만나고 싶습니다.

다시 비단길에 선 한 사람
이인 화가

한 사람을 기억 속에서 끄집어내기 위해 작업실 한쪽 벽에 마련한 책꽂이 주변을 서성거렸다. 마침표가 찍혀 관계를 정리하려는 것은 아니다. 현재 진행 중인 인연의 끈이 소중하기 때문에 차곡차곡 정리해 쌓아 두려는 것이다. 시작의 첫점은 어디부터였을까. 알은 것과 본 것 그리고 만난 것. 그것에는 약간의 시차가 있고 그것에 대한 비록 짧은 소회의 글이라도 머리 속은 제법 복잡하게 돌아간다.

작가 윤후명을 처음 안 것은 20여 년 전쯤이었을 것이다. 친구 집에서 빌려 온 이상문학상 수상작인 소설 『하얀 배』를 만났다. 소설 하얀 배를 만났지만 소설을 읽은 것은 한참 후에 일이었고 소설 속에 나오는 사이프러스 나무는 실제 본 적이 없었다. 고호 그림에서는 사이프러스 나무를 본 적이 있다고 나는 친구에게 말했으며 소설 하얀 배의 작가가 소설 『둔황의 사랑』도 쓴 작가라고 친구가 말했던 것이 기억난다. 재작년 친구와 함께 캔버라 외곽을 걸었을 때 친구는 저것이 사이프러스 나무라고 말했고 나는 소설 하얀 배를 생각했다.

인사동 관훈갤러리 뒷골목 선술집 부산집에서 윤 선생님을 처음 뵈었다. 책에서 본 선생님의 모습을 한 눈에 알아 볼수 있었고 선생님의 술자리는 초저녁이었는데 거의 파장이

2007년 12월 인사동 가람화랑에서 연락이 왔다. 전시 중인 소품 2점이 팔렸는데 그림을 구입한 분이 소설가라 했다. 이름이 궁금했지만 끝내 묻지 않았다. 묻지 않는 것이 예의 라고 생각했다. 5년 후 평창동 선생님 댁을 방문할 기회가 있었는데 그 그림을 선생님 댁 현관 신발장 위에서 발견했다. ― 이인

었고 마주앉은 친구 분과 큰 소리로 무언가를 말씀하셨고 대화(?)는 엇나가고 있었다. 술상 위에 술잔으로 보아 몇몇 분은 벌써 퇴청한 것으로 보였고 옆 테이블에 앉아 있던 나는 고스란히 그 모습을 지켜볼 수 있었다. 15년 전쯤 일이다. 지금의 이 인연은 그땐 꿈속조차 없었다.

2007년 12월 인사동 가람화랑에서 연락이 왔다. 전시 중인 소품 2점이 팔렸는데 그림을 구입한 분이 소설가라 했다. 이름이 궁금했지만 끝내 묻지 않았다. 묻지 않는 것이 예의라고 생각했다. 5년 후 평창동 선생님 댁을 방문할 기회가 있었는데 그 그림을 선생님 댁 현관 신발장 위에서 발견했다.

2008년 초 어느 날 오전 11시쯤, 겨울 한복판답게 매우 추웠다. 평창동 선생님댁 철 대문 앞에서 이종주 선생 소개로 엉거주춤 처음 인사드렸다. 선생님은 큰 비닐봉지에 무엇인가를 한 아름 싸들고 집에서 나오셨는데 들고 나온 것은 맥주였으며 근처 식당에서 선생님이 모두 마셨다. 선생님이 주로 말씀하셨고 이종주 선생과 나는 말씀을 들었다. 붓과 칼에 대한 말씀이 기억에 남고 두툼한 겨울 코트에 담배 피는 모습이 알베르 까뮈 닮았다고 생각했다.

2012년 3월 선생님은 '꽃의 말을 듣다' 라는 제목으로 회화 개인전을 개최하셨다. 캔버스에 그린 엉겅퀴와 새 그리고 선생님의 마음속 풍경들은 아크릴 물감을 중심으로 한 혼합 재료의 시간의 무게까지 더해져 단단한 마티에르를 구축했고 인사동 인사아트센터 1층 큰 공간을 가득 휘몰아쳤다. 화집을 만들고 전시할 작품을 꼼꼼히 챙겨 보면서 시와 소설에서 성취한 사유의 깊이가 고스란히 캔버스의 평면 위에 구현된 것을 알 수 있었다. 어눌하고 무심한 붓질이 화면 가득 단순한 「엉컹퀴」의 순정함과 이상의 시 오감도를 재해석한 「오감도」로 가는 길, 풍경화 「제주 오름」 등이 더 큰 울림이 있지 않았나 생각해 본다. 마치 조선의 선비가 시서화로 자신의 삶을 노래하듯 말이다.

2016년 선생님은 선생님의 소설 대표작들을 모아 은행나무 출판사에서 전집을 만드신다고 말씀하셨다. 전집은 총 12권으로 기획하고 계시며 첫 권의 제목은 『강릉』이라고 말씀하셨다. 그리고는 소설 강릉의 표지그림에 대해 말씀하셨다. 당시 아직 작업 중인 소설이라 정확한 내용은 알 수 없었지만 먼 끝 어딘가를 돌고 돌아 이젠 태어난 그곳 어딘가에 서 계신 것을 형상화한 것이라고 생각했다. 선생님은 한 사람의 작가가 쓴 여러 편의 작은 이야기들은 결국 하나의 이야기이며 또 그렇게 소설을 쓰고 싶다고 말씀하셨다.

2017년 6월 마침내 선생님의 소설 전집은 12권으로 꾸며져 완간되었다. 선생님의 느린 걸음과 어눌한 붓질, 두툼한 외투 속에 자리한 긴 여정의 한 단락을 튼실하게 하드커버로 묶어낸 형국이다. 결국 하나의 이야기에 집중했고 집결해 냈다.

그래서 늙어서도 젊은 한 예술가의 이야기는 현재 진행 중이다.

그래서 늙어서도 젊은 한 예술가는 다시 비단길에 서 있다.

윤후명 선생님의 얼굴을 그리다

임만혁 화가

2005년 말, 알고 지내던 갤러리 관장님이 전화를 주셨다. '윤후명'이란 소설가를 아느냐고? 윤후명…… 문학에 조예가 깊지 못한 나에게 생소한 이름이고 어디선가 소설을 한두 권 읽었다는 기억이 있을 뿐이었다.

이번에 선생님의 환갑 기념으로 제자들이 선생님의 시와 소설을 그림으로 그려서 헌정하는 전시가 마련되었는데 내가 소설 파트를 맡아서 그림으로 그려주면 어떻겠냐는 것이었다.

아니 왜? 선생님께서 잘 알지도 못하고 어리고 무명인 화가를 불러주셨을까 의아해 했다.

하지만 선생님은 고향이 나와 같은 강릉이시며 내 작품도 이미 소장하신 소장자라는 이야기를 전해 듣자 그 의구심은 조금씩 풀려지기 시작했다.

그 후 3개월 동안 선생님의 소설과 시를 찾아서 읽기 시작했고 나는 점점 그분의 작품에 푹 빠져서 헤어나오질 못했다.

윤 선생님의 소설에서는 강릉의 바다와 산, 강릉 특유의 냄새와 전설, 신화가 무한 반복된다. 선생님 소설의 특징인 자전적인 이야기 속에 강릉은 자연의 일부가 아니라 주인으

윤후명 초상화

임만혁 자화상

로 늘 등장하는 것이다.

그리고 문학전시가 있기 약 한 달 전 선생님과 사모님이 서울에서 나의 주문진 작업실을 방문해 주셨다. 내가 그분의 대표소설을 거의 다 읽고 약 20여 점의 작품을 완성한 후 이를 보러 오신 것이었다.

처음으로 마주한 소설가의 얼굴은 무척이나 온화하고 사람을 편안하게 해주시는 분이셨다.

외유내강형의 얼굴을 지니신 선생님 말씀은 느릿느릿 마치 자신의 소설을 이야기하듯 잔잔하면서도 재미있고 위트가 넘쳤다. 이렇게 선생님을 뵙고 안 지 10여 년이 훌쩍 지났다.

지금까지 나는 선생님 초상화를 2장 그렸다.

처음 한 장은 2008년 상해 전시를 앞두고 선생님께 전시평론을 부탁드리고 원고료 대신 선생님 초상화를 하나 그려드렸고, 두 번째는 2016년 강릉시에서 윤후명 작가와의 만남 행사로 '문화 작은 도서관' 명예관장이 되시면서 이를 기념하는 의미로 강릉시로부터 의뢰 받아 또 한 장을 그렸다.

두 작품 다 채색을 하지 않고 목탄으로 한지에다 그린 것으로 얼굴을 사실적이면서도 변형을 주어서 소설가의 내면이 드러나도록 표현해 보았다. 소설가로서의 삶의 여정이 그의 얼굴에 나타나도록 목탄선을 과감하고 무겁게 올려 표현하였다.

선생님은 내가 그린 자신의 얼굴이 마음에 드는지 아닌지

윤후명
문학50년

알 수는 없다. 또 여쭈어 보지도 않았다. 하지만 선생님은 소설 속에서 영광스럽게도 나와 내 작품을 언급해주셨다.

선생님을 뵐 때마다 『삼국유사 읽는 호텔』에 나오는 수로부인의 전설이 생각난다.

전설 속에서 한 노인이 벼랑의 꽃을 꺾어 와 부인에게 바치는 장면이 있다. 나는 자꾸만 윤후명 선생님과 꽃을 바치는 온화한 노인의 얼굴이 오버랩된다.

구지가

한생곤 화가, 경북대학교 강사

거북아 거북아 머리를 내밀어라(龜何龜何首其現也)
만약 안 내밀면, 구워먹을 테다(若不現也燔灼而喫也)

이 그림의 윗쪽은 부여와 고구려의 만주벌판에 대한 아득한 그리움을, 남쪽은 일본에 '가라＝검음(玄)문화'를 전파하는 가락국의 교량적인 역할과 아울러 '아유타국의 공주' 허황옥의 등장을 예고하는 뜻에서 바다와 배를 넣었다. 가락국기에 나오는 '보라빛 노끈' '붉은 보자기'와 '금합(金盒)', 그 안의 '해처럼 둥근 황금알 여섯 개'에서 색채와 형상을, 그리고 아도간 피도간⋯⋯의 구간(九干)을 거북이 주위에 배치하는 구도로 그렸다. 또한 구지가의 노랫말이 숨박꼭질하는 아이들의 놀이를 연상시켜서 구간을 아이들로 그렸고, 알에서 나온 왕을 맞이하는 아이들 또한 '알몸'이면 좋겠다 싶어 맨몸뚱이로 그렸다. 수백 명의 백성들은 산에 있는 꽃과 나무들로 대신했다. 하지만 무엇보다도 이 그림은 '노래'를 이미지로 형상하려 노력한 작품이다. 나의 삼국유사 연작은 소설가 윤후명의 『삼국유사 읽는 호텔』에서 영감을 받았으므로, 첫 그림을 올리는 자리를 빌어 선생님께 두손모아 감사의 인사를 드린다.

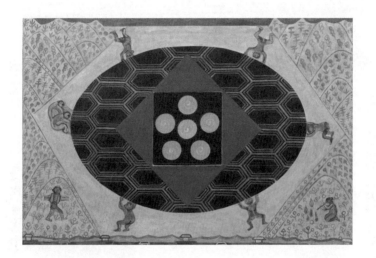

강릉시립미술관
GANGNEUNG MUSEUM OF ART

강릉시립미술관초대윤명작가전

"한번 간 사랑은 그것으로 완성된 것이다. 애틋함이나 그리움은 저세상에 가는 날까지 가슴에 묻어두어야 한다. 헤어진 사람을 다시 만나고 싶거들랑 자기 혼자만의 풍경 속으로 가라. 그 풍경 속에 설정되어 있는 그 사람의 그림자와 홀로 만나라. 진실로 그 과거로 돌아가기 위해서는 자신은 그 풍경 속의 가장 쓸쓸한 곳에 가 있을 필요가 있다. 진실한 사랑을 위해서는 인간은 고독해질 필요가 있는 것과 같다." — 장편 『협궤열차』 한 부분

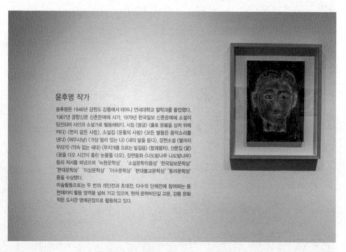

윤후명 작가

윤후명은 1946년 강원도 강릉에서 태어나 연세대학교 철학과를 졸업했다.
1967년 경향신문 신춘문예에 시가, 1979년 한국일보 신춘문예에 소설이
당선되어 시인과 소설가로 활동해왔다. 시집 〈명궁〉〈홀로 등불을 상처 위에
켜다〉〈먼지 같은 사랑〉, 소설집 〈돈황의 사랑〉〈모든 별들은 음악소리를
낸다〉〈여우사냥〉〈가장 멀리 있는 나〉〈새의 말을 듣다〉, 장편소설 〈별까지
우리가〉〈약속 없는 세대〉〈무지개를 오르는 발걸음〉〈협궤열차〉, 산문집 〈꽃〉
〈꽃을 다오 시간이 흘린 눈물을 다오〉, 장편동화 〈너도밤나무 나도밤나무〉
등의 저서를 펴냈으며 '녹원문학상' '소설문학작품상' '한국일보문학상'
'현대문학상' '이상문학상' '이수문학상' '현대불교문학상' '동리문학상'
등을 수상했다.
미술활동으로는 두 번의 개인전과 초대전, 다수의 단체전에 참여하는 등
현재까지 활동 영역을 넓혀 가고 있으며, 현재 문학비단길 고문, 강릉 문화
작은 도서관 명예관장으로 활동하고 있다.

그때나 지금이나 나는 선생님을 일 년에 두어 번 띄엄띄엄 뵙는다. 그래도 늘 웃는 얼굴
로 맞아주신다. 웃으시면 반달눈의 순수한 아이 얼굴이 된다. ― 권현숙

이번 전시에는 작가만의 독특한 시선이 보여지는 엉겅퀴꽃과 새 시리즈 등을 중심으로 총 5개의 주제로 나누어 공간 구성이 되었고, 미술 작품 100여 점과 그동안 출간한 시와 소설들, 그리고 그의 창작 세계를 엿볼 수 있는 친필 원고, 오랜 세월 작가의 손때가 묻어 있는 애장품들과, 윤후명 작가를 존경하는 화가들이 그린 작가의 초상화 등이 함께 전시되었다. ─ 최지순

시와 소설, 그리고 그림이야기

최지순 강릉시립미술관 큐레이터

강릉시립미술관에서는 매년 지역출신 작가들을 중심으로 지역 문화예술계의 다양성과 폭을 넓히고자 초대전을 진행하고 있다. 그 일환으로 올해 초 지역작가 초대전 준비를 하고 있던 차에 시인의 마을 이홍섭 대표의 도움으로 윤후명 작가의 '등단 50주년 기념'에 맞추어 의미 있는 자리로 '윤후명 작가 초대전'이 지난 5월 10일부터 21일까지 진행되었다.

강릉 출신의 윤후명 작가는 1967년 『경향신문』 신춘문예를 통해 시인으로, 1979년 『한국일보』 신춘문예를 통해 소설가로 각각 등단해 시와 소설 창작을 병행해 왔고, 그림에도 일가를 이뤄 개인전 2회와 초대전, 다수의 단체전 등에 작품을 전시하며 활동영역을 넓혀 가고 있다.

이번 전시에는 작가만의 독특한 시선이 보여지는 엉겅퀴꽃과 새 시리즈 등을 중심으로 총 5개의 주제로 나누어 공간 구성이 되었고, 미술작품 100여 점과 그동안 출간한 시와 소설들, 그리고 그의 창작 세계를 엿볼 수 있는 친필 원고, 오랜 세월 작가의 손때가 묻어 있는 애장품들과, 윤후명 작가를 존경하는 화가들이 그린 작가의 초상화 등이 함께 전시되어 윤후명 작가의 다양한 예술세계를 엿볼 수 있었다.

윤후명 작가의 이번 초대전은 강릉에서 두 번째 만나는 전시이다. 첫 만남은 지난 2015년 강릉시립미술관 기획전 〈강릉, 문학과 미술을 나누다〉로 진행되었던 8명의 강릉출신 문인들과 지역화가들의 협업으로, 시와 소설이 담고 있는 주제와 소재를 모티브로 삼아 미술작품으로 재구성하는 전시에 윤후명 작가는 소설가로 임만혁 화가와 협업하여 참여했었다. 그 이후 고향 강릉에 대한 각별한 애정을 바탕으로 여러 작품에 강릉을 등장시켜 왔던 작가의 미술작품에도 관심을 갖게 되었다.

전시기간에는 지역의 여러 언론사의 인터뷰 요청과 방송촬영이 진행되었고, 관람객들 또한 어린 친구들부터 어르신들까지 다양한 연령층의 시민들이 방문하였으며, 심지어 매일 전시장을 찾아 작품들을 보고 또 보는 분도 있었다.

윤후명 작가는 이번 등단 50주년 기념전에 대해 "감개무량하다. 고향 강릉에 돌아와서 하게 될 줄은 몰랐고, 마지막 문학의 사랑을 강릉에 남겨주고 싶다"며 고향을 사랑하는 작가에게 특별한 의미가 있음을 표현하였다. 시에서 소설, 그리고 그림으로 완성해가는 윤후명 작가의 또 다른 만남을 기대해본다.

늙도록 문장과 함께 여기끼지 걸어와서 여기에 이르렀다

윤후명

사진

올해 저는 선생님이 50세에 수상한 이상문학상을 예순한 살이 되어
받았습니다. 또 선생님보다 십일 년이나 늦었습니다. 따라잡을 수만 있는
없고 따라갈 수만 있는 분. 이번에도 과하게 칭찬을 해 주셔서 모든
신문이 선생님의 심사평을 인용했지요. 저를 볼 때마다 저보고 그림
을 그리라고 말씀해 주시는데, 그 말이, 실은, 제가 세상에서 가장 듣
고 싶은 말이에요. 그러면서도 그림을 못 그리고 있어요. 물론 비겁하
고 알량한 이유 때문이라는 것도 알지요. 하지만 그것을 이겨내지 못
하고 있습니다. 선생님이 부럽고 존경스러울 뿐입니다. — 구효서

1995.08 윤후명 [윤명로]

윤후명은 강릉 사람, 맑고 푸른 바다와 바다의 동경을 지녔다. 그래서 뱃사람의 야생과 인정도 있어, 내 문학이 고단했던 지난 날들에 소설도 주고 마음도 베풀었다. 하지만 나는 안다. 그것은 깊은 곳에서 내 마음이 먼저 그를 향해 손을 내밀었기 때문임을. — 방민호

멀리서 빛나는
그러나 수없는 상처를 보듬은 그는
오늘밤에도 차마 잠들지 못하고
시간의 사막을 쉼 없이 걸을 텐데
푸른빛의 땅에 도달할 수 있을까 그는
— 곽효환

누구일까. 나는 지난 50년 동안 그에게로 다가가지 않았던가. 따지고 보면 더 오랜 시간 나는 그를 궁금해오지 않았던가. 어린 내가 빈 공책에 무슨 글자인가 한 글자 한 글자 쓰던 날부터 나는 결코 마음을 변치 않으리라 내게 약속하지 않았던가. 그리하여 지난 시간 쓴 글은 그 '변치 말자' 던 약속을 다시 밝히는 일에 지나지 않았다. ― 윤후명

윤 작가의 상상력은 서역에서 협궤열차로 이어지며 아기자기해졌고 시베리아와 중앙아시아로 영역을 넓혀가며 풍성해졌다. 한국소설은 1990년대 들어 소재와 주제면에서 글로벌(global)화되고 한편으로 세속적 삶에 대한 묘사를 통해 로컬(local)화되는 경향을 보여왔는데 윤 작가의 소설이야말로 이 둘의 관계를 이어가며 작품세계를 구축해온 이른바 '글로컬리즘(glocalism)'의 작가라 할 수 있겠다. ─ 박덕규

먼 길을 가야만 한다 / 말하자면 어젯밤에도 / 은하수를 건너온 것이다 /
갈 길은 늘 아득하다 / 몸에 별똥별을 맞으며 우주를 건너야 한다 / 그게
사랑이다 / 언젠가 사라질 때까지 / 그게 사랑이다
— 윤후명 시 「사랑의 길」 전문

"여러 기복의 날들을 거치고 다시 피폐한 '자멸파'의 나날을 보내던 어느 날, 나는 묘만을 만났다. 나는 다시 태어남의 길이 열리고 있는 것을 보았고, 새로운 출발을 스스로에게 알렸다. (중략) 내 삶이여, 저 질풍노도와 자멸의 시절이 파연 너를 여기에 이르게 하였구나!" — 윤후명

윤후명 문학 더 읽기 _ 작가의 글, 신문기자 문학기사

빚진 게 너무 많은 세대

윤흥길 _소설가

신춘문예 당선 직후, 심사위원들 중 한 분인 황순원 선생께 인사를 드리러 갔다. 남산 기슭 회현동 자택으로 찾아뵈었을 때, 선생은 만면에 띤 자애로운 미소로써 까마아득한 문단 후배이자 자식뻘 햇병아리 작가를 반가이 맞아주셨다. 선생은 담소하는 동안 황송하게도 나에게 내내 존댓말을 쓰셨고, 더더욱 황송하게도 괜찮다고 극구 사양하는데도 불구하고 나에게 담배까지 부득부득 권하셨다.

"나는 윤흥길 씨를 지지하지 않았어요."

잔뜩 주눅이 든 나머지 불편하기 짝이 없는 앉음새로 하늘 같은 선생과 어렵게 맞담배질 중이던 내 귀에 청천벽력 같은 소리가 날아들었다. 나는 순간적으로 내 귀를 의심했다.

"나는 윤상규 씨 작품을 당선작으로 밀었어요. 그런데 김동리 선생이 끝까지 고집을 꺾지 않으시는 바람에 결국 윤흥길 씨가 당선이 된 것이지요. 그렇지만, 지금도 윤상규 씨 작품이 더 낫다는 내 생각에는 변함이 없어요."

내 귀가 결코 고장난 게 아님을 선생은 거듭 베푸는 친절로써 아프게 확인시켜주셨다.

이미 심사평과 문화부 기자의 귀띔을 통해 나도 심사 비화를 웬만큼 알고 있었다. 당시 촉망받는 시인으로 활동 중이던 윤상규 씨가 쓴 소설 「크리스마스의 망루」와 내 작품 「회색 면류관의 계절」이 최종심에서 마지막까지 겨뤘는데, 두 분 심사위원 의견이 팽팽히 맞서는 바람에 당선작을 내기까지 우려곡절이 많았다는 이야기였다. 그해 『한국일보』 신춘문예 소설 부문은 실력이 아니라 응모자의 운의 있고 없음과 운의 좋고 나쁨이 당선을 가르는 기준이 돼버린 셈이다. 예심을 거친 내 작품이 본심에서 우연히 김동리 선생한테 배정되었고, 승벽이 강한 선생은 일면식도 없고 아무런 이해관계도 없는 시골 청년의 작품에 마치 당신의 자존심이라도 걸린 양 맹렬히 주장을 관철함으로써 나에게 당선의 행운을 안겨주셨다. 황순원 선생에게 두고두고 미련을 안길 정도로 빼어난 작품을 응모했던 윤상규 시인은 훗날 '윤후명'이란 이름으로 신춘문예 관문을 통과해서 소설가로 거듭나기까지 자그마치 10년 세월을 견디어야 했다.

아무리 그런 일이 좀 있었기로서니 사람을 앉혀놓고 이렇게 병신 만들어도 된단 말인가. 한편으로 맞담배질을 권하리만큼 아랫사람 잘 대접하는 품을 잡으면서 다른 한편으로 손찌검이나 다름없는 언어폭력을 휘두르는 건 대관절 무슨 심보인가. 홧김에, 자존심이 상한 김에 나는 황순원 선생 앞을 당장 무르와가고 싶었다.

"윤흥길 씨, 열심히 해야 해요. 앞으로 열심히 노력하지 않으면 안 돼요."

앙앙불락하는 내 속마음이 빤히 들여다보였던지 선생이

조용히 말씀하셨다. 어쩐지 먼젓번 말씀보다 이번 말씀 쪽에
방점이 찍혀 있는 것 같다는 생각이 얼핏 들었다. 나는 엉거
주춤 일으켰던 엉덩이를 도로 방석 위에 부려놓았다. 시종일
관 흐트러짐 없는 선생의 꼿꼿한 자세와 자애로운 미소를 보
면서 나는 뭔가 가르침을 주고자 하시는 선생의 의도를 비로
소 알아차릴 수 있었다. 미소 뒷전에 나를 격동시켜 분발케
만들려는 고단수 책략이 숨어 있음에 틀림없었다. 신춘문예
당선했다고 스스로 별것인 줄 알지 모르지만, 실은 너 별것
아니다, 너보다 훨씬 잘난 사람들 수두룩한 세상이다, 운은
늘 계속되는 게 아니니까 이제부터라도 모자라는 재주를 각
고의 노력으로 벌충하지 않으면 너 같은 건 금세 도태당하고
말 거다……

"선생님, 정말 고맙습니다. 오늘 말씀 절대로 잊지 않겠습니
다. 선생님을 실망시켜드리지 않도록 최선을 다하겠습니다."

나는 너부죽이 큰절까지 올린 다음 서둘러 무르와갔다. 선
생의 회현동 자택을 뒤로하고 남산 골목길을 터덜터덜 내려
가면서 나는 두 가지 결심을 했다. 하나는 내 평생 황순원 선
생을 존경하는 스승으로 섬기며 살겠다는 것이고, 다른 하나
는 이제부터 운이 아니라 실력을 앞세우는 창작활동을 하겠
다는 것이었다.

이렇듯 나는 문단에 발맘발맘 첫걸음 떼는 순간부터 황순
원 선생과 윤후명 씨에게 본의 아니게 큰 빚을 지고 말았다.

둔황 가는 길

김동률 _서강대 MOT대학원 교수

1980년대 군대시절이었다. '이등병에게 쉬는 시간 주면 사고친다'는 괴이한 논리를 들이대며 고참들이 쉴새없이 뺑뺑이를 돌려 모두들 기진맥진해 있었다. 험악한 시절 지칠 대로 지친 나는 문득 중대 진중문고로 눈길을 돌렸다. 반공 도서류가 가득한 진중문고는 단 한 번 눈길조차 주지 않았던 허접한 공간. 그러나 그날 눈에 띈 것은 이상한 제목의 책이었다.

『둔황의 사랑』.

시인 윤후명이 펴낸 소설이었다. 지긋지긋한 군대생활을 잊으려고 부둥켜쥐고 읽었다. 소설 속 주인공의 친구가 던진 한마디에 필이 꽂혀 '돈황(敦煌, 중국명 둔황)의 세계로 상상여행을 한다는 내용'이다. 평론가들은 시적 분위기, 아름다운 서정적 묘사를 통해 동시대 사람들의 우수와 절망을 형상화했다고 전한다. 하지만 읽는 내내 작가가 둔황을 몹시도 좋아했다는 것만 짐작할 뿐 무슨 말인지 몰라 애를 먹었었다. 그런데 그날 이후 언젠가 둔황에 가야겠다는 막연한 목표가 정해졌다. 잊힐 만하면 그 시절 읽었던 둔황이 홀연히 나타나 재촉했다. "어서 떠나라. 어서 떠나라"고.

'달밤이다. 먼 달빛의 사막으로 사자 한 마리가 가고 있다.

무거운 몸뚱이를 이끌고 사구(砂丘)를 소리 없이 오르내린다. 매우 느린 걸음이다. 쉬르르쉬르르 명사산의 모래가 미끌어지는 소리인가. 사자는 아랑곳없이 네 발만 차례차례 떼어놓는다……'

답사를 앞두고 찾아본 『둔황의 사랑』한 구절이 여전히 흥분케 한다.

별을 본다는 것

이홍섭_시인

"별이 빛나는 밤하늘을 보고, 갈 수가 있고 또 가야만 하는 길의 지도를 읽을 수 있던 시대는 얼마나 행복했던가? 그리고 별빛이 그 길을 훤히 밝혀 주던 시대는 얼마나 행복했던가?"

헝가리 출신의 문학이론가이자 미학자인 게오르그 루카치가 저서 『소설의 미학』의 문을 열며 쓴 첫 구절이다. 이 구절은 한때 문학청년들뿐만이 아니라 별을 잃어버린, 아니 별을 잃어버렸다고 생각하는 많은 이들의 가슴을 저몄다. 그러나 어느덧 이 가슴 저미는 상실감도 종언을 고했는지, 이 헛헛하게 아름다운 구절을 곱씹어보는 글을 찾기란 쉽지 않다.

밤하늘의 별을 보고 길을 찾던 시대는 정말로 끝났는가. 청년 루카치는 이런 질문을 던지며 '소설'이라는 형식이 지닌 역사적, 철학적 의미에 대해 깊게 파고들었다. 나는 위의 글을 읽을 때마다 그의 고향 부다페스트의 밤하늘은 어땠을까, 별들은 초롱초롱했을까 궁금해지곤 했다.

고타마 싯다르타는 샛별을 보고 위없는 깨달음을 얻어 붓다가 되었다. 경전에서는 이때의 순간을 다음과 같이 장엄하게 그리고 있다. "일체 마군을 항복받고 탐진치의 가시를 빼내고 금강좌에 앉은 고타마는 세간의 다투는 마음을 멸하고 자비심을 냈고 일체의 업장을 끊고 어디에도 걸림 없는 청정한 마음을 얻었다."「불본행집경」 샛별은 새벽 동쪽 하늘에 반짝이는 금성을 이르는 것으로, '새벽의 별' '새로 난 별'을 줄인 말이다. 싯다르타가 본 샛별은 지극히 맑고 청정한, 말 그대로 '새로 난 별'이었을 것이다.

청맹과니시절, 내설악 골짜기에서 원없이 별을 본 적이 있다. 수많은 별들이 머리 바로 위까지 내려와 찰랑거렸다. 손을 뻗으면 금세 딸 수도 있을 것 같았다. 적막한 어둠 속에서 별을 볼 때면 나와 우주가 오롯하게 하나임을 느낄 수 있었다. 외롭다는 말은 왠지 부족해 보였다. 멋있게 표현하면 '존재의 고독'이 온몸으로 느껴진다.

세간에 내려와 별을 본 것은 밤하늘에서가 아니라 버스터미널 주변에 높이 솟은 모텔들에서였다. 어두운 밤 버스터미널에서 누군가를 기다리며 맞은편 모텔들을 바라보면, 마치 밤하늘에 별이 하나둘 켜지듯 컴컴한 방에 하나둘 등이 켜지곤 했다. 누군가 떠나고, 또 누군가 돌아오는 터미널에서 바라보는 모텔의 불빛은 애별리고(愛別離苦)의 별빛이었다. 역시 존재의 고독이 만져졌다.

내가 사는 강릉이 고향인 윤후명 작가는 다음과 같은 시를 썼다.

강릉 바닷가에서 별을 바라보는 것은
이 삶을 물어보는 것

이 삶이 지나면 다시 올 거냐고

어느 바다를 지나 다시 올 거냐고

물어보는 것

그러면 별은 물고기가 되어

멀리 헤어가기만 한다

새가 되어

멀리 날아가기만 한다

하물며 별은 먼 항내에 빛난다

따라서 강릉 바다의 향내는 먼 별의 모습

우리가 살아 있는 지금을 가장 멀리 빛내는 별의 모습

강릉 바닷가에서 별을 바라보는 것은

지금 살아 있음을 되새기며

이 삶의 사랑을 물어보는 것

— 「강릉 별빛」 전문

　　여덟 살 때 고향 강릉을 떠나 오랫동안 정처 없는 삶을 살아온 작가는 고희를 지나 다시 고향 바닷가에서 별을 바라본다. 작가는 고향 바닷가에서 별을 바라보는 것은 '이 삶을 물어보는 것'이고, '지금 살아 있음을 되새기며/이 삶의 사랑을 물어보는 것'이라고 명명한다. 밤하늘의 별을 보고 길을 찾던 시대는 아직 끝나지 않았다.

팔색조를 아십니까

박해현 _ 조선일보 선임기자

팔색조를 아십니까?

소설가 윤후명의 단편 「팔색조」는 온몸을 다채로운 색깔로 치장한 철새를 통해 환상 속에서 영원한 사랑을 그린 작품이다. 경남 거제도에서 가까운 지심도(只心島)가 무대다.

18일 오후 5시 30분 거제문화예술회관에서 '윤후명 문학낭독회'가 열렸다. 지심도를 한국현대문학사에서 소설 「팔색조」의 공간으로 자리매김하려는 경남 거제시가 '책, 함께 읽자' 캠페인의 하나로 마련한 행사였다. 김한겸 거제시장 · 김형석 거제문화예술회관장 · 정성대 (주)대우조선해양 이사와 현지 주민 등 100여 명이 참석했다. 소설가 황충상 · 박찬순, 시인 정호승 · 곽효환, 화가 이인, 사진작가 이해선 등 '문학사랑'(대표 김주영)이 구성한 문학기행단이 윤후명 부부와 함께 낭독회에 동참했다.

환상적인 단편 「팔색조」를 쓴 소설가 윤후명이 자신의 작품을 낭독했다. 그는 "나도 팔색조를 직접 본 적은 없다"고 말했다. 김한겸 거제시장은 「팔색조」 중에서 지심도를 사실적으로 묘사한 대목을 골라 읽었다. '동백나무는 섬의 뒤쪽에도 우거져 있었다. 청동빛을 띤 풍뎅이들이 둔중하게 날고 있는 나무와 나무 사이로 넓게 트인 바다가 보였다. (중략) 그

바위를 조심스럽게 톺아 내려가자 문득 낚시꾼들의 모습이 나타났다.' 동백꽃 피고 질 때 붉게 물드는 지심도는 낚시만 드리우면 고기를 거저 낚는 곳이라고 말하고 있는 셈이다.

영화배우 이재용, 박영숙 한국예총거제지회장, 김은주 거제중 교사, 소설가 윤후명이 차례로 소설 낭독자로 나섰고, 윤후명의 시를 정호승 시인이 낭송했다. '사랑과 함께 피어난/ 너의 모습/ 언제나 그대로 피어 있다/ 꽃이 졌는데도/ 그대로 피어 있다/ 사랑이/ 꽃 피고 지는 사이를 오가며/ 그 사이를 하나로 맺은 것이다/ 피고 지는 사이는/ 있음과 없음의 사이/ 그 사이를 하나로 맺은 것이다'(「사랑의 맺음」 전문) 정호승 시인은 "아마 시인이 이 시를 쓸 때 사랑의 꽃을 피웠을 것"이라며 "그 꽃의 향기가 오늘 이 시간 우리들 가슴을 만져주고 있다"고 말했다.

거제문화예술회관은 이날 낭독회와 함께 윤후명 소설 속의 지심도와 팔색조를 형상화한 미술작품 전시회도 열었다. 화가 민정기·이인·최석운·한생곤 등 16명의 신작 40여점을 모은 '사랑이 이루어지는 섬, 지심도'전이 8월 17일까지 열린다.

윤후명은 1983년 대우조선 초청으로 3개월간 거제도 옥포조선소의 근로자 숙소에 머물면서 거제도 일대를 무대로 한 작품을 썼다. 그는 "26년 전 나는 정말 소설가로서 살 수 있을까라는 의문 속에서 이 바닷가를 헤맸다"고 회상하면서 "다시 이곳에 오니 '소년은 빨리 늙고, 글은 이루기 어렵구

나'라는 옛말을 새기면서 마음가짐을 새롭게 한다"고 말했
다.

나를 찾아 고해(苦海)를 떠돌다

한윤정 _ 경향신문 기자

작가 윤후명 씨(61)가 소설집 『새의 말을 듣다』(문학과지성사)를 펴냈다. '끝없는 자아찾기 여행'으로 요약되는 그의 작품 세계의 특징이 고스란히 들어 있는 이번 소설집은 모두 여행을 떠나는 1인칭 화자의 시각으로 쓰여진 단편 10개가 실렸다. 여행의 목적과 장소는 각기 다르지만 주인공은 한결같이 낯선 곳에서 자신의 현실과 과거를 돌아보고, 시간의 순차적 흐름을 무시한 파편화된 기억에 붙들리거나 어지러운 기시감을 체험한다. 그것은 삶의 의미를 묻고 온전한 자아를 추스르고 싶어하는 욕망의 발현이다. 해설을 쓴 문학평론가 오생근 씨는 "시대적 변화 속에 황폐해진 내면적 공허를 증언하는 일"이라고 말한다.

표제작 「새의 말을 듣다」는 동료 문인들과 독도에 간 화자가 우연히 알타이어를 공부한다는 한 남자와 인사를 나누게 되면서 우리 민족의 시원이라는 바이칼호수 북쪽 알타이산맥에 대한 상상이 과거 전쟁통의 피란길, 강화도 보문사 뱃길 등의 기억과 얽혀드는 이야기다. "사랑하지 않으면 멸종한다"는 남자의 말이 화자의 가슴을 때리면서 알타이 샤먼에게 자신을 깡그리 맡겨 온전한 삶을 찾고 싶다는 간절한 생각이 끓어오른다.

「서울, 촛불 랩소디」는 화자가 새로 복원된 청계천을 주제로 한 글을 청탁받아 그곳을 찾아간 일, 과거 청계천변을 함께 거닐었던 여자친구와의 추억, 문학행사로 유럽에 갔을 때 그녀가 교수로 일하는 헝가리 부다페스트행 열차에 올라 하루 동안 재회했던 일 등이 쉴 새 없이 교차한다. 여기에 요즘의 청계광장과 박태원의 소설 『천변풍경』이, 프랑크푸르트에서 본 백남준의 작품 『촛불』과 그의 부음이 겹쳐진다.

이 밖에 「나비의 소녀」는 양평 인근 용문산에서 나비 떼와 어린 소녀의 모습을 본 뒤 몽골 소녀 나빌레의 환영을 떠올리는 내용이고, 「의자에 관한 사랑 철학」은 부처님오신날 연등행렬에 함께 참가한 친구가 정신없이 살다가 수리남의 정글에서 사고로 잃어버린 아내를 그리워하는 것을 보면서 의자에 앉아 있던 아내를 그리다 결국 빈 의자를 그리게 됐다는 화가를 떠올리는 이야기다.

끊임없는 연상과 중첩으로 엮어진 윤 씨의 소설들은 '삶은 축제가 아니라 고해(苦海)일지 모른다'는 그의 인생관을 드러내면서도 그것을 미학적 언어와 이미지로 빚어내는 고전문학의 면모를 보여준다.

태초를 고이 간직한 원시의 섬을 그렸죠

강병철 _서울신문 기자

소설가 윤후명의 한 해는 집뜰에서 기른 원추리 나물을 먹으면서 시작된다. 강의가 없는 날의 생활이란 글쓰기, 그리고 화초 돌보기가 전부다. 식물학 실용서를 냈을 정도로 화초를 사랑하는 그의 뜰에는 능소화, 매화가 돌아가며 피고진다. 그만큼 그는 자연에 가까운 작가다.

이번에는 그가 "태초를 간직한 원시의 섬을 그렸다."면서 '지심도'를 테마로 한 문학그림집을 들고 나타났다. 『지심도 사랑을 품다』(교보문고 펴냄)에는 그의 전공인 소설뿐 아니라 시, 동화, 에세이 그리고 화가들이 작업한 그림까지 함께 실려 있다.

지난 16일 서울 프레스센터에서 만난 그는 지심도와의 인연부터 털어놨다. 지심도는 경남 거제도 옆에 붙은 작은 섬. 1983년 여름, 한 기업의 초대로 처음 거제도에 갔다가 원시림을 품고 있던 지심도를 발견했다고 한다.

"지심(只心), 다만 마음뿐이란 그 뜻이 참 멋지죠. 거기 매혹된 뒤로 무슨 일을 할 때면 지심도를 생각하면서 마음을 다잡곤 했습니다."

그 이후로 작가는 아직도 기회가 될 때마다 그곳을 찾는다.

하지만 개발의 손이 뻗치면서 지심도도 이제는 예전같지 않다. "그곳에는 정말 마음의 기도가 필요한 사람만 갔으면 했는데…"라고 작가는 아쉬운 마음을 감추지 않는다.

그렇게 세월에 변한 섬을 뒤로 하고, 그의 마음속의 지심도는 이제 작품으로 남게 됐다. 작품 속 지심도는 '팔색조'와 '엉겅퀴꽃'으로 대변된다. 팔색조는 지심도에서 처음으로 본 새다.

그리고 '사랑과 함께 피어난 / 너의 모습 / 언제나 그대로 피어 있다 / 꽃이 졌는데도 / 그대로 피어 있다 / 사랑이 / 꽃 피고 지는 사이를 오가며 / 그 사이를 하나로 맺은 것이다'(「사랑의 맺음」 중)처럼 그린 엉겅퀴꽃은 거제수용소를 보며 '아픔·고통'의 이미지를 새로 갖게 됐다.

동화 「세상에서 제일 예쁜 꽃」도 엉겅퀴꽃 이야기다. 화가 김점선 씨의 요청으로 쓴 작품. "2007년쯤 같이 작업을 하자고 하던 걸 차일피일 미뤘는데, 그새 건강이 안 좋아졌다는 소식이 들리더군요. 부랴부랴 작업을 시작했지만, 그는 병상에서 일어나지 못했어요."라고 사연을 설명한 그는 "그래도 작품은 읽어보고 갔다."라며 씁쓸하게 웃는다.

그러면서 "화가와 문인들은 '보여주기'라는 점에서 비슷해서 교류를 많이 해야 한다."고 말한다. 그런 생각에 자신도 '문학과 미술의 만남'이란 모임도 꾸리고 있고, 10년 가까이 그림도 그렸다. 책에도 다른 15명 화가들과 나란히 자신의 그림을 실었다.

하지만 역시 본업은 문학. 한 책에다 여러 장르를 묶은 그는 "장르마다 느낌이 다르기에 다른 작가들도 이런 작업을 했으면 한다."고 말한다. "시와 소설은 서로를 해치는 게 아니라 보완해 주기 때문"이라고 한다.

"내 작품들은 전체가 하나의 글"이라는 생각으로 다음에는 "우리 문화의 원류, 그리고 우주까지 아우를 수 있는 사랑 이야기"를 쓰겠다고 한다. 귀띔하기를 "삼국유사의 '거타지 설화'가 소재가 될 것"이라고 한다.

출간과 관련해 18일 거제도에서 출판기념회가 열린다. 작가·화가들이 참석한 가운데 낭독회가 열리고, 또 책에 실린 그림들이 새달 17일까지 거제시 장승포동 거제문화예술회관에서 '사랑이 이루어지는 섬, 지심도'展이란 이름으로 전시된다.

시 · 소설 · 동화로 노래한 거제도와 지심도

최현미 _ 문화일보 기자

시적인 문체와 독특한 서술방식으로 환상과 주술의 세계를 자유롭게 비상하는 소설가 윤후명 씨. 그가 거제도와 지심도를 소재로 한 시, 소설, 동화 등을 엮은 『지심도 사랑을 품다』(교보문고)를 내놨다.

작가는 이들 섬과 특별한 인연을 가지고 있다. 그는 젊은 시절 한 현지 기업의 초대로 3개월 동안 거제도에서 머물며 섬과 관련된 작품을 썼다. 책에는 이렇게 지심도를 배경으로 쓰여진 '팔색조-새의 초상', 그의 영원한 문학적 화두인 사랑을 지심도라는 공간적 배경속에서 표현한 시들, 그리고 동화 '세상에서 제일 예쁜 꽃'과 '섬마을 아이의 눈 사람'이 묶여 있다.

책에 수록된 시 「지심도, 사랑은 어떻게 이루어지나」는 이렇게 노래한다. '사람들은 사랑을 알려고 섬에 온다/마음의 속삭임에 귀 기울여/처음이며 마지막이 무엇인지/배워야 하리라고/처음과 마지막이 동그라미가 되어/하나가 되는 동안이/우리가 사는 동안이 되도록/이루어야 하리라고' 책에는 작가의 자전적 에세이 「나의 삶을 그리다」가 수록돼 있고, 민정기, 이인, 최석운, 한생곤 씨 등 국내 유명 화가 16명이 윤 씨 작품을 모티프로 그린 작품 40여 점이 함께 실려 있다.

  책에 수록된 그림들은 15일부터 8월17일까지 거제문화예
술회관에서 '사랑이 이루어지는 섬, 지심도' 전시회에 전시
된다. 18,19일에는 '윤후명과 함께하는 문학투어'가 마련된
다. 거제도 포로수용소, 거제 조선소, 지심도, 거제문화예술
회관 등을 둘러보며, 윤 씨를 비롯해 시인 정호승, 문정희,
장석주씨 등이 함께 한다.

자아 찾는 길

손동우 _ 매일경제 기자

소설가 윤후명 씨(63)는 항상 길 위에 서 있다. 둔황의 석굴을 찾아 헤매고(「둔황의 사랑」), 독도행 뱃길에 몸을 실으며(「새의 말을 듣다」), 버스를 타고 티베트의 가파른 낭떠러지를 오르기(「구름의 향기」)도 한다. 그 끝없는 여행길에는 술과 담배만 함께할 뿐이다.

지난 15일 인사동에서 만난 그의 실제 모습도 크게 다르지 않았다. 너무 과묵해서 쓸쓸해 보이기까지 한 작가에게선 나그네의 냄새가 강하게 났다.

최근 윤 씨가 낸 『지심도 사랑을 품다』(교보문고 펴냄)에도 외로움의 그림자는 짙게 드리워져 있다. 그가 젊었던 시절 한 기업의 초대로 거제도와 그 옆에 있는 작은 섬 지심도에서 3개월 동안 머무르며 썼던 소설 팔색조-새의 초상과 시를 다시 묶은 책에는 섬 포구의 쓸쓸함과 동백꽃이 주는 토속적인 느낌이 가득하다. 민정기 최석운 장태묵 엄운영 등 유명 화가 15명이 소설 내용을 붓으로 옮겨 그린 그림도 함께 실었다.

"1983년 방문했던 거제도에는 우리 역사의 아픔이 생생하게 남아 있었어요. 허물어져 가는 포로수용소에는 전쟁의 상처가 가득했죠. 게다가 섬이 닫힌 공간이라서 그런지 더 쓸쓸한 분위기였어요. 지금의 거제도와는 전혀 다른 느낌이었을 거예요. 이런 환경이 작품에 영향을 주었던 것도 맞습니다."

등단 후 40년이 넘는 동안 윤 씨는 자아와 삶의 본질을 끊임없이 물었다. 이상문학상을 수상한 「하얀 배」나 소설집 『새의 말을 듣다』 『둔황의 사랑』 등은 모두 나를 찾는 여행이야기다. 허둥지둥 살아가기에만 급급했던 그의 소설 속 주인공들은 여행을 통해 자신의 참모습을 반추한다.

"유독 나에 집중했던 이유는 정작 우리 사회에는 그것이 없다고 봤기 때문이었어요. 우리 사회에는 자신의 가치관을 뚜렷하게 지닌 사람이 없죠. 누군가 어떤 사실을 부르짖으면 우르르 그곳으로 쏠리는 경향도 강합니다. 그래서 저는 소설을 통해서라도 자아의 중요성을 계속 전달해야겠다는 생각을 했어요. 앞으로도 이 주제를 계속 파고들 생각이고요."

그는 항상 시인이었던 이력이 먼저 떠오르는 소설가다. 시인으로 먼저 문단에 데뷔한 뒤 12년 후인 1979년에 소설가로 다시 등단했다. 하지만 시를 쓰다가 소설가로 변신한 작가는 성석제·장정일을 비롯해 원재길까지 의외로 많다.

유독 윤 씨에게만 시인의 이미지가 강한 셈이다. 이유는 그의 소설이 시 같다는 평가를 듣기 때문이 아닐까 싶다. 서사 구조가 파괴된 윤 씨의 소설은 한국 문학사에서 독특한 위치를 차지하고 있다.

"처음 소설을 쓸 때 시를 완전히 떠난 것이냐는 질문을 많이 받았어요. 그때마다 시를 포용하면서 소설을 쓰겠다고 대답했어요. 여타 작가들과 다른 방식으로 글을 쓰겠다는 게 제 생각이었거든요. 저는 소설은 이렇다는 개념을 깨는 것이 소설이라고 생각해요. 문학은 공식에 대입하는 것이 아닙니다."

윤 씨의 글에 대한 애정이 높다는 점은 문단에서도 이미 알려진 사실이다. 그는 한 번 쓴 작품도 문장을 다시 짓이기고 밟으면서 계속 고쳐 간다.

그는 "문학이 없었다면 과연 어떻게 살았을지 나 자신도 궁금하다"고 말했다. 10대 시절 갑작스럽게 찾아온 가난 속에서도 미친 듯이 글에 매달렸다. 하지만 5·16 쿠데타에 휘말려 거리로 내몰렸던 군 법무관 출신의 아버지는 아들이 법관이 되기를 바랐다. 그래도 윤 씨는 꿈쩍하지 않았다. 오히려 법은 승자의 것이고 문학은 패자의 것이라는 아버지의 말에 정면으로 대들기도 했다. 그 문학에 대한 열정은 윤 씨가 환갑이 넘은 지금도 변하지 않고 살아 불타고 있다.

"아직 어떤 소설을 쓸지 정하지는 않았어요. 분명한 것은 자아의 확립, 삶의 원류를 계속 탐구할 것이라는 점이죠. 지금도 문학을 제 길로 선택한 것에 대해 후회는 없습니다."

어머님께 바칩니다

박삼록 _ 서울신문 기자

삶이 퍽퍽해질수록 유년으로 돌아가고픈 충동은 필연이다. 그 유년의 풍경이 어떻게 그려졌든 한구석에는 늘 어머니가 하나의 든든한 배경으로 자리잡고 있다.

'한국미술경영연구소'와 '미술관가는길'이 6일부터 이달 말까지 '어머니' 특별기획전을 서울 인사동 '미술관가는길'에서 갖는다. 김형근, 김흥수, 이만익, 최석운 등 내로라하는 화가 21명과 함께 '문단의 대표 화가'인 소설가 윤후명이 50호 내외의 작품 2점씩을 출품했다. 1967년 신춘문예에 시로 등단한 뒤 줄곧 소설을 써온 윤후명은 최근 몇 년 전부터 그림을 그려왔다. 그로서는 화가로 첫 공식 외도인 셈이다. 또한 담배장사를 하며 한국전쟁과 현대사의 격동기를 떠돌며 헤쳐온 그의 어머니에게 바치는 문학 아닌, 또 다른 형태의 헌사다.

윤후명뿐 아니라 22인 화가들의 작품은 한결같이 어머니에 대한 고마움, 애틋함을 표현하고 있다. 화가 이만익의 '어머니와 별'을 비롯해 최석운의 '어머니와 아들' 등 그림을 주욱 둘러보기만 하면 애써 구구한 설명이 붙지 않더라도 가슴이 먼저 반응한다. 이미 곁을 떠났지만 하늘에서 늘 쳐다보고 있을 것만 같은 어머니, 뽀글뽀글 파마에 평범하고 촌스럽지만 억척스러웠던 우리네 어머니를 떠올리게 되면서 절로 눈시울을 젖게 만든다. 특히 이번 특별 전시회를 맞아 22인의 화가들과 함께 영화감독 방은진, 드라마작가 김수현 등이 어머니에게 부치는 편지를 모아서 기념 문집 '어머니, 그리고 엄마'를 냈다. 또한 16일, 23일에는 '명사로부터 듣는 어머니의 의미' 등 특별강연회도 예정돼 있다.

늘 떠났지만, 마주치는 건 '나'였다

김지영 _ 동아일보 기자

 윤후명(61·사진) 씨는 늘 떠남으로써 글을 얻었다. 러시아에서 '하얀 배'를, 중국에서 '둔황의 사랑'을 얻었다. 6년 만의 새 소설집 『새의 말을 듣다』 속 작품들도 그런 여정에서 건져 올린 것이다. 이를 두고 평론가 오생근 씨는 "그들(소설 속 주인공들)의 떠남은 내면으로의 여행을 위해서이고 진정한 자아를 발견할 수 있는 만남의 시간을 위해서"라고 설명한다.

 표제작 「새의 말을 듣다」의 주인공인 소설가 '나'는 생애 두 번째로 독도로 가는 뱃길에 오른다. '나'는 바다의 동물과 섬의 식물을 두 눈으로 보고 싶은 마음이다. 그런데 여행 중 바이칼호수를 다녀왔다는 사내를 만난다. 알타이어를 공부한다는 사내는 새의 말이 알타이어로 들린다고 말한다. '나'는 그제야 자신의 귀에 새의 울음소리가 한국어로 들린다는 사실을 깨닫는다. 그것은 작가로서의 자신의 정체성을 새롭게 확인하는 계기다.

 책에 묶인 10편의 단편은 모두 '나'가 주인공이다. 윤 씨 자신이 "누구나 다 잃어버린 것이 있다. 그 잃어버린 모든 것을 나는 소설에서 찾고 또 묻는다"고 고백했듯, 그는 소설에서 '나'를 떠나보냄으로써 숨가쁜 현대에서 잦아든 깊은 내면을 찾아내려고 한다. 단편 「고원으로 가다」에서 영월로 가던 '나'는 아무도 살지 않는 고원으로 가서 숨어 살고 싶어 했던 기억을 떠올린다. '나는 왜 늘 어디론가 떠난다는 환상에 사로잡혀 살아온 것인지 까닭 모를 일이었다. 사람을 만나려 하건만, 진정한 만남이란 어디에 있는지 알 길 없음에 쓸쓸해서 늘 떠남을 가슴에 새기는 것일까.'

떠남으로써 마주하는 것은 과거의 '나'다. 「새의 말을 듣다」에서도, '소행성'의 '분노의 강'에서도 화자는 여행길에서 낯선 풍경을 보는 게 아니라 묻어 두었던 과거의 기억과 조우한다.

청계천(「서울, 촛불 랩소디」)이나 종로의 연등행렬(「의자에 관한 사랑 철학」) 같은, 시내를 떠도는 작품도 있다. 어쩌면 자주 봐서 익숙해진 곳이겠지만, 작가는 멀지 않은 장소로 '떠나는' 행위로도 자아를 발견하는 여행을 할 수 있음을 일러 준다.

'우리는 길 한복판으로 나아가 멀리 사라져가는 등불을 따라 걷기 시작했다. 나는 삶의 원형을 마련해 두고 그에 맞추려고 애쓰고 있는가. 아니면 토막토막의 삶을 맞추어 내 삶을 완성하려고 하는가. 도무지 갈피를 잡을 수가 없었다.'

길 위에서 돌아본 잃어버린 것들

전지현 _ 매일경제 기자

중견 소설가 윤후명 씨(63)는 고집스럽게 존재의 근원을 찾아 헤맸다. 너무 과묵해서 외로워 보이고, 잘 웃지 않아 쓸쓸해 보이는 작가는 등단 후 40년 동안 자아와 삶의 본질을 묻는 작품들을 발표해 왔다.

이상문학상을 수상한 「하얀 배」와 소설집 『가장 멀리 있는 나』 『둔황의 사랑』 등은 나를 찾아 나선 여행에서 쓰여졌다. 그 끝없는 사유의 여정에선 술과 담배가 유일한 벗이었다.

윤 씨가 6년 만에 낸 소설집 『새의 말을 듣다』(문학과지성사 펴냄)도 자아 찾기의 변주곡이다. 단편 10편이 실린 이 책에서 여전히 그는 길 위에 있었고 사색 중이었다.

표제작 「새의 말을 듣다」에서는 독도행 뱃길에 올라 있었고, 「서울, 촛불 랩소디」에서는 헝가리 부다페스트행 열차에 몸을 실었다. 「나비의 소녀」에서는 춘천행 열차 안에, 「구름의 향기」에서는 미니 버스를 타고 티베트의 가파른 낭떠러지를 오르고 있다. 「초원의 향기」를 통해 서해안 최북단에 위치한 백령도를 찾아갔고, 「돌담길」에서는 인생을 정리해야 한다는 착잡한 심정으로 제주도 여행길에 오르기도 한다.

오래전 『협궤열차』(1992년 발표한 장편소설)를 타고 시작된 그의 여정은 둔황의 석굴, 실크로드와 연결되는 우랄·알타이 사막, 몽골과 중앙아시아의 대초원을 거쳐 이제 티베트 고원과 독도, 서해 최북단 백령도, 제주도에까지 이르고 있다.

여행 장소는 제각각이지만 주인공 나는 한결같이 낯선 곳에서 자신의 현실과 과거를 돌아보게 된다. 그리고 시간의 순차적 흐름을 무시한 파편화된 기억에 붙들리거나 때로는 어지러운 기시감을 체험한다.

주인공은 삶의 중심을 잃고 허둥지둥 살아가기에만 급급했던 자신의 삶을 반추한다. 궁극에는 사람과 사람 사이를 잇는 질긴 인연의 끈, 우연과 필연으로 엮인 삶의 본모습과 마주하게 된다. 이윽고 삶은 축제가 아니라 고해(苦海)일지도 모른다는 비관적인 결론이 기다린다. 그의 소설이 서글픈 추억 속을 걸어가듯 쓸쓸한 어조를 띠는 이유이기도 하다.

이 책에서 작가는 자연과의 소통을 상실한 불완전한 삶, 삶의 부조리와 비극성, 삶의 한계에 대한 회한, 뿌리 뽑힌 삶의 현실에서 진정한 삶에 대한 그리움을 절실하게 표현했다.

윤 씨는 "누구나 다 잃어버린 것이 있다"며 "그 잃어버린 모든 것을 나는 소설 속에서 찾고 또 묻는다"고 말했다.

그가 민족의 원류를 좇는 여행을 놓지 못하는 이유도 그것이 삶의 뿌리를 찾는 가장 원초적인 실천이라 여기기 때문이다. 삶의 뿌리에 닿으려는 문학적 열정은 그저 단순하고 소박한 사실에 그쳤던 것들과 허기와 목마름으로 폐허가 된 삶을 따스하게 감싼다.

문학평론가 오생근 씨는 "윤후명의 글쓰기는 시대적 변화 속에 황폐해진 내면적 공허를 증언하는 일로 요약될 수 있다"며 "그는 고도성장의 산업화로 우리가 잃어버린 것을 돌아보는 기억과 반성의 행위로 우리 삶이 어디에 있고 어디로 향해 가는 것인지를 끈질기게 질문한다"고 설명했다.

1967년 『경향신문』 신춘문예에 시가, 1979년 『한국일보』 신춘문예에서 소설이 당선돼 등단한 작가는 순수 언어와 진정성을 지키는 철학적인 작품으로 각종 문학상을 휩쓸어 왔다.

시적인 문체와 허무의 무늬로 상징되는 윤후명 식 소설의 맛은 오랫동안 독자들을 사로잡아온 매력 중 하나다.

소설 속 자아찾기는 깨달음 구하는 여정

임나정_불교신문 기자

시적인 언어를 바탕에 둔 글쓰기로 삶의 근원에 대한 물음과 성찰의 자세를 견지해 온 중견 소설가 윤후명(62. 사진) 씨가 신작 소설집 『새의 말을 듣다』를 6년 만에 출간했다. 1967년 시로 등단한 그는 올해로 문학인생 40년을 맞았다. 문단 경력의 의미있는 방점을 찍은 셈.

지난 16일 서울 인사동서 만난 그는 불교계와 맺은 인연이 무엇보다 소중하다고 했다. 그의 첫 소설 데뷔작이자 대표작인 「둔황의 사랑」으로 1983년 녹원스님이 제정한 '제3회 녹원문학상'을 탔고, 최근 『촛불 랩소디』로 '제12회 현대불교문학상'을 수상하기도 했다.

"그저 고마운 인연일 뿐입니다. 다른 어떤 상보다도 불교계에서 주시는 상이 더 의미가 깊다고 생각합니다. 앞으로 더 좋은 글을 써야 한다는 부채감이 드는 것도 사실이지만요." 지난 1993년 조계사 불교대학을 통해 포교사 자격증도 딴 그는 '문학포교사'인 셈이다.

1인칭 시점을 견지하면서 끝없는 자아찾기 여정을 고집해 온 그의 관점은 총 10여 편이 실린 이번 작품집에서도 마찬가지다. "명징한 주체 의식은 화자가 '나'여야만 가능합니다. 자아를 찾는 과정은 스스로 깨달음을 구하는 불교와도

연관되어 있습니다." 그가 추구하는 '진정한 자아의 회복'이 란 삶의 진리와 우주 만물의 이치에 대해 끝없이 회의하는 과정을 필요로 한다. 누구나 잃어버린 것을 소설 속의 '나'는 찾고 또 묻는다. 그때의 문학은 곧 철학이 된다.

또 작가가 선택한 '길을 떠나는 주인공'은 필연적일 수밖 에 없다. 작가 자신으로 보아도 무방한 주인공들은 독도행 배를 타고 가거나(「새의 말을 듣다」), 무작정 헝가리 부다페스 트행 열차에 몸을 싣기도 하고(「서울, 촛불 랩소디」), 청량리발 춘천행 열차를 타고 양평 사나사까지 가기도 하고(「나비의 소 녀」), 미니버스를 타고 티베트 고원의 사원을 오르거나(「구름 의 향기」), 백령도 해수관음상을 찾아가기도 한다(「초원의 향 기」).

1983년 소설 『둔황의 사랑』과 1992년 소설 『협궤열차』부 터 시작된 그의 여정은 실크로드와 연결되는 길목에서 우리 의 얼룩진 현대사가 떠 있는 남방의 섬, 독도 백령도 제주도 까지 이르고 있다.

특히 우랄-알타이를 내세운 우리 민족의 원류를 좇는 여행 의 글쓰기를 놓지 못하는 이유도 그 삶의 뿌리를 찾는 가장 원초적인 실천이라 여기기 때문이다. 집을 떠난 낯선 곳에서 자신의 현실과 과거를 돌아보고 삶의 중심을 잃고 살아온 현 대 굴곡진 삶을 반추해 낸다. 온정한 자아를 찾고자 하는 화 자는 사람 사이의 인연과 삶의 본모습을 마주하게 된다.

소설 속에서 그는 부처님오신날을 맞아 연등축제를 구경

하며 "삶은 축제가 아니라 고해(苦海)일지 모른다"는 상념에 빠지는 것도 무관치 않다. "내가 앉아보지도 않은 의자에 나는 내 모습을 남기고 있지는 않나. 나는 삶의 원형을 마련해 두고 그에 맞추려고 애쓰지는 않는가. 아니면 토막토막의 삶을 맞추어 내 삶을 완성하려고 하는가." 이는 지난 삶을 돌아보면서 갖게 된 결론이자 삶에 대한 그의 비극적 인식을 그대로 보여준다.

　앞으로도 "삶의 단면을 이야기하면서 민족의 뿌리와 연결 지을 수 있는 문학을 이야기할 것"이라는 그는 현재 국민대 겸임교수이자 한국소설학당에서 일반인들을 대상으로 시와 소설을 강의한다. 그는 "최근에는 20~60대 까지 다양한 여성들이 문학을 배우기 위해 찾아온다"면서 "아직 문학의 미래는 밝다"고 했다.

느리게 살아가는 화자 통한 진정한 자아 찾기

심재천 _ 세계일보 기자

작가 윤후명(61) 씨가 소설집 『새의 말을 듣다』(문학과지성
사)를 펴냈다. 2001년 『가장 멀리 있는 나』를 출간한 지 6년
만이다. 소설집에 실린 10편의 단편 속 화자들은 끊임없이
여행하고 거닐며 생각한다. 어느 문학 강연회에서 "세계명작
을 두루 독파한 뒤 그것과 다른 걸 쓰라"며 소설 작법을 밝혔
듯 그의 소설엔 독특한 '윤후명표' 자아 찾기가 가득하다.

표제작 「새의 말을 듣다」는 내면에서 갓 끄집어낸 듯한 분
신을 만나는 과정을 그린다. '나'는 생애 두 번째로 독도행
뱃길에 오른다. 선상에서 '나'는 7, 8년 전쯤 처음 독도로 향
했던 감회를 떠올린다. 독도로 가는 여정은 과거를 환기시킬
뿐 아니라 '나'와 비슷한 사람을 만나게 한다. 알타이어 학자
인 사내는 "독도의 갈매기와 대화를 나누는 마음으로 왔다"
고 얘기하는 기이한 남자다. '나'는 시답지 않은 사람이라고
기피하지만 곧 그의 철학적인 언술에 빠져든다. "사랑하지
않으면 멸종한다는 말은 내게 다가붙은 빙의 같았다."(26쪽),
"어째서 이 사내의 말은 그다지 대단치도 않건만 온통 철리
(哲理)가 가득하게 들리는지 알다가도 모를 노릇이었다."(31
쪽) 사내와 대화를 나눈 뒤 '나'는 수많은 물개와 고래의 기
도소리를 듣는 자연과의 소통을 경험한다. 소설은 '내'가 울

릉도에서 사내와 대작을 기대하는 것으로 맺는다. 자아 찾기의 완성을 암시하는 장면이다.

「서울, 촛불 랩소디」는 부다페스트로 떠나는 장면으로 시작한다. '나'는 박태원의 『천변풍경』을 들고 청계천 카페에서 글을 쓴다. 정통 헝가리 수프 '구야쉬'를 전문으로 하는 카페는 부다페스트에서 교수로 일하는 옛 연인을 떠올리게 한다. 이야기는 오늘의 청계천, 박태원 소설 속 청계천, 대학 시절 그녀와 함께했던 청계천, 부다페스트 거리 풍경이 교차하며 굴러간다.

이 밖에 도심 속 연등축제를 구경하며 지난 삶을 돌아보는 「의자에 관한 사랑 철학」, 삶에 관해 성찰해야 한다는 강박관념으로 제주도로 떠나는 「돌담길」, 백령도에서 유랑의 삶을 산 한민족을 상상하는 「초원의 향기」 등 10편의 작품이 수록됐다.

문학평론가 오생근 씨는 "윤후명의 소설은 속도와 경쟁이 중시되는 현실에서 진정한 삶 혹은 느리게 살아가는 삶의 가치를 '느리게' 보여주는 학교"라고 평가한다. 윤후명 씨는 "소설집에 드러난 내 민족 정서의 파편들이 마치 핵심처럼 나를 들쑤신다"면서 "우리 민족의 원류를 향한 내 천착을 언제까지 붙들고 있어야 할지 요원하다"고 말했다.

정직한 추억 통해 잊고 있었던 자아 되찾기

박해현 _ 조선일보 선임기자

'한 송이 꽃에서 우주를 본다'고 영국 시인 윌리엄 블레이크는 노래했다. 작가 윤후명은 그 시구를 음미하면서 식물 속에 숨은 신성함을 느껴왔다. '모든 나무와 풀을 신목이자 신초(神草)로 여기고 싶었다'(단편 「새의 말을 듣다」 부분)고 작가는 썼다.

신성한 식물은 작가를 유혹한다. 소설가 이전에 빼어난 서정 시인이었던 윤후명에게 신성한 꽃은 광활하고 심오한 우주의 비밀을 담고 있다. 모든 시인은 그 비밀을 해독할 언어를 절실하게 찾기 위해 한 송이 꽃을 깊이 들여다 본다. '그러나 내가 한 송이 꽃에서 우주를 보고자 대화를 한다면 그 말이 무슨 말일지에 대해서는 생각해보지 못했다. 대화에는 말이 필요하다'고 작가는 썼다. 그래서 문학의 언어가 탄생한다. 윤후명의 문학은 한국어로 성립되기 때문에 '꽃은 물론 우주도 한국어로 응할 것'이라고 작가는 단언한다. 음악이나 미술과는 달리 모국어의 틀을 벗어날 수 없는 작가 입장에서는 당연한 말이다.

'언어는 존재의 집'이라는 말을 사랑한다는 작가는 소설 속에서 그 존재의 뿌리를 더듬는다. 독도로 향하는 배 안에서 작가의 분신인 화자 '나'는 알타이어를 공부하는 낯선 사

내를 만난다. 바이칼호수와 북쪽 알타이산맥의 협곡까지 다
녀온 사내와의 대화를 통해 '나'는 마치 샤먼의 안내를 받아
영성(靈性)의 신비를 체험하듯이, 한국어의 뿌리인 알타이어
의 강림을 느낀다. 그것은 독도 앞 바다 위에서 울어대는 괭
이갈매기와 알타이어로 대화한다고 느끼는 '영혼의 충격'으
로 표현된다. 바이칼호수에서 독도까지 한민족의 원형질을
이념화된 민족주의가 아닌 서정적 음성으로 탐구한 소설이
다. "나이가 들어갈수록 민족의 원형을 언어 미학으로 표현
하게 된다"고 작가 스스로 고백하기도 했다.

그러나 윤후명의 소설은 묘하게도 모국어 혹은 언어의 한
계를 벗어나 사물과 우주로 들어간다. 모든 사물 속에 영혼
이 깃들어 있다는 물활론(物活論)의 상상력이 소설의 저변에
깔리면서 시적(詩的) 울림을 낳기 때문이다. 작가는 한국어의
뿌리인 알타이어를 얘기하지만, 그의 소설은 그 언어의 종족
적 한계를 벗어나 사물과 대화하기 때문에 '한 송이 꽃에서
우주를 본다'는 차원에 이르는 것이다. 그래서 윤후명이 6년
만에 펴낸 신작 소설집에 실린 10편의 단편들은 한결같이 작
가의 일상적 시간과 공간에서 맴돌지만, 사소한 사물과의 만
남을 통해 시공(時空)을 초월하고 존재의 근원을 향해 상상력
의 촉수를 뻗는다.

또 다른 단편 「서울, 촛불 랩소디」는 복원된 청계천 광장이
내다보이는 한 카페에서 시작하지만, 박태원의 소설 「천변풍
경」을 떠올리고, 헝가리에서 옛 여자친구와 해후했던 기억이

겹쳐짐으로써 청계천 광장은 시간과 공간이 확장되는 무대
가 된다. '기억에 기교를 부려서는 안 된다. 추억이 망가지면
모든 게 엉망이 된다'고 쓴 작가의 숨은 전언은 정직한 추억
을 통해 잃어버렸거나, 잊고 있었던 자아를 되찾는다는 것이
다. 그래서 작가는 '나는 지금 아무도 모르게 숨겨둔 나의 다
른 모습을 찾아가고 있다고 믿었다'고 썼다.

틀 깨기로 세상과 통한다

서보현 _ 투데이코리아 기자

사람은 생각하는 동물이라 했다. 생각할 수 있다는 것이야 말로 신이 인간에게 준 가장 큰 선물이 아닐까. 사람들이 각기 다른 생김새를 가졌듯이 생각의 폭과 내용도 다르다.

하지만 누구나 공통적으로 하는 생각이 있다. '자아'와 '삶'의 의미에 대한 생각이 바로 그것. '자아'와 '삶'에 대한 답은 쉽게 얻어지는 것이 아니기에 더 매력 있는 것인지도 모른다. 괴롭지만 그만한 가치가 있는 것, 그것이 인류가 지금까지 '자아'와 '삶'에 대해 고민해온 이유가 아닐까.

그 이유와 가치를 윤후명 작가처럼 잘 알고 있는 사람이 어디 있을까 싶다. 윤후명 작가는 문학의 세계에 발을 디딘지 40년 동안 '자아 찾기'와 '삶의 본질'에 대한 고민을 놓은 적이 없다. 신작 소설집 『새의 말을 듣다』을 들고 6년 만에 나타난 그는 여전히 변함없는 모습이었다.

『가장 멀리 있는 나』이후 6년 만이다. 신작 『새의 말을 듣다』는 6년이란 오랜 시간만큼 작가의 색깔이 농후하게 배어 있다. 40년 내공의 작가 윤후명에게 이번 소설집은 어떤 의미를 가질까.

"젊었을 때부터 '난 평생 동안 글을 쓰겠다'고 생각했어요.

내 어린 날의 약속을 지키고자 했죠. 그런 의미에서 이번 작품은 '내가 해오겠다는 약속을 지킨 책이 아닐까' 생각해요"

이번 책으로 윤후명 작가는 새로운 출발점에 서게 됐다고 했다. 그에게 문학은 매순간이 처음이고 도전이지만 이번 책은 작가가 60대에 접어들어 발표한 첫 작품이기도 하고 처음부터 끝까지 작가의 손이 닿아 더욱 특별하다.

"표지에 있는 그림을 직접 그렸어요. 그림과 문학은 표현 방법과 지향점이 같아요. 음악과 달리 문학과 미술은 각자 자신의 생각을 그대로 표현하면 되거든요. 제가 그림을 그리는 이유는 결국 문학의 연장선이에요"

소설집 『새의 말을 듣다』는 총 10개의 작품으로 이뤄졌다. 10개의 소설이 모였지만 어색함이 없다. 그것은 10개의 작품들이 궁극적으로 같은 목소리를 내고 있기 때문이다. 40년 동안 낯선 곳에서 자신의 뿌리를 찾는 여정을 그린 윤후명 작가는 한 가지 소설을 쓰고 있는 셈이다.

대부분의 사람들은 그의 작품을 '여행 속에서 자아 찾기'라 말한다. 대부분의 작품에서 '여행'이 등장하기 때문이다. 하지만 윤후명 작가에게 '여행'은 세상 사람들이 말하는 '여행'과 다른 의미를 가진다.

"요즘 여행은 그저 노는 개념으로 인식되고 있죠. 제 작품에서의 여행은 그런 개념이 아니에요. 제 소설에서의 여행지

는 우리의 삶이 녹아있는 또 다른 곳이죠. 제 소설은 여행기
적 소설이 아니라 우리의 삶이 녹아있는 곳에서 내적 필연성
을 담고 있어요"

'내가 어디에 있는지', '삶의 좌표가 무엇인지'에 대해 끊
임없이 고민하고 질문 하는 작가의 생각은 작품 속에 고스란
히 들어있다. "한때 '윤후명 소설은 어렵다'라는 말을 들었
어요. 독자들에게 존재에 대한 질문을 하기 때문일거에요.
지금의 '나'와 세계 속 '나'의 존재에 대해 생각해야 하죠. 그
래서 제 소설은 독자를 괴롭히는 소설이라고도 해요."

40년 내내 한 가지 질문만을 하는 작가 윤후명 자신은 자
아와 삶의 본질을 찾았을까. "계속 찾고 있죠. 지금까지 '나'
를 찾아가는 길에 있어요. 어쩌면 '나'를 찾아가는 '내'가 진
짜 '나'일 수도 있죠."

윤후명 작가는 시인이었다. 그랬던 그가 '소설'을 쓰기 시
작했다. 벌써 30여 년이 다 되가는 일이다. 시의 세계에 있
던 그가 소설에 발을 디딘 건 어떤 이유일까.

"평생 시를 쓰겠다고 했었어요. 절대적인 가치를 뒀던
'시'인데 시집을 낸 후 생각이 바뀌었어요. 시 말고 다른 방
법으로도 표현해야겠다고 생각한 거죠. 그래서 소설을 쓰게
됐어요. 그런데 예전과 같은 패턴으로 써서는 안 되겠더라고
요. 변화가 필요했어요."

소설의 세계에 들어온 그는 기존의 틀을 깨는데 주력했다.

그래서 처음에는 접근이 어렵다는 비판도 들었다. 하지만 시간이 지나자 세상이 그의 세계를 이해하기 시작했다. 오로지 문학으로만 세상과 접했기에 지금의 그가 있는 건 아닐까.

"소설에 대한 고정관념을 깨는 것이 진정한 소설이죠. 소설이 위기 상황이라면 그것이야 말로 가장 좋은 소재예요. 소설은 소재와 방법의 제약이 없기 때문에 위기가 올 수 없어요. 그저 과거의 틀에만 머물러 있다면 그것이 위기죠."

윤후명 작가는 자유롭다. 그래서 그가 어느 틀에 규정받지 않고 글을 쓸 수 있었을 것이다. 하지만 아무도 안 간 길을 가는 것만큼 외로운 것도 없을 터. 40년 동안 외로움과 함께 한 그는 "외로움이야 말로 자기를 찾는 길에서 가장 좋은 친구"라며 웃는다.

그는 작가의 길은 자기 스스로 갈 뿐이라고 한다. 그래서 그는 지금 그의 운명의 길을 선택해서 가고 있다. 오늘도 여전히 그는 자유를 안고 외로움을 벗삼아 '나'를 찾는 여행의 길을 떠나고 있다.

문체 미학의 대가로 불리는 윤후명 작가는 1967년 신춘문예에 시가 당선돼 문인의 길에 들어섰다. 그리고 12년이 지난 1979년에 소설가로서의 길을 갔다.

2005년에는 프랑크푸르트 도서전에 『둔황의 사랑』이 '한국의 책 100권'으로 선정되기도 해 한국 문학을 세계에 알리는 데 일조했다. 작가 인생 40년에 접어든 그는 지금까지 꾸

준히 작품을 선보이고 있으며 매번 새로운 시도의 글쓰기를
하고 있다.

더 큰 나를 찾아 떠난 여행

최재봉 _ 한겨레신문 기자

　윤후명(61) 씨의 소설 주인공들은 거의 언제나 길 위에 있다. 그 길은 그들이 잃어버린 자신의 정체성과 본질을 찾아나서는 과정이기도 하다. 초기작 『둔황의 사랑』(1983)에서부터 지난 소설집 『가장 멀리 있는 나』(2001)에 이르는 그의 소설들은 이른바 '여로형 소설'의 한 전형을 구축해 왔다.

　10편의 단편이 묶인 신작 소설집 『새의 말을 듣다』에서도 자아를 찾기 위한 여정은 이어진다. 다만 이즈음 윤후명 소설에서 추구되는 '자아'가 개아(個我)의 범위를 넘어선 민족 또는 부족의 범주로까지 확대되는 양상이 뚜렷하다. 표제작은 시인들과 함께 배를 타고 독도로 가는 여행을 다루는데, 이 여행에서 일어나는 핵심적인 사건은 알타이어를 전공한다는 사내와의 만남이다. "언어도 동식물과 같지요. 연구하고 사랑하지 않으면 멸종하지요"라며 "제 귀에는 그(=갈매기) 소리가 알타이어로 들린다는 겁니다"라고 말하는 이 사내의 출현은 주인공으로 하여금 잃어버렸던 민족의 원류를 되찾아 '온전한 나'로 거듭나고 싶다는 욕망을 자극한다.

　"(…) 그를 위대한 알타이 샤먼, 진정한 영매로 받들어, 나 자신을 숨김없이 깡그리 맡기고 싶었다. 그래야만 내 삶이 온전하게 이루어질 게 틀림없었다."(35쪽)

「고원으로 가다」의 주인공은 "나는 왜 늘 어디론가 떠난다는 환상에 사로잡혀 살아온 것인지 까닭을 모를 일이었다"(240쪽)고 술회한다.

윤후명 씨의 모든 소설의 주인공이 '나'이고 소설과 에세이의 구분이 흐릿하다는 점에서 이것은 작가 자신의 감회라 해도 무방해 보인다.

오래되면 스스로 밝아진다 순화동 편지

정재숙_ 선데이중앙 기자

윤후명 씨가 오랜만에 내놓은 소설집 『새의 말을 듣다』를 읽다가 무릎을 쳤습니다. 책 뒤에 붙인 「작가의 말」에 그가 쓴 이런 얘기. "'존구자명(存久自明)'. 오래되면 스스로 밝아진다는 말! (…) 이제까지 나를 오래도록 지켜봐온 사람 혹 있다면 어떻게 여길 것인가. 내 작품은 또 어떨 것인가. 진짜로 올려질 것인가, 가짜로 내려질 것인가."

수록 단편을 뒤적이다 「서울, 촛불 랩소디」에 눈이 멈췄죠. 헝가리 부다페스트와 서울 청계천을 잇는 공간 속에서 한 여자를 생각하던 그의 귀에 비디오 아티스트 백남준의 타계 소식이 들려온 대목. 2006년 1월 29일의 일입니다. 그러고는 작가는 줄곧 백남준을 쫓아갑니다. 서울 봉은사에서 열린 사십구재에 이르러 그는 무당의 노랫소리를 들어요. "나느은 가요오, 나느은 가요오. 너를 두우고오, 나느은 가요오." 스스로 표현하기를 "낡은 보수주의자"였기에 백남준의 작품에 호감을 갖지 못했던 그는 뇌리에 남은 굿의 잔상을 되새김하며 깨닫습니다. "사라졌으나 뇌리에 남아 있는 그 무엇. 백남준의 작품이 바로 그것이라고."

백남준 생전에 기자 일을 구실로 그를 몇 번 만날 기회가 있었습니다. 몹시 영리하고 머리가 잘 돌아가는 사람이란 첫 인상 뒤에 박수(남자 무당)의 신기(神氣)가 언뜻 비쳤어요. 유럽 문화계가 그에게 '동양에서 온 문화 테러리스트'란 호를 내렸으니 여기서 테러리스트란 굿판의 무당을 이른 것이 아닐까, 넘겨짚었죠. 1963년 독일 부퍼탈의 파르나스 화랑에서 일어난 사건이 그랬습니다. 어린 시절 한국 집에서 큰일을 앞두고 벌이던 굿을 기억한 그는 첫 개인전의 성공을 기원하는 고사를 올리고 싶었다네요. 상에 올릴 삶은 돼지머리를 찾았지만 그 물건이 거기에 있을 까닭이 있었겠습니까. 아쉬운 김에 정육점에 가서 막 자른 소머리를 가져다 전시장 문 위에 걸고(죽은 짐승의 머리를 건물 내부로 들일 수 없는 법이 있었다는 후문) 피가 뚝뚝 떨어지는 그 앞에서 사진까지 찍었다는데 곧 들이닥친 경찰의 제지로 해프닝은 한 시간 만에 끝났다고 하네요. 신문에 대서특필됐으니 굿이 효험은 있었던 모양입니다.

백남준이 깊이 뿌리를 대고 있던 정신의 샘 중 하나가 한국의 무속이 아닐까 생각할 때가 있습니다. 평생 교유했던 독일의 전위미술가 요제프 보이스를 위한 굿판을 서울에서 벌였을 때 그는 진짜 박수처럼 보였습니다. 그에게 행위예술은 한바탕 굿이요, 한풀이였던 것 아닐까요.

"가난한 나라에서 온 가난한 사람, 할 수 있는 것은 사람들을 즐겁게 해주는 것뿐"이라던 그는 평생 가난하게 살다 가난하게 갔습니다. 그는 비디오 아트를 '허업(虛業)'이라 불렀는데 그가 죽기 전 남긴 말이 그 정의가 될까요. "비디오테이

프는 되돌림을 할 수가 있지만 인생에는 되돌림 버튼이 없
다. 한 번 테이프에 촬영되면 인간은 죽는 것을 용서하지 않
는다."

　7월 27일부터 여의도 KBS 특별전시장에서 열리는 '백남
준 비디오 광시곡' 전은 굿판의 광기, 인간의 한계를 비디오
아트로 뛰어넘으려던 그의 분신이 모인 또 하나의 굿판이라
할 수 있습니다. 소설가 윤후명 또한 「서울, 촛불 랩소디」를
이렇게 마무리하네요. "나는 지금 아무도 모르게 숨겨둔 나
의 다른 모습을 찾아가고 있다고 믿었다. 엄마…나느은…나
느은 가요오." '존구자명'이라.

민족 시원 탐구하는 '알타이어 샤먼'

유응오 _ 주간불교 기자

올해 현대불교문학상 수상작가인 윤후명 씨가 신작 소설집『새의 말을 듣다』(문학과 지성사)를 출간했다.

이번 소설집은 '민족 시원을 향한 탐구'로 정의될 수 있다. 먼저 표제작을 살펴보자. 소설의 공간적 배경은 독도이다. 절해고도인 독도를 향하면서 화자는 노트를 펼쳐 예전의 감회를 적은 글을 읽는다.

"떠나간 사람, 죽은 사람 옆에서 꽃향은 더 짙다오. 존재란……사라지는 게라오……."

아무도 모를 곳에서 삶과 죽음의 오의(奧義)로 가슴 아프게 피어 외치는 뜻의 향내. 모든 바다꽃, 땅꽃, 하늘꽃에 짙은 목숨의 향내. 절규하는 존재의 불가사의한 향내를 맡는 화자에게 누군가 말을 걸어온다. 그는 스스로를 어학을 공부하는 사람이라고 소개한다. 화자는 독도를 찾는 이유를 묻는 그가 마뜩지 않다. 예전에도 그랬던 것처럼 접안이 힘들어 화자는 독도에 발을 디딜 수 없게 된다.

선상에서 화자는 가슴 메이게 울리며 귀청을 먹먹하게 하는 소리를 듣는다. 2천4백 미터의 심연이 출렁이는 소리. 화자는 그 알 수 없는 속삭임, 웅성거림, 외침이 뒤섞인 소리를 수많은 물개들의 기도소리라고 추측한다. 그때 다시 그는 다가와 이 상황을 알타이 샤먼의 재현이라고 보았다고 한다. 그는 알타이어를 공부하는 이다.

알타이어를 공부한다는 그의 말에 화자는 오래전 바이칼 호수와 관련된 시를 썼던 것을 떠올린다. 독도까지 배를 따라온 괭이갈매기 소리를 들으면서 그는 만남, 즉 인연을 운운한다. 그리고 그는 괭이갈매기의 소리가 알타이어로 들린다고 말한다. 화자는 한때 식물과의 대화를 꿈꿨던 것을 상기한다. "알타이 샤먼들도 알타이어로 하늘과 대화합니다."

그의 말에 화자는 육체의 진동을 느낀다. 무엇인가 강렬한 것이 섬광처럼 빠르게 화자의 몸을 뚫고 지나간 것이다. 화자는 이를 '영혼의 진동'이 아닌가 의심해본다.를 맡다가 나중에는 새의 말을 듣고 영혼의 진동을 느낀다. 공감각적으로 보자면, 후각-청각-촉각으로 이어지는 것이다. 그러나 단순히 육근으로만 해석할 수는 없다. 영혼의 진동을 느끼는 순간 화자는 이미 '알타이어 샤먼'의 어법을 익힌 것이고, 그래서 하늘과 대화를 하는 것이다.

소설 속 화자는 예전에 시를 썼고, 식물학자를 꿈꿨다는 것을 볼 때 소설가 자신의 모습이 많이 투영된 듯하다. 그리고, 화자에게 말을 거는 그도 화자의 분신인 듯하다. 화자는 떠나와서 잊어버리고 끝내 세월 속에 잃어버린, 그리하여 다시는 돌아가지 못하는 시원으로 회귀하길 간절히 갈망한다. 발터 벤야민의 '아담의 언어'가 그런 것처럼 작가는 태초의 자연의 비유를 복원하기 위해 안간힘을 쓰고 있는 것이다.

현대불교문학상 수상작인 「서울, 촛불 랩소디」에서도 민족 시원을 향한 탐구는 확연히 드러난다. 백남준의 삶을 통해 작가는 누구나 평생을 낯선 땅을 헤매는 이국인에 지나지 않다는 것을 잘 묘사하고 있다. 그러나 '이국인의 향수'는 슬픔에 머물지만은 않는다. 백남준의 49재가 열리는 봉은사에서 작가는 작두를 타는 무당을 본다. 소설 속에서 무당은 삶과 죽음의 경계를 허물고, 백남준의 작품들은 본국과 타국의 국경을 허문다.

용문산 사나사를 배경으로 한 「나비의 소녀」도 같은 주제 선상에 있는 작품이다. 사나사에서 펄럭이는 나비 떼를 보고 화자는 사하촌 음식점에서 한 소녀를 만난다. 여자애를 보고서 화자는 나비를 떠올린다.

몽환적인 소설의 마지막은 그 미학이 극에 달해 처연함마저 느끼게 한다.

"한국과 몽골의 두 소녀이자 한 소녀인 나빌레…… 나는 소녀의 이름을 부르며 사나사 골짜기이기도 하고 몽골 초원이기도 한 아득한 풍경 가운데의 나비 떼 속으로 가뭇없이 묻혀 들어가고 있었다."

살펴본 바와 같이 이번 소설집의 작품 속 화자는 한결같이 한국 땅에서 민족 시원의 땅을 떠올리고 그 경계를 허무는 일에 골몰한다. 바로 작가 자신의 모습이다.

작가는 「작가의 말」에서 "이 소설집에서 드러나고 있는 내 민족 정서의 파편들이 마치 핵심처럼 나를 들쑤신다. 이를테면 '알타이'를 내세운 우리 민족의 원류를 향한, 어찌 보면 가련한 정도의 내 천착을 나는 언제까지 붙들고 있어야 하는 것일까"라고 자문한다.

　그가 '민족'이라는 관념을 성큼 넘어서지 못하는 까닭은 한국문학을 하는 작가이기 때문일 것이다. 그러나 그의 언어는 이미 우랄산맥을 넘어서 아득한 본향에 당도했으니, 과연 윤후명이다.

작가가 뽑은 작가의 책 윤후명의 『새의 말을 듣다』

김병언 _ 소설가

(김병언 씨의 원고는 18일 밤 10시 21분에 e-메일로 들어왔다. 다음날 새벽 4시 46분 추가 e-메일이 왔다. 단어 두 개를 고쳐달라는 내용이었다. 단어 하나 붙들고 밤새 고민했던 게다.)

언젠가 버스를 타고 가다가 '모든 별들은 음악소리를 낸다'라는 간판을 단 노변의 카페를 본 적이 있다. 그때 나는 너무나 반가운 마음이 치솟아 목을 길게 빼고 그 간판이 시야에서 사라질 때까지 뒤돌아보았다. 누구의 아이디어에 의해 그 상호가 정해졌는지 모르지만, 한 가지만은 자신 있게 말할 수 있다. 그 사람은 필경 윤후명 선생의 광팬(狂fan), 다시 말해 매니어일 거라는 것이다. 그렇다. 윤 선생은 매니어를 가진, 흔치 않은 작가이다. 카페의 상호로 말하자면, 그 한 번뿐이 아니고 『둔황의 사랑』 『협궤열차』도 어느 거리에선가 마주친 적이 있다. 그럴 때마다 누군가가 그리운 이름을 속삭여주는 것 같은 느낌에 간판에서 쉬 눈길을 돌릴 수 없었다.

독서도 그다지 하지 않는 회사원으로 줄곧 지내다가 마흔이 돼서야 비로소 소설을 쓰겠다고 작심을 하던 나는 『알함브라 궁전의 추억』이라는 소설집을 통해 윤후명 선생을 다시 만났다. 바로 그 무렵에 발간된 책이었다. 내가 '다시 만났다'는 건 소싯적의 기억 때문이다. 내가 지방에서 중학교에 다닐 때, 서울의 어떤 고등학생이 『학원』 잡지의 현상문예에서 시와 소설 양쪽에 이름을 올린 걸 보고 입이 딱 벌어진 적이 있었다. 그래서 윤상규라는 이름이 절로 나의 뇌리에 각인되었다.

그 후 십여 년이 지난 어느 해 연초에 집에서 구독하던 신문에 신춘문예 소설 당선작이 실렸는데 당선자의 본명이 바로 윤상규였다. 나는 '아하, 이 사람이 예전의 그 사람이군' 하고 감탄해 마지않았다. 그 후론 중동의 공사장에서만 4년을 지내는 등, 도통 소설과는 거리가 멀었던 나는 그 이름을 거의 잊고 지냈던 것이다. 그리하여 그 책은 내가 장기간 집을 떠날 때면 가방 속에 눌러 담곤 하는, 절대로 바뀌지 않는 세 권의 책들 중 하나가 되었다.

좀 이상하게 들릴지 몰라도 나는 윤후명 선생의 소설이 너무나 흥미진진하다. 어디까지가 픽션이고 어디까지가 논픽션인지 헷갈리게끔 으레 윤 선생 본인과 꼭 닮은 '나'가 등장해 갈팡질팡 미몽(迷夢) 속을 헤매는 광경들이 나로 하여금 때론 눈물겹게 때론 오싹하리만치 삶의 페이소스를 절감하게 하기 때문이다.

가장 최근에 발간된 소설집 『새의 말을 듣다』에서도 선생은 여전히 나를 강렬히 사로잡았다. 또한 군데군데 박혀 있는 감성 짙은 문장들은 선생이 예사롭지 않은 시인이기도 하다는 사실을 새삼 일깨워준다. 단편 「서울, 촛불 랩소디」에

서 내 눈길을 잠시 머물게 한 "부다페스트는 내가 갔던 곳이
아니라 우주의 어떤 공간에 숨어 있는 곳이었다. 숨어 있다
기보다 떠도는 곳이었다"와 같은. 그리고 『새의 말을 듣다』
에 실린 10편의 소설 제목들도 아마도 내겐 그리운 이름들이
될 게 틀림없다.

서정시를 쓰기 힘든 시대

이경철 _ 중앙일보 문화부장 대우

   윤후명 씨의 소설집 『가장 멀리 있는 나』(문학과지성사. 8천원) 와 중국 출신 작가 가오싱젠(高行健) 의 지난해 노벨문학상 수상 소설 『영혼의 산』(이상해 옮김. 현대문학북스. 전2권. 각권 8천8백원)을 읽었습니다.

   열대야도 잊은 채 두 소설 다 머리와 가슴을 열게 하는 지성과 감동으로 다가왔습니다. 그러면서 두 작품을 섬세하게 비교하고픈 욕심이 드는군요.

   왜 중국 출신의 프랑스 망명 작가에게는 노벨문학상이 돌아가고 윤 씨는 아직 서구 문단에 무명이어야 하는가에 대해 생각하고 싶습니다.

   제가 읽기로는 역사나 현실이 아니라 자신과 문명의 원초를 찾는 여행의 소재나 주제, 작가의 신화적 상상력이 흡사했습니다.

   그리고 가장 중요한 작품의 완성도 내지 수준에서 두 작품의 우열을 가리기도 힘들었습니다. 그래 좀 더 두 작품을 꼼꼼히 읽어내 두 작품의 차이를 밝히고 또 번역이나 '로비' 등 문학 외적인 것도 살펴 우리도 노벨문학상으로 갈 수 있는 길을 살피고 싶습니다.

꽃을 피우려 흘린 '눈물' 시간이 흘러도 잊어선 안 돼

조용호 _ 세계일보 선임기자

소설가 윤후명(64)은 소설 이전에 시로 먼저 데뷔했을 정도로 미학적인 문장과 사유로 호가 난 작가다. 그의 대표작 『협궤열차』 연작이 보여주는 쓸쓸하고 도저한 허무의 세계는 후배 작가들에게도 깊은 영향을 끼쳤다. 하지만 그가 소설을 발표하지 않은 지는 꽤 오래 되어 그의 깊은 문장과, 서해 갯벌을 지나가는 바람소리 같은 쓸쓸함이 그리운 독자들로서는 아쉬운 세월이 길었다. 그런데 그가 소설이 아닌 산문집을 들고 나와 갈증을 적셔준다. 『나에게 꽃을 다오 시간이 흘린 눈물을 다오』(중앙books)라는, 제목부터 길고 시적이다. 소설보다 더 맛깔 나는 문장들이 지천이고, 이것저것 재지 않는 직설적인 '산문'이라는 장르여서 그의 내면을 솔직하게 들여다보기에 좋다.

「장다리꽃밭 풍경」에서 고백하는 양아버지에 대한 이야기가 대표적인 경우다. 그를 키워준 아버지가 '양아버지'였다는 사실을 그는 이 산문집에서 처음으로 발설했다. "그가 처음 우리 집에 모습을 드러낸 것은 육이오 전쟁이 아직 끝나지 않았던 때였다. 그는 강원도 강릉의 읍사무소 앞에 주둔하고 있던 부대의 젊은 법무장교였고, 어머니는 그 앞 신작로 맞은 편에서 담배장사를 하고 있던 청상(靑孀)이었다."(43쪽) 그는 아버지를 '그'라고 시종 표현하고 있는데 그의 양아버지 '그'는 그에게 법학을 공부할 것을 종용했지만 끝내 그 길을 가지 않고 문학 쪽으로 와버렸다. 하지만 그는 다짐한다. "나는 그때부터 지금까지 그의 뜻을 저버리지 않는다는 신념으로 글을 쓴다. 그가 원한 길을 가지 않았으니, 그것보다 한층 더한 결의로 나를 다지면 그의 뜻을 포괄하는 역설의 길이다. 그러므로 나는 한시도 한눈을 팔아서는 안 된다."(45쪽)

그의 소설에 주조음으로 흐르는 도저한 허무의식이 생아버지와 양아버지의 조건이 부여한 어떤 지점에서 싹트고 있는 건 아니지 물었더니 윤후명 씨는 "아무래도 그렇다"고 답했다. 그는 "하나는 무형의 아버지요, 또 하나는 직접 보고 자란 분인데, 그분을 정말 존경하지만, 두 분 사이의 어느 지점에서 제 문학이 떠돌고 있을 것"이라고 말했다.

「오래 지켜보기」라는 꼭지도 일품이다. 초정 김상옥 선생의 말을 전하는 이 산문에서 그는 진짜와 가짜 도자기를 구분하는 방법을 일러준다. 그 방법이란 간단하다. 그냥 오래 지켜보는 것. 오래오래 지켜보고 있으면 결국 싫증이 나는 것과 싫증이 안 나는 것으로 나누어지는데, 이 가운데 싫증이 나는 것은 가짜일 공산이 크다는 것이다. '존구자명(存久自明)', 오래 되면 스스로 밝아진다는 말이다. 진짜 사랑도 그와 같으니, 오래오래 지켜볼 일이다.

앞서 말했다시피 소설가 윤후명 씨는 1967년『경향신문』신춘문예에 시가 당선되면서 시인으로 문학의 길을 먼저 걷기 시작했다. 그가 이번 산문집에 채용한 독특하고 길고 인상적인 제목은 그의 자작시에서 비롯됐다.

"내게 황새기젓 같은 꽃을 다오/ 곤쟁이젓 같은, 꼴뚜기젓 같은/ 사랑을 다오/ 젊음은 필요 없으니/ 어둠 속의 늙은이 뼈다귀빛/ 꿈을 다오/ 그해 그대 찾아 헤맸던/ 산밑 기운 마을/ 뻐꾸기 울음 같은 길/ 다시는 마음 찢으며 가지 않으리/ 내게 다만 한 마리 황폐한/ 시간이 흘린 눈물을 다오"「희망」

그는 서문에 "지난 시간이 흘린 많은 눈물을 잊어서는 안 된다"면서 "꽃을 피우기 위해서였다 하더라도 그 눈물이 말라가면 남긴 얼룩이 내 삶의 무늬임을 자랑스러워해야 한다"고, "그래서 나는 꽃과 눈물 사이에 이 책을 바치며 나를 글의 제단 위에 올려놓으려 한다"고 썼다. "흘린 눈물의 양이 사람을 승화시킨다"고 믿는 윤후명 씨. 그는 남쪽으로 내려가는 고속도로 휴게소에서 전화를 받고 "문학은 도구가 아니고 목적이며 문학이란 삶 그 자체"라고 먼 목소리로 말했다.

사랑을 향해 가는 고행

양진채 _ 소설가, 『학산』 주간

    충정로역에서 지하철이 들어오기를 기다리다 무심코 본 스크린 도어. 유리문에 그의 시가 있었다.

「사랑의 길」

먼 길을 가야만 한다
말하자면 어젯밤에도
은하수를 건너온 것이다.
갈 길은 늘 아득하다
몸에 별똥별을 맞으며 우주를 건너야 한다
그게 사랑이다
언젠가 사라질 때까지
그게 사랑이다

    지하철이 오기만을 기다리던 나는 눈이 번쩍 뜨인다. 찬찬히 시를 읽기 시작한다. 몸에 별똥별을 맞으며 우주를 건너는 것. 깊은 숨을 내쉰다. 어딘가로 가기 위해 지하철을 기다리는 많은 사람들이 이 시를 읽는다면 어떤 마음이 될까. 지하철이 들어오기만을 초조하게 기다리던 마음에서 한 발짝

뒤로 물러나 지금 자신이 서 있는 자리를 다시금 생각하게 되지 않을까. 나는 무엇을 위해 살고 있는가 하고. 몸에 별똥별을 맞으며 우주를 건너는 사랑 앞에 그만 주저앉고 싶어진다.

어떻게 저런 시행을 생각해낼 수가 있을까. 늘 사소한 것을 통해 범인은 다가설 수 없는 어떤 깊이에까지 도달하는 그의 글에 다시금 존경심과 질투가 인다. 그는 몸에 별똥별을 맞으며 내내 문학을 하는 사람이지. 늘 무언가, 원류를 찾아 떠도는 사람이지.

유난히 추웠던 겨울이 지나고 있었다. 겨우내 심하게 아팠던 나는 어쨌든 이 겨울이 가기만을 전전긍긍하고 있었다. 복수초가 피었다면 봄이 멀지 않았으리라.

보통은 2월 7,8일쯤이면 뜰에 피는데 올해는 며칠 더 늦었어. 겨울이 춥긴 추웠나 봐.

나는 또 깜짝 놀란다. 얼음 언 땅을 뚫고 노랗게 꽃이 피는 복수초 사진을 여러 번 본 적이 있지만 2월 8일쯤 핀다는 정확한 날짜까지 잊지 않고 있다니. 그는 그런 사람이었다. 꽃을 사랑하는 사람. 3월이 되기가 무섭게 틈나는 대로 종로5가 꽃시장 길을 걷는다. 어느새 와락 피어버릴 꽃들을 놓치지 않겠다는 듯, 이제 막 피기 시작하는 꽃들을 보고, 미처보지 못했던 새로운 꽃은 없나 살핀다. 형편이 어려워 자주이사를 다니던 질풍노도의 시기에도 꽃 화분은 챙겼다, 라는글도 어디선가 읽은 기억이 난다. 몇몇 작가들과 해외교류

때문에 나간 적이 있었는데 그사이 뜰에 핀 산벚꽃이 지는 게 무엇보다 아쉬웠다는 글도 읽었다. 흰 패랭이꽃에서 3만 년의 사랑을 읽을 줄 아는 시인이다.

그는 산문집 『나에게 꽃을 다오 시간이 흘린 눈물을 다오』 서문에서 '식물의 생명이 물을 요구하듯 우리에게는 눈물이 요구된다. 흘린 눈물의 양이 사람을 승화시킨다. 그 눈물을 받은 양재기를 부어 설산(雪山)의 크레바스에 내 나무를 키운다. 고독과 고행이 자기 안에서 자라나 동충하초처럼 되려는 꿈속의 나를 본다.' 라고 했다. 그에게 꽃은 문학처럼 삶과 함께 간다.

꽃 얘기가 나왔으니 그림 얘기를 안 할 수 없겠다. 그는 엉겅퀴 화가이다. 물론 엉겅퀴만을 그리지는 않지만 어쨌든 그의 그림의 주 모델은 엉겅퀴이다. 이미 1985년에 「엉겅퀴」라는 소설을 쓴 적이 있는 그는 엉겅퀴에 각별한 애정이 있다. 그는 그림을 그리기 시작하면서 수십 회 동료들과 단체전을 가졌다. 그러다 작년 5월에 인사동 화랑에서 정식으로 개인전까지 열었다. 전시회 제목은 〈꽃의 말을 듣다〉. 전시회와 맞물려 그의 소설집 『꽃의 말을 듣다』도 같이 나온 상황. 그의 소설과 시를 알던 사람들은 그의 엉겅퀴 그림 앞에서 다시 한 번 놀란다. 검푸른 배경에 오롯하게 꽃잎을 세우고 있는 엉겅퀴의 강렬한 색채와 꽃에 압도당한다. 그리고 망연히 서 있다. 김윤식 평론가는 전시회를 보고 와서 다음과 같이 글을 쓰기도 했다.

'맨 먼저 맞이한 것은 불을 뿜으며 하늘로 솟구치는 몽둥이같이 생긴 엄청 큰 엉겅퀴꽃. 계속해서 갖가지 색깔의 엉겅퀴가 벽에서 그냥 쏟아지는 것 같았소. 쏟아지다니, 정확하지 않소. 쏟아짐이란 고흐의 〈별이 빛나는 밤〉의 그 별에나 알맞은 표현이니까. 그게 아니라, 야구 방망이처럼 일제히 튀어나왔소. 주춤 뒤로 물러설 수밖에.'

대학에서 미술을 전공한 것도 아니고(그는 철학을 전공했다), 미술 공부를 어떤 체계를 갖고 공부한 것도 아니지만 미술계에서 어느새 그의 지명도는 만만치 않게 되었다. 수많은 단체전이 그것을 증명하고도 남는다.

그는 그림의 재료로 건축자재인 실리콘을 쓰기도, 그림에 과감히 술병을 꽂기도 하고, 일명 뽁뽁이라 불리는 공기비닐이나 종이가방, 다른 전시회 포스터, 사진 등이 그의 캔버스를 대신하기 한다. 그는 늘 남과 다르게 그리는 것, 자신만의 그림 세계를 갖는 것을 주요하게 생각해왔는데 그것은 문학도 별반 다르지 않았다.

그는 시와 소설을 공부할 때, 이 세상에 있는 시와 소설책을 모두 읽고 그와 다르게 쓰겠다고 결심했다고 한다. 실제로 그의 소설은 누구도 흉내내지 못할 소설작법을 가지고 있다. 그는 일본의 사소설과도 다른, 작가와 동일시되는 '나'를 모든 소설의 주인공으로 쓰고 있으며 한 편의 단편은 다른 단편과 엮여 중편이 되기도 하고 다시 또 장편이 되기도 한다. 그는 농담처럼 자신이 해온 모든 문학을 한 권의 책으로 엮고 싶다고 했는데, 그의 소설을 읽어본 사람들은 그 말이 그냥 농담만은 아니라는 것을 알 수 있을 것이다.

또 하나, 그의 소설은 늙지 않는다. 또한 누구도 흉내낼 수 없는 소설을 쓰고 있다. 많은 원로작가들의 글을 보면 젊었을 때는 세계를 보는 직관, 그것을 풀어내는 문체, 구성 등이 세련되어 소설을 빛나게 하는데, 어찌된 일인지 시간이 지나면서 느슨해지며 다른 작가의 작품과 변별력이 떨어지는 것을 보게 된다. 그런가 하면 명성만 남고 작품 활동을 거의 하지 못하는 작가들도 많다. 그 많던 작가들은 다 어디로 갔는지 안타까운 생각마저 든다. 그런 면에서 그의 소설은 내내 같다. 그의 소설을 모두 펼쳐놓고 연대기를 나눠보라고 하면 대략이라도 맞출 수 있는 사람이 있을까. 요즘 발표되는 그의 소설도 예전과 다르지 않는 서술 방식과 흐름을 택하고 있다. 대신 철학적으로 좀 더 깊어졌다라는 것이 차이라면 차이일까.

언젠가 그의 소설에서 '계시다'라는 말 뜻이 전혀 다르게 온 경험을 했다. 소설은 몸이 아픈 친구 집에 가서 '계세요' 하고 불렀지만 대답이 없어 그냥 돌아나왔다는 내용이었다. 그때 친구는 방 안에 있었지만 몸이 아파 대답하지 못했다. 친구는 며칠 뒤에 죽었다. 그는 소설에서 그때 불렀던 '계세요'를 존재의 물음까지 끌어올렸다. 흔히 쓰는 '계세요'가 이렇게 철학적인 물음이 되다니, 하고 감탄했다. 그의 소설에서는 곳곳에 그런 문장들이 있다. 그냥 만들어진 문장이 아

니라 철학을 공부하고 이 세계와 사람을 깊게 바라본 데서
오는 문장이었다. 읽다보면 별 얘기인 것 같지 않은데 다 읽
고 나면 숙연해지는 무엇이 있곤 했다. 대개 소설집은 한 번
읽고 덮게 되는 경우가 다반사인데 그의 책은 읽다보면 이런
구절도 있었던가 하고 새롭게 발견하거나, 그렇구나, 하고
예전에 읽을 때는 몰랐던, 혹은 놓쳤던 구절들을 발견하게
된다. 그래서 나는 해외로 여행을 갈 때 종종 그의 책을 여행
가방에 넣는다. 비행기 안의 막막한 공기에 뒤척이게 될 때,
낯선 곳에서 밤을 지새우는 일에 지칠 때 그의 소설을 꺼내
시를 읽듯 한 줄 한 줄 음미한다. 그러다 새롭게 발견되는 의
미나 문장을 만나면 어릴 적 보물찾기의 쪽지를 찾은 심정이
된다. 어느새 공기의 흐름이 싹 바뀌고 어딘가에서 미세한
바람이 불어와 숨통을 틔게 하는 경험을 하게 되는 것이다.

　내가 좋아하는 시 중에 이런 시가 있다.

　　내게 황새기젓 같은 꽃을 다오.
　　곤쟁이젓 같은, 꼴뚜기젓 같은 사랑을 다오.
　　젊음은 필요 없으니 어둠 속의 늙은이 뼈다귀빛 꿈을 다오.
　　그해 그대 찾아 헤맸던
　　산밑 기운 마을 뻐꾸기 울음 같은 길.
　　다시는 마음 찢으며 가지 않으리.
　　내게 다만 한 마리 황폐한 시간이 흘린 눈물을 다오.

「희망」이라는 시. 읽을 때마다 느낌이 다른데, '젓 같은 사랑을 다오'에서 어여쁜 사랑이 아니라 현실에 처박힌 처절한 사랑을 하겠다로 읽는 날이 있는가 하면 젓갈처럼 곰삭은 사랑을 달라는 의미로 읽기도 한다. 이 둘의 거리가 꽤 되는데도 묘하게 어울리고 있어 읽는 이의 마음에 따라 달리 읽히는 것이다. 다른 행들도 마찬가지 있다. 곱씹어 본래의 재료가 가진 참맛을 느낄 때 감동이 다시 오는 것이다. 그럴 때 나는 혼자 술잔을 기울인다. 뼈다귀빛 꿈을 위해 건배!

그는 젊었을 적 자타가 공인하는 술꾼이었다. 안산에 살던 시절 특히 술을 많이 마셨는데 그렇게 어울려 다니던 무리들 스스로 '자멸파'라고 명명할 정도였다. 내일을 생각할 수 없는 삶이었다고 한다. 생활은 곤궁해서 라면 대신 라면 사리를 사서 끼니를 대신할 정도였지만 술을 끊지는 못했다. 그는 술을 마시기 시작하면 하룻밤 술자리에서 끝나는 것이 아니라 몇 날 며칠을 술을 마셨다. 술에서 깨기가 무섭게 다시 취하는 것이다. 무엇이 그토록 술에서 깨어나는 걸 두렵게 했을까. 그러다 몸이 더 이상 견디기 어려워지면 하루고 이틀이고 앓는다. 그는 문학도 그렇게 했다.

그는 술을 마시고 창작 수업을 하는 일도 많았는데, 아예 테이블에 캔맥주를 놓고 마시면서 수업을 하기도 했다. 수강생들이 서로 그날의 작품에 대해 품평을 하고 마지막 선생님의 강평이 시작된다. 선생이 작품을 꼼꼼히 읽었을 리 만무다. 그런데도 원고를 이리저리 들춘다. 그리고 한 가지를 찾는다. 물론 그 한 가지가 이 소설의 핵심 문제점이 아닐 수도 있다. 그는 취했고, 면밀히 원고를 보지 않았으니까. 그래도 그는 그 한 가지를 집요하게 얘기하는데 그게 그 수강생의 창작 문제의 핵심에 닿아 있었다. 그러다보니 오히려 술에 취해 수업에 들어오기를 은근히 바라는 수강생도 있었다. 수업뿐만 아니라 그 이후의 술자리에서도 마찬가지였다. 그는 평소에는 누구에게도 대놓고 심한 소리를 못하는데 술에 취하면 달랐다. 그동안 못 했던, 그 사람이 상처받을까 봐 차마 뱉지 못했던 말을 술기운을 빌어한다. 그게 그 사람의 소설 쓰기나 삶의 태도인 경우가 많았다. 그와 오랫동안 함께해온 사람들은 포장마차에서 술을 마시다가 아침을 맞는 경우도 많았는데 온통 후줄그레 하고 술도 깨지 않았지만 집으로 걸어가는 발걸음은 가벼웠다고 한다. 그가 들려준 촌철살인의 한 마디는 두고두고 창작이나 삶의 지침이 되었기 때문이다.

지금도 그 시절을 그리워하는 이가 많다. 그렇다. '그 시절'이다. 그는 몇 년 전 완전히 술을 끊었다. 물론 건강상의 이유기도 했지만 그는 어느 순간 이 생에서 마셔야 될 술은 다 마셨다는 듯이 술을 입에 대지 않았다. 그래도 술자리에는 빠지지 않았다. 먼저 일어나는 법도 드물었다. 어이, 쭉쭉 마셔, 하고 추임을 넣는데 같이 마시자고 해도 빙그레 웃기만 할 뿐이었다. 술을 마시던 그 자리에 어느새 그림이 들어섰다. 엉겅퀴 뿌리가 간에도 좋다고 하니, 엉겅퀴를 그리며 몸을 추스르고 있었던 것은 아닌지.

1967년에 시로 등단한 그는 이제 세 권의 시집을 냈다. 소설을 본업으로 하고 틈틈이 시를 써온 결과이기도 하다. 그런데 그는 요즘 다른 소설쓰기를 모색하고 있는 듯하다. 시와 소설이 하나 되기가 그것. 소설 속에 시를 끌어다 쓰는 것인데 최근에 발표된 그의 소설을 보면 한두 편의 시가 글 속에 들어와 있음을 알 수 있다. 의도적인 작법인데 이 역시 우리 문단에서 아무도 시도하지 않은 방법이기도 하다. 그는 우리 문단이 시인이면 시인, 소설가면 소설가로 서로 잘 알지도 못하고 또 서로 작품도 잘 읽지 않는 현실을 개탄한 적이 있다. 시와 소설이 모두 문학의 범주에 속하는데 시인은 소설을 읽지 않고 소설가는 시를 읽지 않는 것이다. 그가 소설 속에 시를 녹여내는 작업은 문단 현실에서만 비롯된 것이 아니라, 결국 시든 소설이든 모두 하나의 문학이라는 것에 기인한 것이라는 것은 소설을 읽어보면 쉽게 알 수 있다. 이제 그는 원로라는 소리를 들을 나이이다. 그러나 그는 아직도 '젊어 있는 삶'으로써 자신이 써온 소설 작법을 유지하며 늘 새롭게 창작에 몰두하고 있는 것이다.

소설집 『새의 말을 듣다』에 이어 『꽃의 말을 듣다』를 발간하고, 이제 그는 『돌의 말을 듣다』를 발간할 계획이라고 했다. 요즘 그의 소설은 시를 소설 속에 녹여내는 일 말고도 우리말, 언어에 좀 더 관심을 기울이고 있음을 알 수 있다. 물

론 오래전 『삼국유사 읽는 호텔』에서부터 그렇게 해왔고, 현
대문학상을 받은 『하얀 배』도 언어를 다루고 있기도 했다.
그는 그 누구보다 언어, 단어 하나에 천착해오고 있음을 볼
수 있다. 하나의 문학으로 소설쓰기, 그 안에 오롯이 우리말
이 담기.

　언젠가, 달을 가리키는데 달은 쳐다보지 않고 달을 가리키
는 손가락만 쳐다보아서야 되겠느냐, 라는 말이 나왔을 때였
다. 그는 고개를 저었다. 검지를 들어 달을 가리켰다. (달은 실
제로 없었지만.) 그는 달이 아니라 손가락을 보아야 한다고 했
다. 자리에 있던 사람들이 슬며시 웃었다. 손가락을 보라니.
그의 말은 이랬다. 지시하는 것(달)을 보는 것은 표면적인 것
이다. 손가락을 보는 것은, 그가 왜 달을 가리켰을까 그 근본
을 생각해보는 것이다. 그러니까 '달을 보라'에 집중하는 것
이 아니라 '왜 달을 보라고 할까'라는 근원적 물음에 다가가
야 한다는 것이다. 감탄과 존경을 섞어 그를 바라보았다. 그
는 쑥스럽다는 듯이 예의 선량한 미소를 짓는다. 그렇다. 그
는 늘 사랑을 찾아 헤매는 사람이었고 아무도 모르게 그 길
을 홀로 가는 고행을 마다하지 않았다. 그곳에 이르러 한 송
이 꽃 같은 생명의 본질을 발견하려는 몸부림이 그의 삶인
것이다. 살아 있음의 원류 찾기가 삶을 확인할 수 있는 유일
한 방법이라 믿고 있는 사람이다.

　그는 어느 산문에서 진짜 도자기를 구별하는 방법으로 '존

구자명(存久自明)'을 얘기했었다. 오래되면 스스로 밝아진다는 말이다. 오래 들여다보아 싫증이 난다면 그것은 가짜일 가능성이 높다는 것이다. 아무리 들여다보아도 싫증이 나지 않고, 들여다볼수록 좋아지는 것, 그것이 진짜라는 것이다.

어느 새벽 그는 어둠 속에서 존구자명을 생각한다. '이제까지 나를 오래도록 지켜봐온 사람 혹 있다면 어떻게 여길 것인가. 내 작품은 또 어떨 것인가. 진짜로 올려질 것인가, 가짜로 내려질 것인가. 나 자신 나를 지켜보며 아무쪼록 싫증이 나지 않는 사람이 되어야 하리라.' 그의 이 마음이 아직도 시를 쓰고 소설을 쓰고 그림을 그리게 하는 것이리라.

등단하고 40년이 넘는 지금도 존구자명의 삶을 스스로 견고히 지켜내는 사람. 그런 그가 이제 소설에서뿐만 아니라 시에서도 '님' 작품상을 수상하며 한 획을 긋고 있다. 다른 어떤 상도 아닌 한용운 문학을 기리며 주는 작품상이기에 그에게 다가오는 의미가 각별하리라 생각한다.

그의 시 한 편, 소설 한 편이면 될 것을 거기에 무언가를 보태겠다고 글을 쓰고 있는 내가 그의 발꿈치에나 따라갈까. 혹여 그의 삶, 그의 문학을 흐려놓는 것은 아닐까 내내 저어하게 된다. 이 글을 쓰는 동안도 그의 말이 들려온다.

이봐, 삶에서 그 무엇보다 문학을 우선해야 해.

그렇다. 그의 삶 자체가 꽃이요, 문학이다.

나는 오늘도 그의 꽃에서 그림에서 문학에서, 그의 삶에서 화엄(華嚴)을 본다.

나와 대상이 하나가 된 꽃 - 윤후명, 『꽃의 말을 듣다』

방민호 _ 평론가, 서울대 교수

　윤후명 창작집 『꽃의 말을 듣다』(문학과지성사, 2012)를 흥미롭게 읽었다. 윤후명이라면 1940년대 후반 출생의 작가들 가운데 가장 장인적이라면 장인적인 작가일 것이다. 단편이든 장편이든 되는 대로 써놓고 반성하고 또 쓰는 유형의 작가는 분명 아니라는 것인데, 그러려면 두 가지 요건이 성립되어야 한다.

　그 하나는 계속 쓰는 것이다. 문학 하다 말고 다른 것 하려면 길 돌아다니는 나로서는 딱 질색이다. 그림도 그리지 말고 음악도 하지 말라는 뜻이 아니고, 어떻든지 예술적인 삶의 길을 걸어가자는 것이다. 문학이며 예술이 별것 아니라고 치부하고 랭보라도 되는 것처럼 발길 거두는 건 장인적인 것과 거리가 있다. 천재라 해도 방치는 아름답게 보이지 않는다.

　다른 하나는 언어라는 것에 주의를 기울여야 한다는 것이다. 언어는 물론 문학 수단이요 도구이지만, 이렇게 간단하게, 만만하게 보는 사람에게 좋은 언어예술이 '생산되어' 나올 리 없다. 어휘나 문장에서부터 전체 구조나 그것을 아우르는 수사학적 수준의 처리에 이르기까지 자의식이 풍부해야 하고 주도면밀해야 한다. 작가는 어찌 되었든 언어를 다루는 사람이기 때문이다.

　이런 점들에서 창작집 『꽃의 말을 듣다』는 쉽게 읽어나가지 못하게 하는 작품이다. 나는 이 작품들을 대학 캠퍼스에서 전철역으로 이어지는 큰 고개를 타고 나 있는 산책로를 한 걸음 한 걸음 걸어가듯 읽어나가야 했다. 시간이 없어서 그랬을 것이라 한다면 일견 자인하지 못할 것도 없지만, 이유가 꼭 그렇지만은 않은 것이, 여기 실린 작품들이 그 문장이 결코 쉽지 않아서 서두르는 마음으로는 절대 흡수해 들일 수 없는 저항력 같은 것을 느끼게 한다. 창작집 전체에 내장된 이 힘을 부드럽게 무력화하고 독서 자체의 즐거움을 기꺼이 향유하기 위해서는 나도 이 창작집의 문체를 따라 시간에 여유를 두고 산책하듯이 읽어나가지 않으면 안 될 것이라는 마음을 갖지 않을 수 없었다.

　그럼 『꽃의 말을 듣다』는 어떤 작품집인가. 전형적인 '윤후명 식' 단편소설들로 꾸며져 있다고 하면 뜻이 통할지 모르겠다. 윤후명은 시와 소설을 쓰는 사람이자, 그림을 그리는 사람이고 여행을 하는 사람이며 꽃을 생각하는 사람이다. 이 모든 것이 『꽃의 말을 듣다』에 들어 있다고 하면 일단 해명이 될까.

　그러나 이런저런 요소들을 모두 함축하고 있어 그렇다는 게 아니라, 근년 들어 확연해진 것으로서 생각의 흐름으로 플롯을 '대신하는', 그래서 작중 화자이자 주인공의 생각의 풍선을 따라 이야기가 이리저리 갈래를 쳐나가다 다시 돌아와 또 해찰 부리지만 끝내는 제 갈 길로 가는 창작 방법을 주로 삼고 있다는 것이다. 그가 가장 좋아한다고 할 여로형 플롯을 생각의 흐름에 얹어 밀어붙이는 것이라 하면 얼추 근접한 설명이 될지 알 수 없다.

이러한 작품들 가운데 특히 맨 앞에 실린 「강릉/모래의 시」는 가히 작가의 혼신의 힘이 들어간 역작이자 수작이라 하지 않을 수 없다. 이곳에서 화자 겸 주인공은 어머니의 유골을 강릉 바다에 뿌리는 의식을 거행한다. 강릉과 어머니, 작가가 세상에서 이것만큼 잘 아는 것이 또 없을 것이니만큼 이 두 소재는 그의 몸과 마음에 합체되어 있는 것들이며, 따라서 작가는 마치 신공을 부리듯 읽는 이들을 작중 화자가 원하는 대로 이리저리 끌고 다니되 결코 끌려다닌다는 인공적인 강박감을 느끼지 않게 세심하게 배려하고, 어휘와 문장을 풀어놓을 때는 풀고 절약할 때는 절약하는 맵시를 부린다. 이곳에서 작가는, 언젠가 쿠바에 가서 보았던 '아바나의 방파제'나 러시아 상트페테르부르크에 가 마셔보았다는 모래커피나 다이아몬드와 같이 변치 않는 전리를 갖고 있는 『금강경』 같은 것들이 그가 떠난 여행길 이곳저곳 허공에 이리저리 흩어져 있는 가운데, 그는 세상을 떠난 어머니와, 그 속에서 생겨나 그녀와 마찬가지로 자신의 삶의 길을 초초히 걸어 자기만의 쉼표 앞에 다가서 있는 자신의 삶과 문학에 대해 이야기한다. 과연 '나'는 누구냐. 이름 지어진 그 사람이냐. 이름으로 규정하거나 설명할 수 없는, 언어 너머 하나의 '실체'로서 존재하는 허상의 의미를 좇아, 아마도 작가에 아주 흡사한 존재일 수밖에 없을 작중 화자는 파도처럼 밀려왔다 밀려가는 생각의 물결을 일구어낸다.

이러한 작업이 「오감도 가는 길」 같은 작품에 이르면 서울 서촌에서 출생한 작가 이상과 지구 반대편 쿠바와 아바나로까지 연결되는 긴 생각의 여로들을 가지고 나타난다. 이 속에서 작중 화자는, 그가 마치 작가 그대로인지 확언할 수 없으나, 시인이자 소설가였고 또 그림을 그리던 저 식민지 시대 문인 이상의 문맥 속에서 자신의 문학, 자기가 만들어 나가야 할 문학의 길을 생각한다.

그런데 앞에서 강릉이나 어머니 같은 존재는 작중 화자 이상 잘 알 만한 사람이 없다고 했던 것과 다르게 여기서는 어떤 지뢰나 함정 같은 것이 도사리고 있음이 분명하다. 「오감도 가는 길」은 제목이 시사하듯 결국 상호 텍스트성이라는 또 하나의 독해 방법을 요청하지 않을 수 없는 것이며, 이 때문에 부득이 이 작품은, 이상은 「날개」에서 자기 자신을 그대로 등장시켰느냐, 날자, 날자, 다시 한 번 날아보자꾸나, 라고 이상은 정녕 외쳤던 것이냐 하는 등등의 사실 해석적 문제들을 거느리게 된다. 나는 이상 '전문가'의 한 사람으로서 이와 같은 문제들을 괄호 속에 넣고, 이 이상이라는 기표를 중심으로 그가 무엇을 말하고자 하는가에 주목할 수밖에 없다. 이 해답은 쉽게 주어지지 않기 때문에 작품 전체를 이렇게 저렇게 넘나들고 또 작가 자신의 현재와 과거를 부단히 연결해가며 읽고 추론할 수밖에 없는 문제이기도 하다.

「희망」 같은 작품은 그의 젊은 날의 상처와 몸부림을 보여 주며, 문학을 향한 그의 향수가 가히 기갈에 가까웠음을, 목숨을 저당 잡혀 이루고자 한 절체절명의 것이었음을 알려준다. 그러면서 또한 「보랏빛 소묘」 같은 작품은 그의 이런 노력이 단지, 요즘 문체에 대한 집요하면서도 섬세한 탐구를 수반해서 이루어졌던 것임을 보여 준다. 사실 이런 면면은 이 작품 전체에서 두루 발산되는 기운이기는 하다. 그런데 이 「보랏빛 소묘」에 작가가 자신의 삶과 문학을 창조해 나온 하나의 바탕이 될 만한 정신을 알려놓았음은 간과하기 어렵다. 그는 이렇게 썼다.

　　내가 실제로 꽃을 가꾸고 그걸 쓰고 그리는 일은 몇 갈래로 나누어지는 일이 아니라 한 갈래의 일이었다. 나와 대상이 하나가 된 꽃! 그걸 찾아가는 길에 그림의 길과 글의 길이 같이 이어진다. 어떤 작품이든 나는 내 삶과 같이 가는 글이 아니면 그만 맥을 놓고 말았던 기억을 스스로 존중하는 사람이었다. 그렇다면 내 자존의 꽃을 그리는 일은 곧 내 글의 다른 법일진저. 이 가을 나는 용담 뿌리처럼 나에게 이른다. 소뿔의 길이 기도의 길에 닿기까지 정진하리라.(212쪽)

작가를 빼어 닮은 작중 화자가 이렇게 쓸 수 있었다는 것을 나는 아주 기쁘게 생각한다. 그것은 요즘 문단 세태를 떠올릴 때 이런 문장이 어떻게든 가볍게 나올 수 없음을 알기 때문이다.

윤후명 같은 작가의 존재를 생각하매, 나는 비로소 1940년 전후 출생 작가들과 1940년대 후반에 출생한 작가들을 갈라볼 필요를 느끼게 된다.

예를 들어, 1948년생으로 우리들에게 잘 알려진 작가 이문열을 보면 확실히 1940년 전후 출생 작가들과 이념적으로 다른 방향을 걷는다. 이청준이나 황석영, 김원일, 현기영 같은 작가들을 1940년 전후 출생 작가들이라고 보면, 이문열의 경우는 확실히 다른 쪽이라는 생각을 하게 된다. 김훈의 경우도 1948년생이다. 이문열과 김훈을 한자리에 묶어놓으면 김훈 역사소설의 비역사성이랄까, 역사적 비판주의라는 것이 가진 모종의 이념성이 드러나는 것도 같다.

이러한 이념의 층위에서 보면 문학은 좌다 우다 할 수도 있고, 보수적이니 진보적이니 갈라볼 수도 있다. 하지만 이와 같은 분류는 결국은 문학을 정치 또는 정치적인 층위로 환원하는 것이어서, 문학적인 논의로서의 매력이 한결 떨어지는 것이라 할 수 있다.

윤후명을 위시해서 이문열, 한수산, 이외수, 박범신 같은 1940년대 작가들, 그 외에도 거론할 수 있는 작가명은 많겠지만, 1940년 전후 출생 작가들도 아닌, 그다음 세대 작가들을 똑같은 분류법, 유형 나누기로 처리하는 것도 편치 않다면 편치 않은 일이거니와, 더 나아가서는 이들 세대의 특질에 '전혀' 어울리지 않는 프로크루스테스적 처방을 가하는 일이라고 할 수도 있다. 이들 세대에게는 문학의 이념 또는 이념적인 문학 외에도 뭔가 문학적인 큰 주제 같은 게 따로 있다. 물론 그 구체적, 입체적인 양상을 지도로 그리는 일은 아직 더 많은 탐색을 필요로 할 것이다.

어찌 되었든 1940년대 후반 출생 작가의 한 사람으로서 윤후명은 이 세대의 특질을 가리키는 가장 중요한 현상의 하나다. 언어를 다루는 일에 그만큼 기민한 후각과 성의를 가지고 이에까지 걸어온 사람도 드물기 때문이다. 『꽃의 말을 듣다』는 어휘와 문장의 섬세함과 아름다움, 그리고 이 표현을 아우르는 윤후명 식 '사소설'의 멋과 세련됨을 깊이 음미할 수 있도록 만들어준다. 이 작품집을 통해 우리는 그가 문학을 이루는 쪽모이 같은 문인이 아니라 그 자신이 하나의 전체로서 예술이 되려는 의도를 품고 있음을 감지할 수 있다.

강릉은 내 처음이자 마지막 소설

황수현 _ 한국일보 기자

"강릉은 소설뿐 아니라 제 모든 글의 배경이자 원천으로 살아 있습니다. 이 소설집에 수록된 작품 말고도 강릉에 관한 작품이 여럿 더 있습니다만, 모두 강릉의 자연과 역사, 그곳에 사는 삶들의 뿌리를 우리 민족의 뿌리로 연결시키려는 염원을 담고 있습니다."

내년 등단 50주년을 앞둔 소설가 윤후명(70)이 소설집 『강릉』(은행나무)을 냈다. 총 12권으로 완간될 윤후명 소설 전집의 첫 권이다.

강릉에서 태어난 작가는 여덟 살 무렵 고향을 떠나 일흔이 되어 돌아왔다. 지난해 말 지역 도서관의 명예관장이라는 호칭을 달고서다. 삶의 "처음이자 마지막"에 놓이게 된 단어 '강릉'이 신작의 주제가 된 것도 자연스러운 일이다.

작가는 11일 서울 인사동 한 식당에서 열린 기자간담회에서 이번 소설집의 또 다른 제목을 "강릉 호랑이에 관한 소설"이라고 말했다. "어렸을 적부터 어머니, 외할머니로부터 호랑이 이야기를 들었습니다. 호랑이가 머리 감는 처녀를 물어가 장가를 든 뒤 나무로 변신해 매년 처갓집에 내려오는 것을 기린 행사가 '강릉 단오제'의 유래라는 건 누구나 아는 사실이지요. 단오제를 보며 잊혀져 가는 세계가 여기서 재현

될 수 있겠다는 생각이 들었습니다."

강릉과 호랑이는 열 편의 소설을 하나로 묶는 키워드다. 작가는 강릉 가는 길에 가마를 멈춘 수로부인에게 꽃을 꺾어 다 바친 '헌화가'의 노인으로 변신하거나(「눈 속의 시인학교」), 설화 속 호랑이에 이입해 선녀가 된 처녀를 그리워하는 노래를 부르고(「방파제를 향하여」), 호랑이에게 먹혀 머리만 남은 처녀와 죽은 모든 존재들이 되살아나 함께 둑길을 걷는 환상(「호랑이는 살아 있다」)을 경험하기도 한다. 실크로드, 북방의 우랄-알타이 사막, 몽골 대초원, 티베트 고원까지 이르렀던 그의 문학적 여정이 최종적으로 회귀한 강릉은, 특정 지역명을 넘어 소설적 자아의 마지막을 은유하는 상징적 공간이 된다.

책의 말미엔 강릉을 모티프로 쓴 데뷔작 「산역」을 함께 묶었다. 이로써 순차적으로 나올 전집의 첫 권으로서 면모를 갖췄다. 작가는 전집 출간에 대해 설레는 마음을 감추지 않았다. "이제 고래희를 지난 나이에 제 작업의 전모를 모아 살피게 되어, 제가 무엇을 하며 살아왔는지 한 눈에 보게 되는 설렘이 있습니다. 그리하여 제 삶을 마무리하는 어떤 상징을 얻는 최종 작업으로 이어지지 않을까 기대합니다. 이것이 저의 모든 것입니다. 저에 관하여 이외에 무엇인가 알려졌거나 보여진 게 있다면 그것은 저의 모습이 아닙니다."

강원도의 신화 엮어 한 세계 추구

심혜리 _ 경향신문 기자

소설가 윤후명(70)이 소설 전집을 펴낸다. 전집의 첫 권으로 자신의 고향에서 이름을 가져온 신작 소설집 『강릉』(은행나무)을 11일 발간했다. 『강릉』 출간을 기념해 이날 기자들과 만난 윤 작가는 자신의 문학을 통해 "강원도의 신화와 엮어 한 세계를 추구해보고 싶다"며 "더 나아가서는 북방민족의 세계를 문학 속에 담아보고 싶다"고 밝혔다.

작가의 전집은 등단 50주년을 맞는 내년까지 모두 12권으로 은행나무에서 완간될 예정이다. 신작을 담은 첫 권 『강릉』을 제외하고는 그동안 발표했던 작품들이다. 그러나 일부 작품은 제목도 바꾸고 내용도 수정했다.

"어떤 작품은 5분의 4를 고쳤다. 예전에 출판사 요구에 의해 제 방식이 아니라 다른 방식으로 썼던 글들이 있다. (출판사)요구에 응했던 게 민망하기도 하고 싫기도 해서, 마음에 들지 않는 작품들은 내가 원하는 방식대로 고쳤다." 그는 최근 2년 동안 글을 손봐왔다고 덧붙였다. 작가는 어떤 얘기를 하든 결국은 '강원도'와 '북방'으로 되돌아왔다.

여덟 살 때 강릉을 떠난 그는 60년 넘게 고향을 애틋해하고 그리워하다 지난해 강릉 홍제동에 있는 문화작은도서관의 명예관장이 되면서 고향으로 돌아왔다. 그는 "강원도는 옛날부터 버려진 땅처럼 돼 있었다"며 "제 문학을 가지고 와서 강원도의 자연과 신화와 엮어 한 세계를 추구해보고 싶다"고 강조했다.

호랑이가 처녀를 납치해 혼인을 한 강릉 단오제 관련 설화를 소개한 그는 "한국 고유의 이야기, 강릉의 이야기"라며 "제 문학과 그것을 어울리게 해보자. 그러면 잊혀져 가는 세계가 재현될 수 있겠다고 생각했다"고 밝혔다. 그는 또 "우리 민족이 북방민족이라는 것을 기억하고 그 세계를 문학 속에 담고자 한다"며 북방민족은 검은색을 숭상했다고 말했다. "북방민족이 검다라고 얘기하는 사상 속엔 언제나 신성한 것, 범접하기 어려운 것들이 들어 있었다. 백의민족이 흰 것을 숭상하거나 좋게 여겨서가 아니라 검은 것이 위대하기 때문에 범접하면 안 된다고 해서 흰 옷을 입은 것이다." 그는 "북방에 대한 얘기만 나오면 뭔가 북받치는 것 같다. 오랫동안 집착을 했다"며 "내가 역사학자처럼 자세히 아는 것은 아니지만, 어떤 뭔가가 있다"고 덧붙였다.

실제 이번 소설집 속엔 그가 천착하고 있는 세계가 고스란히 담겨 있다.

「알타이 족장께 드리는 편지」라는 작품에선 강릉을 찾아온 알타이족의 음유시인에게 바다를 보여주며 "아름답다"라는 말을 나누고 싶어 하고, 「방파제를 향하여」에선 고향 바다의 방파제를 다녀온 뒤 호랑이에게 자신을 완전히 이입해 선녀가 된 처녀를 그리워하는 노래를 부른다.

윤 작가는 문화작은도서관 명예관장을 하면서 시민들과 함께 한 달에 한 번 문학 토론회를 갖기 시작했다. 그가 강릉 시민들에게 문학을 얘기하고, 시민들은 그에게 강원도를 알려준다. 그는 "이제 새롭게 예전하고 다른, 강릉 공부를 하고 있는 중"이라고 설명했다. 그는 문학에서 아직 '원로'가 아니라고도 강조했다. "10년 전엔 40대가 나에게 찾아와 '늦었는데 소설을 시작해도 될까요'라고 물었는데, 이젠 60대가 소설을 써보겠다고 찾아온다. 시 모임에 나가면 내 위로 90대 선배들도 아직 건재하다." 시인이기도 한 그는 소설 전집이 완간되면, 시 전집도 발간할 예정이라고 밝혔다.

고향으로의 회귀 自傳소설

박해현 _ 조선일보 선임기자

"한 작가가 소설을 여러 편 쓰더라도 결국 한 인생관이 담긴 한 권의 책을 쓰고 가는 것이 아닌가. 내가 지금껏 쓴 소설들은 경험을 있는 그대로 가져오거나 조금 바꾸어서 쓴 자전(自傳) 소설이다."

소설가 윤후명(70) 씨가 신작 소설집 『강릉』(은행나무)을 냈다. 내년 완간될 《윤후명 소설전집》(전 12권)의 첫 권이다. 윤 씨가 고향 강릉을 소재로 삼은 단편 10편을 묶은 책이다. 데뷔작 「산역」(1979년)을 제외한 9편은 지난 4년 사이 발표해 처음 책으로 묶은 작품들이다. 기존의 생존 작가 전집이 초기 발표작부터 순서대로 출간된 관행을 깨고 최신작 모음집부터 내놓는 것. 전집 둘째 권부터는 윤 씨가 지난 40년 가까이 발표한 장편과 중단편을 대폭 손봐서 하나씩 출간한다.

윤 씨는 전집 발간을 맞아 열린 기자 간담회에서 "강릉은 나의 처음이자 마지막에 놓이는 어떤 것"이라고 강조했다. "여덟 살에 고향을 떠났지만 이번에 책 『강릉』을 내면서 고향으로 회귀하는 것이다. 이 책은 강릉의 자연과 민속을 통해 강릉 사람들의 역사와 현재를 그리면서 궁극적으로 '강릉의 인문학'을 제시하려고 한다."

윤 씨는 책 『강릉』의 별칭을 '강릉 호랑이에 관한 소설'이라고도 했다. 작가는 단편 「아침 해를 봐요」에서 단군 신화에 곰과 함께 등장한 호랑이의 후일담을 상상했다. '그 호랑이는 우리 강원도 감자바위들과 어울려 어느 날은 곶감이 무서워 도망치기도 하다가 드디어는 산신(山神)이 되지 않았는가'라는 것. 강릉 단오제에서 그 호랑이는 머리 감는 처녀를 물고 가 혼인한 것으로 나오기도 한다.

윤 씨는 "강릉 사람들의 뿌리는 몽골과 흉노까지 포함하는 범(汎)북방민족과 한 덩어리이고, 지금도 약동하는 야성의 힘"이라며 "강원도의 높은 산에 그 힘이 담겨 있다"고 말했다. '강원도의 힘'을 강조한 작가는 단편 「샛별의 선물」에선 '호랑이가 오르내린 대관령의 옛길을 내다보는 별빛'에 비추어 자기 앞의 생을 성찰하기도 했다. 윤 씨는 1967년 시인으로 먼저 등단해 시집 3권을 낸 바 있다. 소설전집을 완간한 뒤 시전집도 낸다.

처음으로 돌아온 노작가… '삶의 축제' 완성하다

조용호 _ 세계일보 기자

　소설가 윤후명(70)의 50년 가까운 문학 결실을 아우르는
전집이 시동을 걸었다. 12권으로 예정된 소설 전집 첫 권은
『강릉』(은행나무)이다. 첫 권에는 근년에 발표한 신작 9편과
데뷔작 1편을 묶었다. 1967년『경향신문』신춘문예 시 당선
에 이어 1979년『한국일보』신춘문예 소설 당선작인「산역」
을 신작들 사이에 끼운 연유는 '시작'의 의미를 강조하고 싶
었기 때문이다. 표제로 삼은 '강릉'이라는 단어 역시 통상 소
설집에 수록된 작품 제목들 중에서 뽑는 관례를 벗어나 윤후
명 문학을 관통하는 상징적인 의미로 끌어왔다. 윤후명이 작
가의 말에 분명하게 언급한 그 맥락은 이러하다.

　"'강릉'은 나의 처음이자 마지막에 놓이는 어떤 것이다.
'어떤 것'이란 그것이 동해안의 지명에서 비롯하였으나 단순
한 지명에 머물기보다는 나라는 인간 존재와 철학까지를 일
컫는다는 믿음을 포함하는 말이다. 꾸준히 말해왔던 바 비록
소설가가 여러 소설을 쓸지라도 결국 '하나의' 소설일 것이
기 때문에 여기에 그 영토를 마련한다는 뜻이다. 만약 이 소
설집에 다른 하나의 제목을 단다면 '강릉 호랑이에 관한 소
설'이라고 할 수 있음을 덧붙인다."

　윤후명에게 '강릉'은 8살 때 떠나 62년 만에 회귀한 고향

이다. 지난해 강릉 '문화도서관'의 명예관장이라는 위촉패를 얻어 먼 우회로를 돌아온 셈이다. 그는 이제 이곳에서 여생의 문학을 정리할 참이라고 한다. 그에게 강릉은 단순한 지역의 의미를 떠나 북방정서의 상징적인 공간이기도 하다. 유네스코 문화유산으로 선정된 '강릉 단오제'의 핵심에는 호랑이 설화가 자리 잡고 있다. 호랑이가 내려와 처녀를 잡아다가 같이 살았다는 것인데 예전 강릉 지역의 호환(虎患)을 백성들이 스스로 위무하기 위한 창작이었을 가능성이 크다. 잡혀간 처녀의 머리가 바위에 걸쳐져 있지만 저녁이면 머리를 감는 처녀의 아름다운 모습을 볼 수 있었다는 것이니, 죽었지만 다시 살아나 호랑이와 합쳐지는 희망의 설화였던 셈이다. 이번 소설집 말미의 수록작인 「호랑이는 살아 있다」에서 윤후명이 이렇게 기술한 배경이다.

"'메콩강'을 뒤돌아선 나는 단오기념관을 거쳐 다시 둑길을 걸어갔다. 호랑이가 내 옆을 따르고 있었다. 나와 호랑이는 함께 어디론가 가고 있었다. 냇물은 흐르고 어릴 적 내가 방공호에서 기어나와 둑길을 걷고 있었다. 호랑이의 발걸음은 무겁고도 날렵했다. 어릴 적 나와 이제 나이 먹은 나는 하나가 되고 호랑이도 하나가 되어 있었다. 내 품에는 언젠가처럼 처녀의 머리도 안겨 있었다."

남대천에서 '메콩강'을 떠올리는 것은 '강릉'을 한반도 동쪽의 작은 지명으로 가두어두지 않으려는 윤후명의 작의가

선명하게 반영된 까닭이다. '알타이 족장에게 드리는 편지'
에서 강릉을 찾아온 알타이족 음유시인을 등장시켜 '아름답
다'는 말을 나누는 것도 같은 맥락이다. 윤후명은 이러한 북
방정서를 근간으로 호랑이 설화 속에 자신을 이입시켜 노년
의 문학을 완성할 작정이다. 일찍이 시인으로 데뷔했지만 소
설을 주업으로 살아온 그는 "시라도 좋고 소설이라도 좋고,
이제는 시와 소설의 구별 없이 함께 쓰는 어떤 글이 내 장르
이며 나를 내 방법으로 증명해야 한다"면서 "그것이 문학"이
라고 토로한다. 이러한 태도는 이번 소설집에 그대로 반영되
어 소설에 시가 수시로 삽입되고 이야기는 사소한 단초를 빌
미로 자유롭게 이리저리 흘러다닌다.

　고향을 떠나 막막한 서해를 지나 페르귄트처럼 방황하다
가 노경에 돌아온 그이지만 그가 떠돈 세월이 헛된 것은 아
니었다. 고향의 '호랑이'가 되어 죽은 것들을 다시 살려내는
작업, 그 축제를 완성하고 싶은 것이다. 호랑이와 함께 "어머
니, 사라진 친구, 패.경.옥 이라는 이름의 소녀들, 연변 계순
아줌마, 전쟁 때 이웃집 소꿉놀이 소녀, 백남준과 요제프 보
이스, 세월호 아이들까지." 남대천 물길을 바라보며 삶의 축
제를 향해 걸어가는 한 장면이야말로 지금까지 써 온 단 한
편의 대미를 이룰 장관의 시작일 터이다.

　『강릉』에 이어 『둔황의 사랑』『협궤열차』『한국어의 시간』
『섬』『모든 별들은 음악소리를 낸다』『가장 멀리 있는 나』
『유니콘을 만나다』『바오밥나무의 학교』『무지개 나라의 길』

『약속 없는 세대』『삼국유사 읽는 호텔』이 내년까지 완간될
소설 전집의 목록이다.

"강릉은 제 문학의 처음이자 마지막"

최재봉 _ 한겨레신문 기자

올해로 만 일흔 살이 된 작가 윤후명이 고향 강릉을 소재로 쓴 단편들을 묶은 소설집 『강릉』을 펴냈다. 『꽃의 말을 듣다』(2012) 이후 4년 만인데, 이번 책은 출판사 은행나무가 기획한 12권짜리 《윤후명 소설전집》의 제1권으로 나온 것이어서 특히 뜻이 깊다. 전집은 올해 안에 5권이 나오고 내년까지 완간될 예정이다.

'여행'과 '여인'으로 상징되는 탈주와 초월의 염원을 특유의 감성적 문체와 낭만주의적 구성에 담은 윤후명의 소설은 『둔황의 사랑』 『협궤열차』 같은 인상적인 작품들을 통해 독자의 사랑을 받아 왔다. 2012년 이후 쓴 최근작들을 모은 이번 책에는 역시 강릉을 무대로 삼은 그의 1979년 신춘문예 소설 등단작 「산역」도 포함되어 현 단계 윤후명 소설의 처음과 끝을 아우르게 되었다.

"강릉은 제가 태어난 곳이라는 점에서 제 문학의 '처음'이라 할 수 있죠. 그런가 하면 강릉 단오제의 주인공인 호랑이 설화에 대한 관심을 다각도로 그린 최근작들은 제 문학의 '마지막 자리'를 가리킨다고 할 수 있습니다. 부잣집 딸이 호랑이에게 잡혀가 그 짝이 된다는, 제가 어릴 적부터 듣고 자란 옛날이야기가 강릉 단오제의 핵심인데, 그 설화로 대표되는 어떤 잊혀진 세계가 이번 소설집을 관통하는 키워드입니다."

11일 낮 서울 인사동 한 음식점에서 기자들과 만난 윤후명은 소설집 제목을 '강릉'으로 삼은 까닭을 이렇게 설명했다. 책에는 '강릉'이라는 제목을 단 작품은 없지만, 모든 작품이 직간접적으로 강릉과 관련된다. 단오제 주인공 호랑이를 다룬 작품들(「방파제를 향하여」 「대관령의 시」)과 백남준 10주기 전시에서 만난 호랑이 관련 작품에서 영감을 얻은 작품(「호랑이는 살아 있다」)이 있는가 하면, 강릉을 찾아온 알타이족 음유시인의 이야기(「알타이 족장께 드리는 편지」) 또는 강릉 가는 길에 수로부인에게 꽃을 꺾어 바친 '헌화가'의 이야기를 변형한 소설(「눈 속의 시인학교」)도 있다.

전쟁이 아직 끝나기 전인 1953년, 여덟 살 나이에 고향 강릉을 떠났던 그는 지난해 11월 강릉 홍제동 문화작은도서관 명예관장이 되어 '귀향'했다. 도서관에는 그의 육필 원고와 집필 도구, 책, 사진 자료 등도 전시됐다. 그 도서관에서 한 달에 한 번 고향의 평범한 독자들과 문학 토론 모임도 이어간다. "워낙 어릴 때 떠났던 고향이라 기억이 가물거리긴 하지만, 내 소설을 통해 그렇게 끊긴 기억을 다시 연결하고 싶다"고 작가는 말했다.

"제 소설은 거의가 제가 직접 겪은 일이나 지켜본 일을 쓰되 나중에 해석을 달리한 것들입니다. 어찌 보면 매우 쓰기 쉬운 소설이죠. 제가 쓰는 모든 소설은 결국 하나의 소설이

라 할 수 있습니다. 소설만이 아니라 시까지 포함해서, 저는
평생 하나의 작품을 쓰고 있는 셈이죠."

　1967년 신춘문예에 시로 먼저 등단했던 윤후명은 『명궁』
『홀로 등불을 상처 위에 켜다』『쇠물닭의 책』 등 시집 세 권
과 산문집 등도 낸 바 있다. "소설 전집에 이어 시 전집도 낼
생각"이라는 그는 "지금도 약동하며 전세계를 관통하는 북
방 민족의 야성적 힘을 강릉의 신화와 연결시키는 게 지금
나의 문학적 화두"라고 말했다.

새 소설집 『강릉』 낸 윤후명 작가

김지영_동아일보 기자

새 소설집이자 전집 첫 권으로 『강릉』을 낸 윤후명 씨. 여덟 살에 떠나온 고향은 늘 마음 한편에 있었다. 소설가로 등단한 작품인 「산역」도 강릉에 대한 이야기였다. 우리 나이로 일흔이 지난 올 들어 전집을 내면서 윤후명 씨는 『강릉』(은행나무)을 제1권으로 삼았다. 고향 강원 강릉시를 모티프로 삼은 단편 10편을 묶었다. 11일 서울 종로구 인사동에서 열린 기자간담회에서 그는 "강릉은 소설뿐 아니라 내 모든 글의 배경이자 원천"이라고 말했다.

윤후명 전집 첫 권은 신작 소설집이다. 그는 "발표 시간 순으로 순서를 매기는 일반적 전집이라면 이번에 낸 소설집은 전집의 맨 뒤에 놓여야 한다"며 "하지만 소설 전집 자체가 '하나의 소설'이 되길 바랐다"고 독특한 전집 순서의 의도를 설명했다.

그는 둔황의 석굴, 북방의 우랄-알타이 사막, 티베트의 고원 등을 무대로 한 작품으로 우리 문학의 공간을 넓혔다는 평을 받아왔다. 그런 작가가 지난해 강릉시 홍제동의 '문화작은도서관' 명예관장이 됐다. 도서관에는 육필 원고와 집필 도구, 책과 사진자료 등이 전시돼 있다. 그는 "여덟 살에 고향을 떠났는데 일흔이 되어 이렇게 직접적인 연관을 맺으니

고향 구석구석을 살펴보게 된다"면서 "골목에 어릴 적 봤던 낙서가 그대로 있더라"며 반가움을 드러냈다.

강릉이 무대인 새 소설 중에 '호랑이'가 등장하는 작품들이 눈에 띈다.「방파제를 향하여」「대관령의 시」「호랑이는 살아 있다」에서 호랑이밥이 돼 머리만 남았다는 처녀의 이야기가 공통적으로 등장한다. 그는 "이 소설집에 다른 제목을 붙인다면 '강릉 호랑이에 관한 소설'일 것"이라고 덧붙였다.

강릉 호랑이는 작가가 외할머니와 어머니에게 어렸을 적부터 들었던 얘기의 주인공이다. 처녀의 머리만 남는다는 게 참혹한 이야기 같지만 실은 그것이 호랑이와 인간이 짝으로 합쳐지는 의식이라는 것이다. 강릉 단오제는 그 호랑이가 '처갓집에 찾아오는' 날로 여기고 벌이는 행사다. 작가는 "강릉 호랑이와 단오제 이야기는 인간과 자연이 어우러진 삶의 모습이며, 이번 소설집의 주제이기도 하다"고 말했다.

전집은 12권으로 구성되며 내년 완간을 목표로 한다. 윤씨는 "나머지 11권은 기존에 출간됐던 책을 다시 내는 것"이라며 "고래희(古來稀)를 지난 나이에 내가 무엇을 하며 살아왔는지 한눈에 보게 되는 설렘이 있다"고 말했다.

소설 속에 강릉을 그리다

손영옥 _ 국민일보 선임기자

여덟 살 때 떠난 고향 강릉을 일흔이 돼 다시 돌아갔다. 지난해 강원도 강릉시 홍제동에 있는 '문화작은도서관'의 명예 관장이 된 것이다. 60년이 넘는 공백이다. 고향으로의 회귀는 신작 소설집 『강릉』의 탄생 계기가 됐다. 작가는 "강릉은 내 처음이자 마지막 놓이는 어떤 것"이라고 했다. 내년 등단 50주년을 앞둔 소설가 윤후명(70·사진) 얘기다.

11일 서울 종로구 한 식당에서 가진 간담회에서 윤 작가는 "강릉에 얽힌 자연, 풍습, 민속, 역사 등을 소설을 통해 형상화했다"며 "이 소설집은 강릉의 인문학이 될 것"이라고 자평했다. 수록된 소설 10편은 모두 강릉과 얽혀 있다. 알타이족의 음유시인에게 바다를 보여주며 '아름답다'는 말을 나누고 싶어 하거나(「알타이 족장께 드리는 편지」), 강릉 가는 길에 가마를 멈춘 수로부인에게 꽃을 꺾어다 바친 '헌화가'의 노인이 되어보거나(「눈 속의 시인학교」), 고향 바다의 방파제를 다녀온 뒤 호랑이밥이 되고 머리만 남았다는 처녀의 환상에 사로잡히는(「방파제를 위하여」) 이야기 등등.

신작 소설집이지만 1979년의 소설 데뷔작 「산역」을 마지막에 수록했다. 산역 역시 강릉에 관한 얘기다.

어릴 때 떠난 강릉은 그립지만 다가가기 어려운 것, 창작의 원천으로서 애틋한 대상일 뿐이었다. 그러나 지난해 고향 도서관의 명예관장직을 맡으면서 처음 그 자리로 다시 돌아온 작가는 묵은 숙제를 해치우듯 강릉에 대한 소설을 써야겠다고 결심했다. 이 도서관에는 작가의 육필원고와 집필도구, 책, 사진 자료 등이 전시돼 있다.

소설집 『강릉』은 앞으로 은행나무 출판사에 낼 총 12권의 《윤후명 소설전집》의 첫 권이다. 《윤후명 소설전집》은 강릉을 출발해 고비사막을 지나 알타이를 넘어 마침내 '나로 회귀하는' 방황과 탐구의 여정이다. 그는 "내가 쓰는 모든 소설은 하나의 소설이다. 결국은 전 인생에 걸쳐 소설 한 권을 쓰는 것이나 마찬가지"라면서 "모든 소설은 작가가 가진 하나의 세계관을 보여주는 것이기 때문"이라고 했다. 그러면서 결국 하나로 수렴되는 세계관을 '북방민족의 야성'이 될 것이라고 말했다.

등단 50주년에 돌아보는 삶과 문학의 뿌리찾기

김유태 _ 매일경제 기자

자신의 근원을 찾아가는 여정은 인간의 오랜 꿈이었고 존재의 처음을 밝혀내는 작업은 윤후명 소설가(70)의 오랜 숙제였다. 소설가로 데뷔한 시점부터 인간의 근원을 주제로 소설을 써온 그는 고희에 이르러서도 귀소본능을 포기하지 않았다.

내년 작가 나이로 50세에 이르는 윤후명 소설가가 열두 권의 전집을 낸다. 맨 먼저 출간된 전집 1권의 제목은 『강릉』(은행나무출판 펴냄)으로, 윤 소설가의 화두인 인간의 근원과 맞닿았다.

11일 인사동 한 식당에서 만난 윤 소설가는 "잊혀가는 어떤 세계가 어디선가 재현될 수 있겠다는 상상, 우리가 모르는 어떤 세계를 간직해두고 싶었다"고 운을 뗐다. 8세에 고향 강릉을 떠났던 그는 62년이 지나 마음속의 강릉을 다시 찾았다. 강릉 안팎의 경험이 소설의 문장으로 빼곡하다.

「알타이 족장께 드리는 편지」에서는 음유시인과 강릉 바다의 아름다움에 관해 논하고, '대관령의 시'에서는 강릉 호랑이에 관한 설화를 읊으며 기억을 복기한다. 그는 "강릉의 경험은 어린 시절이라 기억들이 잘 연결되지 않는다"면서도 "연결되지 않는 기억들을 연결하려는 것, 그것이 나의 소설"

이라고 소회를 밝혔다.

1967년 시인으로 등단한 그는 1979년 단편 「산역」을 통해 소설가로도 등단했다. 지인의 묏자리를 소개한 주인공은 모친에게서 그가 자신의 생부였음을 알게 된다.

소설의 배경은 강릉이다. 윤후명은 소설가 자신의 근원인 강릉을 무대로 주인공의 근원인 부성을 찾아냈고, 두 근원을 한 소설 속으로 집약했다. 윤 소설가는 "소설가로서의 첫 작품을 함께 묶었다"며 "높은 산과 큰 바다는 나의 태어남과 삶 속에 자리 잡아 늘 나를 키워왔다"고 털어놨다. 소설 전집에 이어 시 전집도 출간할 계획이라는 그는 최근 쓴 소설에 시를 넣기 시작했다. "해외에서는 문인이 여러 타이틀을 갖는데도 우리나라에서는 시인과 소설가를 겸하면 '여기저기 기웃거린다'고 평가받고, 새인지 쥐인지 모른다는 의미에서 '박쥐'라고 불렸다"며 그는 너털웃음을 지었다. "소설가 등단 이후 시인 모임에 나가지 않았지만 이제 소설 속에 시도 섞어 쓰려 한다"고도 덧붙였다.

소설은 개인이 경험한 것들을 재해석하는 것이라는 소설가로서 인식도 소개했다. 그에게 소설은 새로운 세계의 창조가 아니라 재해석이다. 윤 소설가는 "내가 직접 겪은 것들의 해석을 달리해서 쓰는 것이 나의 소설"이라며 "내 의미망에서 의미가 발견되면 이를 새롭게 해석해내서 쓴다"고 말했다.

윤 소설가는 '인생은 한 권의 책과 같다'는 독일 소설가 장

파울의 명언을 차용해 시인·소설가로서의 문인 50년 인생을 이렇게 말했다. "여러 편의 소설을 썼지만 70세에 이르고 보니 내가 쓴 것은 결국 몇 권을 썼든지 사실상 한 권의 책이 아닌가 싶습니다. 내가 쓴 모든 소설은 결국 하나의 소설이죠. 세상은, 인생은 한 권의 소설과 같습니다." 그는 이제 전집을 출간하며 한 권의 소설 같았던 작가로서의 인생을 회고하려 한다.

"강릉 호랑이 설화에 담긴 민족 야성 주목했죠"

— 윤후명 씨 62년 만에 돌아온 고향 강릉

양병훈 _ 한국경제 기자

"호랑이가 인간과 함께 살아간다는 내용의 강릉 단오제 정신을 내 문학 속에서 살리겠다는 생각으로 소설을 썼어요. 강릉의 자연과 역사를 통해 우리 민족이 북방의 야성을 지니고 있다는 것을 보여주고 싶었습니다."

내년에 등단 50주년을 맞는 원로 소설가 윤후명 씨(71)는 11일 서울 인사동에서 열린 기자간담회에서 최근 펴낸 신작 소설집 『강릉』(은행나무)에 대해 이렇게 설명했다. 이 책은 윤 씨가 2012년 『꽃의 말을 듣다』 이후 4년 만에 낸 단편소설 집이자 출판사 은행나무에서 열두 권으로 펴낼 《윤후명 소설 전집》의 첫 번째 책이다.

책에는 그의 고향인 강릉을 배경으로 한 단편소설 열 편이 수록됐으며 이 중 아홉 편이 미발표작이다. 신작에는 '호랑이가 처녀를 잡아먹고 그 처녀의 집을 처가로 생각해 1년에 한 번씩 내려간다'는 내용의 강릉 설화가 빠짐없이 등장한다. 예를 들어 단편 「대관령의 시」는 주인공이 설화 속 호랑이에게 감정이입해 선녀가 된 처녀를 그리워하는 내용이다.

설화가 주요 소재로 등장하는 만큼 작품 대부분에 몽환적이고 신비주의적인 분위기가 흐른다. 아홉 번째로 실린 「호랑이는 살아 있다」에서는 자신의 강릉 방문 경험을 에세이 식으로 풀어낸 뒤 마지막에 설화 속 처녀가 살아나 자신과 둑길을 걷는 가상의 상황을 그렸다. 마지막에 실린「산역」은 윤 씨가 1979년 발표한 첫 소설로 전집 발간을 기념하는 의미를 담았다.

1946년 강릉에서 태어난 윤 씨는 여덟 살이 되던 해 고향을 떠나 서울 등에서 살다가 지난해 강릉 홍제동에 있는 문화작은도서관의 명예관장이 됨으로써 강릉과 다시 인연을 맺었다. 윤 씨는 "62년 만에 비로소 처음의 자리로 돌아왔다는 데 가슴이 설레었다"며 "고향에 대한 소설을 써야겠다는 생각이 들어 이번 작품집을 기획했다"고 말했다.

윤 씨는 이상문학상 현대문학상 김동리문학상 등을 받으며 두터운 독자층을 확보한 한국 소설계의 거목이다. 시와 소설의 경계를 넘나들며 언어의 아름다움을 탐구한 그는 '문체미학의 대가'로 불리며 한국 문학의 지평을 넓혔다는 평가를 받는다.

그는 이번 소설집에서 강릉 설화로 대표되는 우리 민족의 '야성적인 면'에 주목했다. 윤 씨는 "이 설화에서 호랑이는 신격화된 존재로서 의미가 있다"며 "그와 하나가 돼 살아가는 우리 민족의 모습에서 야성의 힘을 느낄 수 있다"고 말했다. 강릉 설화를 모티프로 한 강릉 단오제는 2005년 유네스코 세계무형유산으로 등재됐다. 그는 "강릉 단오제는 한때 북방을 크게 차지하던 우리 민족의 기질을 대표해서 보여준다는 의미가 있다"고 덧붙였다.

《윤후명 소설전집》에 수록되는 작품은 대부분 이미 발표한 것이다. 윤 씨는 "이번에 실릴 작품들은 고쳐 쓴 것이 많다"며 "어떤 작품은 5분의 4를 다시 쓰기도 했다"고 말했다. 그는 "과거에 책 판매를 촉진하려는 출판사 요구에 따라 원래 의도한 바와 다르게 쓴 내용이 많았는데 이번에 그걸 전부 바로잡을 것"이라며 "내년 완간을 목표로 하고 있다"고 말했다.

소설로 잊혀가는 세계 재현하고 싶었어요

김보경 _ 연합뉴스 기자

"제 작품들은 직접 겪었거나 겪은 것을 조금 바꿔놓은 아주 쓰기 쉬운 소설들이에요. 그런 면에서 이번 소설집은 여덟 살에 떠난 제 고향 강릉에 대한 토막 기억들을 연결하고 있지요."

내년 등단 50주년을 맞는 소설가 윤후명(70)이 신작 소설집 『강릉』을 펴냈다. 출판사 은행나무는 『강릉』을 첫 권으로 《윤후명 소설전집》을 출간할 예정이다.

1946년 강원도 강릉에서 태어난 윤 작가는 이상문학상, 현대문학상, 김동리문학상 등을 수상하며 두터운 독자층을 확보해온 한국 소설계의 거목이다. 시와 소설의 경계를 넘나들며 언어의 아름다움을 탐구하는 그는 '문체미학의 대가'로 불리며 한국 문학의 지평을 넓혔다는 평가를 받는다.

윤후명은 소설집과 전집 출간을 기념해 11일 오후 서울 광화문의 한 식당에서 기자간담회를 열었다.

그는 "전집을 2년 전에 내기로 했는데 여러 일이 겹치면서 좀 늦춰졌다"며 "작가가 적어도 일흔은 넘어야 전집을 낼 수 있지 않겠느냐?"고 농담을 던졌다.

이어 "전집은 제가 무엇을 하며 살아왔는지 한눈에 볼 수 있게 해준다"며 "제 삶을 마무리하는 어떤 상징을 얻는 최종 작업으로 이어지지 않을까 기대한다"고 덧붙였다.

총 12편으로 예정된 전집은 내년 완결을 목표로 하고 있다. 윤후명은 2년 전부터 장단편을 구분하지 않고 작품을 다듬었다. 몇몇 작품은 제목을 새로 고쳐 달았고, 아예 이야기를 바꾸기도 했다.

그는 "당시 출판사 요구에 맞춰 쓴 작품들이 몇 개 있다"며 "제 것이 아니라는 생각에 제가 추구하는 방법으로 다시 썼다. 전집을 낼 때 아예 손을 안 대는 분도 있다던데 저는 바꿔가는 쪽인 거 같다"고 설명했다.

윤후명은 가장 나중에 쓴 신작 『강릉』을 전집의 첫 번째 책으로 택했다. 전집 맨 뒤에 놓여야 할 작품을 첫 작품으로 택한 이유는 무엇이었을까. 강릉은 소설뿐 아니라 자신이 쓴 모든 글의 원천이라는 답이 돌아왔다. 또 다른 이유도 있었다.

"전 원래 단편이나 장편 구분하는 걸 싫어해요. 제가 쓰는 모든 소설이 하나의 소설이니까요. 그래서 시간적 순서에 구애 없이 전집이 하나의 소설이 되길 바랬죠. 결국 제 한 인생에서 나온 글들이니까요."

그는 『강릉』의 작가의 말에서 "소설집에 다른 하나의 제목을 단다면 '강릉 호랑이에 관한 소설'이라고 할 수 있다"고 밝혔다. 강릉 호랑이는 최근 세계문화유산에 등재된 '강릉 단오제'의 주인공이다. 머리 감는 처녀를 물어가 장가를 든 호랑이가 나무로 변신해 해마다 처가에 내려오는 행사를 기리는 강릉 단오제는 소설집을 관통하는 하나의 키워드다.

　작가는 강릉 호랑이를 소설적 자아에 투영해 다양한 의미로 해석하고 변주한다.

　"강원도는 예전부터 버려진 땅으로 취급받았죠. 강원도라는 땅에 제 문학을 가져와 잊혀가는 세계를 재현하고 싶었어요. 단오제는 강원도에서 살아 있는 유일한 자생적 축제죠. 그 세계를 제 문학 속에서 살려봤으면 했어요."

　그의 대표작 『둔황의 사랑』은 둔황과 로울란, 그리고 사막을 거쳐 다시 '나'를 향해 돌아오는 탐구의 과정을 담은 소설이다. 이와 마찬가지로 윤후명 소설의 주인공들은 둔황의 석굴, 실크로드, 북방의 우랄 알타이사막, 몽골과 중앙아시아의 대초원을 떠돈다. 이런 여정은 '강릉'에서도 계속된다.

　윤후명은 "제가 추구하는 것은 결국 우리가 북방민족이라는 것"이라며 "몽골, 투르크, 흉노 다 우리와 한 덩어리라고 생각한다. 이 세력이야말로 전 세계에 관통하는 야성의 힘이다"라고 강조했다.

　그는 설명을 이어갔다.

　"북방민족의 핵심은 '검다'라는 사상이에요. 북방민족의 힘이 미쳤던 곳에서 신성한 것이나 범접하기 어려운 것에는 항상 '검다'라는 표식이 붙어 있었죠. 우리 민족이 흰 것을 숭상해서 백의민족이라고 하는데 저는 생각이 좀 달라요. 우리가 흰 것을 좋게 여겨서 그런 게 아니라 검은 것을 범접하면 안 되니까 흰 옷을 입은 거죠. 이런 이야기를 해보고 싶었어요."

1967년 소설에 앞서 시로 등단한 그는 육필 시집을 포함해 시집 4권을 펴내기도 했다. 그는 소설에 이어 시 전집도 출간할 생각이다. 그는 시와 소설 장르가 서로 교류가 너무 없다며 답답해했다. 그러면서 앞으로 두 장르의 교량이 되고 싶다는 희망을 밝혔다.

"예전에 시 쓰다가 소설 썼더니 저더러 박쥐라고 하더군요. 새도 아니고 쥐도 아니라고요. (웃음) 20년 동안 시인들이랑 교류도 안 했어요. 이제는 소설 속에 시도 써넣으려고요. 두 장르를 이어주는 역할을 하고 싶네요."

윤후명 소설전집 해제

윤후명 소설전집 해제

강건모 은행나무출판사 기획자

생멸을 거듭하는 영겁회귀의 탐구적 여정

시와 소설의 경계를 탈주하는 윤후명 문학의 총체

4년 동안 '하나의 서사'를 위한 개별 단편의 통합과 개작
에 심혈을 기울여…

한국문학의 독보적 스타일리스트 윤후명의 중·단편, 장
편소설을 총망라한 《윤후명 소설전집》이 3차분 여섯 권을 출
간하며 전 12권으로 완간되었다. 2013년 봄, 전집을 내기로
결정한 지 4년 만의 일이다. 작년 봄 신작소설집이자 첫 권
인 『강릉』을 내며 본격적으로 시작된 전집 발간이 1년이라는
비교적 빠른 시간 내에 마무리될 수 있었던 데는 작가의 열
정과 강한 의지에 힘입은 바가 컸다.

올해 등단 50주년을 맞이한 윤후명 작가는 그동안 수많은
명작들을 통해 두터운 독자층을 확보하는 한편 이상문학상
현대문학상 동리문학상 한국일보문학상 등 많은 문학상을
수상하며 명실 공히 한국문학을 대표하는 작가로서 자리매
김해왔다. 아울러 시와 소설의 경계를 탈주하는 언어의 아름
다움을 웅숭깊게 형상화하며 우리 문학의 지평을 넓혔다는
평가를 받아왔다.

이번에 완간된《윤후명 소설전집》에는 작가의 반세기 문학 여정, 다시 말해 소설과 '대적'하며 소설을 '살아온' 한 작가의 전 생애가 집적돼 있다. 작가는 기존의 작품 목록을 발표 순으로 정리하는 차원을 벗어나, 자신의 모던한 문학관을 반영하여 새롭고도 방대한 분량의 '하나의 소설'을 완성할 수 있길 바랐다. 각각 다른 시기에 발표했던 소설과 소설이 한 작품으로 거듭나고 각 권에서 보이는 주인공의 여정이 유기적으로 서로 이어짐으로써「길 위에 선 자」로 대표되는 '하나'의 서사를 그려나가는 것이다. 이것이 가능한 이유는 그의 소설 문법이 서사 위주의 전통적 방식에서 벗어나 있기 때문이다.

윤후명의 소설은 그간 소설의 관습으로 인정되어왔던 핍진성의 긴박한 요구와 일정 부분 거리를 두고 있다. 그는 어느 때고 자신이 하고 싶은 이야기가 있으면 서사성의 원칙에 개의치 않고 시간과 공간을 건너뛰어 그 이야기를 향해 달려간다. 그리하여 그렇게 제시된 또 다른 이야기의 끝에서 다른 이야기의 지류를 파생시키는 방식을 취하는 것이다. 1인칭 서술자에 의해 끊임없이 해석되는 삶의 삽화들은 원래 한 몸이었다는 듯 스스로 작품의 경계를 허물고 다른 차원의 성찰을 이끌어내며 자연스레 얽혀든다.

이번 전집 완간을 위해 윤후명 작가는 수록작 전체를 새롭게 교정, 보완하는 한편, 몇몇 작품들을 과감히 통합하고 개작하면서「길 위에 선 자의 기록」이라는 자신의 오랜 문학적 주제를 구현하기 위해 심혈을 기울였다. 오래전 출판사의 요구로 삭제하거나 넣어야 했던 부분들을 과감히 손보았다. 기존 단행본에 함께 묶여 있던 작품들 대부분이 자리를 바꿔 앉았다. 제목을 바꾸고 서너 개의 단편을 새로운 중편소설로 묶어냈다. 중·단·장편의 구분은 서사에 얽매이지 않는 그의 소설에선 큰 의미가 없었다. 각 권 끝에는 새롭게 쓴 작가의 말을 붙였다.

■ 길 위에 선 자의 기록

윤후명의 소설은 오래전부터 수수께끼였다. 윤후명의 소설은 말할 수 없는 것을 말하려는 언어적 수도사의 고통스런 몸짓을 표정한다. 그는 종래의 이야기꾼으로서가 아니라 함께 상상하고 질문하는 존재로서 새로운 작가적 태도를 취한다. 얼핏 사소해 보이고 무심하고 적막한 삶이지만 그 속에서 불확실한 실재, 적막과 고독, 길을 헤매는 자들의 미혹과 방황의 의미를 발견해 잔잔히 드러낸다. 이러한 그의 문학적 성과를 기려 출간되는 《윤후명 소설전집》은 길 위에 선 자의 기록이자 심미안을 가진 작가의 초상화이다. 강릉을 출발해 고비를 지나 알타이를 넘어 마침내 다시 '나'로 회귀하는 방황과 탐구의 여정이다.

지은이 윤후명 尹厚明

1946년 강원도 강릉에서 태어나 연세대학교 철학과를 졸업했다. 1967년 『경향신문』 신춘문예에 시가, 1979년 『한국일보』 신춘문예에 소설이 각각 당선되어 문단에 나온 이래 수많은 명작들을 선보였다.

녹원문학상, 소설문학작품상, 한국일보문학상, 현대문학상, 이상문학상, 이수문학상, 현대불교문학상, 동리문학상, 고양행주문학상, 만해 '님' 작품상(시) 등을 수상했으며, 시집 『명궁』 시선집 『강릉 별빛』 등과 소설집 『둔황의 사랑』 『협궤열차』 등 전집 12권, 산문집 『꽃』 등 다수의 책을 내놓았다. 국민대 문창대학원 겸임교수와 체코 브르노 콘서바토리 교수를 역임하고, 현재 '문학비단길' '문학나무' 고문과 강릉 문화작은도서관 명예관장으로 창작에 전념하고 있다.

표지 그림 이인

1980년대 중반부터 인간의 내면 풍경을 형상화한 회화 작품을 발표하고 있다. 17회의 개인전을 개최했으며 국립현대미술관, 경기도미술관 등에 작품이 소장되어 있다.

01 강릉
02 둔황의 사랑
03 협궤열차
04 한국어의 시간

《윤후명 소설전집》 각 권 짧게 읽기

01 강릉

"『강릉』은 나의 처음이자 마지막에 놓이는 어떤 것이다."

생멸을 거듭하는 영겁회귀의 탐구적 여정

《윤후명 소설전집》 첫 번째 권 『강릉』. '문체 미학의 대가'로 불리는 윤후명의 작품 세계와 완숙한 문장의 합일점을 보여주며 작가 생애에 있어 출발점이자 귀환점인 고향 '강릉'을 모티프로 쓰인 열 편의 소설을 모았다는 점에서 그 의미가 깊다. 또한 신작 소설로 채워진 책의 말미에 강릉을 무대로 한 데뷔작 「산역」(1979)을 함께 묶음으로써 윤후명 소설의 처음과 끝을 아우르게 되었다.

작가는 어린 시절 강릉에서 겪었던 일상의 이야기뿐 아니라 오랜 세월이 흘러 다시 고향으로 돌아가 겪은 일들을 풀어낸다. 얼핏 보면 자전 소설인 듯싶지만 꼭 그렇지는 않다. 그가 소설에서 그려내는 '강릉'은 강원도의 한 지역으로서가 아니라, 끊임없이 어디론가 길을 떠나야 하는 소설적 자아의 처음이자 마지막을 은유하는 상징적인 공간으로 등장하기 때문이다.

02 둔황의 사랑
생성과 소멸의 땅 서역을 향한 관념의 여행
사랑과 존재의 의미를 탐사하는 윤후명 소설의 출발점

2005 프랑크푸르트국제도서전 '한국의 책 100' 선정

《윤후명 소설전집》두 번째 권 『둔황의 사랑』. 시인으로 활동하던 윤후명이 소설가로 데뷔해 출간한 첫 소설집으로, '둔황 시리즈'로 불리는 일련의 작품들을 수록하고 있다. 폐허와 유적, 오래된 설화 등에 매료된 채 이 세계 한구석에 은둔한 주인공은 우연인 듯 필연인 듯한 작은 사건들을 맞닥뜨리며 환상과 현실 사이의 경계에서 방황한다.

생성과 소멸로 점철된 인류 문명의 거대한 순환 과정을 윤후명은 폐허의 안목으로 성찰한다. 거대담론과 사회적 상상력이 지배하던 80년대 초, 둔황과 누란, 서역을 들고 나온 그는 이 소설집을 통해 삶의 본원적인 문제를 탐구하는 긴 여정에 발을 올려놓게 되었으며, 우리 문학의 영역을 확장시켰다는 평가를 받았다.

03 협궤열차
녹슨 협궤철로 위에서 추억하는 비릿한 삶의 냄새
사랑과 허무, 환상을 넘나드는 낭만적 예술가의 초상

《윤후명 소설전집》세 번째 권 『협궤열차』. 1990년대 수인선 협궤열차의 노선을 따라가면 생성과 소멸, 과거와 현재가 뒤섞인 공간들을 만날 수 있었다. 두 량짜리 협궤열차는 '먼 곳으로 사라져가는 눈물겨운 형상'으로 쓸쓸함과 황량함이 가득한 공간을 지나다녔다. 작가는 협궤열차가 다니는 수인선을 무대로 아련한 옛 사랑과의 재회와 그에 얽힌 추억, 인간 본연의 쓸쓸함을 몽환적인 문체로 그려낸다. 90년대 초 안산으로 거주지를 옮긴 그는 산업화 시대의 풍경을 형이상학적으로 읽어내며, 인간의 가장 직접적이고 원초적인 만남인 남녀 간의 사랑에서 삶과 세계의 근원을 찾는다.

04 한국어의 시간
한국어로의 정신적 귀향, 사랑을 반추하는 고통의 순례
현실의 피폐함을 견디는 윤후명 소설의 문법

《윤후명 소설전집》네 번째 권『한국어의 시간』. 익히 알려져 있듯 국경과 이념을 초월한 민족어에 대한 윤후명의 관심은 지대하다. 바이칼호수, 이식쿨호수, 알마티, 독도와 울릉도, 티베트, 베이징 등지에서 그는 소설적 자아의 여정을 통해 정신적 고향인 알타이어로 통하는 하나의 세계를 발견한다. 윤후명의 소설 쓰기는 그것이 본격적인 여행이든 아니든 항상 어딘가로의 여정을 기점으로 쓰여진 '길 위의 기록'이라 할 만하다. 제2회 이상문학상 수상작「하얀 배」를 비롯, 자아의 정체성을 찾아 떠도는 인물의 각성을 담은 작품들을 수록하고 있다.「하얀 배」는 주제에 대한 심도 있는 접근과 대상에 대한 섬세한 묘사를 통해 정서적인 격조를 잘 살려낸 서사 기법으로, 전통적인 플롯의 규범에서 벗어나 정밀한 묘사를 통해 특유의 비유와 상징을 살려내면서 소설적 공간을 이동하고 있다는 평가를 받은 바 있다.

05 섬, 사랑의 방법

절대고독의 섬에서 갈망하는 원형으로의 회귀
투명하게 깊어져 발하는 윤후명 소설의 빛깔

《윤후명 소설전집》다섯 번째 권『섬, 사랑의 방법』. 지심도를 배경으로 쓴「팔색조」를 비롯해 이른바 '섬' 연작이 수록되어 있다. 윤후명 소설의 1인칭 화자는 군중과 외떨어진 존재로서 절대고독의 섬을 닮아 있다. 시간이 유예되고 추억

마저 허락되지 않는 곳에서 그는 인간의 아픔, 신비한 열정, 고독과 소외를 잔잔히 드러낸다. 한편, 작가는 이번 전집에서 기존의 「황해의 섬」「초원의 향기」「사랑의 방법」「할멈, 귤 한 알만 주구려」 등 네 단편을 엮어 「섬, 사랑의 방법」이라는 중편소설로 확대, 개작했다.

06 모든 별들은 음악소리를 낸다
뭇별들의 음악소리처럼 아름다운 언어의 향연
별들의 냄새, 영원의 냄새, 삶의 진실에 대한 통찰

《윤후명 소설전집》여섯 번째 권『모든 별들은 음악소리를 낸다』. 「모든 별들은 음악소리를 낸다」, 제39회 현대문학상 수상작 「별을 사랑하는 마음으로」와 「여우사냥」을 엮어 확대, 개작한 「별을 사랑하는 마음으로」 등 두 편의 중편소설이 수록돼 있다. 윤후명의 말에 따르면 우리들은 모두 밤하늘에 외롭게 떠 있는 별이다. 제각기 안타깝게 노래를 부르지만 서로 들을 수 없는 별이다. 그 적막과 고독이 바로 윤후명 소설의 실재다. 사물과 인간을 향한 끝없는 갈증, 근원을 알 수 없는 그리움은 그를 떠나게 하고 비현실적인 것을 찾아 헤매게 한다.

07 강릉의 사랑
먹빛의 바다 앞에서 희미해지는 존재의 아련함

삶의 원류를 향한 윤후명 소설의 행보

《윤후명 소설전집》 일곱 번째 권 『강릉의 사랑』. 기존의 단편 「귤」을 개제하고 다듬은 「바다의 귤」을 포함해 「높새의 집」 「유리 인형」 「모래의 시」 등 여섯 편의 단편이 수록돼 있다. 특히 수록작 중 「무지개 나라의 길」은 전쟁과 사랑의 아우라를 탐색한 소설로, 1994년부터 1년 동안 『문학사상』에 연재한 뒤 『이별의 노래』(1995)로 출간되었다가 다시 『무지개를 오르는 발걸음』(2005)으로 출간되었던 것을 과감히 줄여 새롭게 고쳐 쓴 것이다.

이 소설집은 강릉 남대천의 둑에 기댄 작은 집을 마련한 기념이 된다. 소설전집의 첫 권인 『강릉』에서도 나는 이 둑을 걷고 있었다. 어릴 적 단오장을 향해 어머니를 찾아가던 발걸음 소리가 들려오는 집이라고 생각해본다. 하지만 이 작은 집에서 들리는 소리는 상처투성이로 살아 있다. 문장들이 모두 모여 바다로 간다. 내가 얼마를 더 살아 이 문장들의 어떤 '작용'을 내 것으로 할지 모를 일이다. ― 「작가의 말」에서

08 원숭이는 없다
소시민의 일상성과 낭만성
전통서사를 벗어난 파격적 소설 기법의 전범典範

《윤후명 소설전집》여덟 번째 권『원숭이는 없다』.「유니콘을 만나다」「돌 속의 무지개」「원숭이는 없다」등 다섯 편의 단편이 수록돼 있다. 초기에서 중기까지 작가의 문학적 열정이 가장 뜨거울 때 쓰여진 작품들 중 선별된 것으로 현실의 쓸쓸함을 투명하게 응축시킨 작가의 문학적 삶의 정면을 만날 수 있다. 1980년대에 소설가로 활동을 시작한 그의 작품 세계는 그즈음의 일반적인 소설 경향과는 뚜렷이 구별되어 독특한 위치에 놓여 있었다. 특히『원숭이는 없다』에는 직접적인 현실의 무게에 짓눌리지 않고 일상성을 벗어나기 위해 주변의 무엇인가를 찾아가는 소시민의 모습이 잘 드러나 있다.

떠남은 이토록 가까운 곳에서 삶을 격리시킨다. 우리는 언제나 한 발짝에 일상을 떠나 격리된다. 하지만 우리는 일상에서 격리되는 순간, 다시 돌아오기를 갈망한다. 이 지루한 일상이야말로 아름다운 꽃핌의 세상이라고 '자멸파'가 부르짖을 때, 나는 그곳에 살아 있었다. (……) 상당한 시간을 거쳐 일상으로 돌아온 나는 소설가로 거듭 태어났다. 나는 다시는 좌절하지 않을 것이며 오로지 무엇이든 쓸 힘을 얻었다. 내가 보았던 그 '원숭이'는 비록 눈에 띄지 않았을지라도 없어진 게 아니었다. 원숭이는 내게 있었다. 나는 그 사실을 소설로 쓰지 않으면 안 되었던 것이다. ―「작가의 말」에서

09 바오밥나무의 학교

시적이고 투명한 언어, 끝없는 사유의 여정

삶의 유한성과 불완전성을 그려 보이다

《윤후명 소설전집》아홉 번째 권『바오밥나무의 학교』. 1990년 '별까지 우리가'라는 제목으로 발표되었던 윤후명의 첫 장편소설을 뼈대로 하고 있으며 사랑을 통해 허무와 냉소를 극복하는 과정을 그리고 있다. 단편 「바오밥나무」를 엮어 발표 당시와는 완전히 다른 소설로 개작하였다.

적도의 건설현장에서 일하다 돌아온 '나'는 일상의 비루함과 허무함에 허덕거리는 상태로 사랑과 삶과 죽음의 의미를 찾아 마둔도라는 섬으로 간다. 무력함에 빠진 그가 그곳에서 하는 일이란 아무것도 없다. 한 여자를 찾아간다고 하지만, 그 자신도 그녀를 왜 만나야 하는지 잘 모른다. 그는 친구의 도움을 받아 폐선의 선실에 기거하면서 이리저리 술이나 마시면서 어슬렁거릴 뿐이다. 불안과 고독을 달래기 위해 중동에서 가져온 바오밥나무 씨앗을 심었다는 남자의 이야기가 문득 그의 머릿속을 스친다.

이 소설은 그때 어느 시설에서 문학 이야기를 하게 된 것을 계기로 씌어졌다. 한 그루 나무를 중심한 모임이 이루어지는 문화는 우리의 정자나무에서처럼 자연스러운 형태라 하겠는데, 그것이 배움터가 되는 것 또한 널리 알려져 있다. 인도 타고르의 학

교가 그러하고, 17세의 어린 내가 성균관대학교 명륜당의 커다
란 은행나무 아래 백일장에 참가한 것도 그러하다. 그래서 나는
나무를 바라보며 긴 세월 배움을 닦아왔다고 말한다. — 「작가의
말」에서

10 가장 멀리 있는 나
가장 멀리 있는 나, 나의 원류原流를 찾아서……
삶의 가능성을 역설하는 폐허의 미학

《윤후명 소설전집》열 번째 권 『가장 멀리 있는 나』. 중편
「가장 멀리 있는 나」와 '호궁'으로 발표됐던 「기타와 호궁」
이 수록돼 있다. 『가장 멀리 있는 나』는 부모와 진정으로 결
별하여 정신적인 상징계에 진입하는 주인공의 여정을 그린
소설이다. 작가 자신이자 화자이기도 한 '나'의 혼란스러운
내면이란 곧 '세상의 모든 외로운 산모퉁이 길을 돌아' 나온
우리의 현실 속에서 살아 숨 쉬고 있는 환상임을 깨닫게 된
다. 「기타와 호궁」의 주인공 미스 요는 중국인 아버지의 나
라에도 일본인 어머니의 나라에도 가지 못한 채 제3국인 한
국에 엉거주춤 머물면서 다시 한국인 남자들과 피를 섞는다.
미스 요에게 매혹돼 있던 주인공은 주변 인물들을 통해 일순
간 그녀의 진실을 알아채고 미궁 속으로 빠져든다.

　이 세상에서 가장 멀리 있는 누구? 아니 '가장 멀리 있는 나'

라는 이 문법이 가능하기는 한 것일까. 나로서도 난감한 문법이 아닐 수 없다. 그러나 나는 여전히 '나'를 모른다는 점에서 이 제목은 내게 살아 있다. 그렇다면 나는 나로서 '나'를 냉정하게 멀리 놓고 바라볼 수 있을까. 내가 나 아닌 것처럼 여겨질 때가 있기 때문에 나는 막막하기도 하다. 나는 이 소설들에서 위의 말들처럼 어려운 이야기를 하는 것일까. 당연히 아니라고 말해야 한다. 나는 소설은 어려워서는 안 된다고 늘 말해오지 않았던가. 나는 소설이 아름다움에 기여해야 한다고 믿는 사람이다. 문학뿐만 아니라 모든 예술은 아름다워야 한다고 나는 믿는다. ─「작가의 말」에서

11 약속의 그림자
세상으로부터 소외된 한 인간의 절망과 사랑
시대의 암벽에 새긴 윤후명 소설의 숙명적 고독

《윤후명 소설전집》열한 번째 권『약속의 그림자』. 5·16 전에 박정희 소장 휘하의 법무참모로 있다가 쿠데타 후에는 혁명검찰부 검사로까지 활약했던 아버지가 갑자기 사소한 독직 사건에 휘말려 이등병으로 강등되어 불명예제대를 하고, '나'는 결혼 때문에 군입대를 기피한 나머지 끊임없이 피해 다녀야 하는 고달픈 신세에 처해 있다. 그에게 '도피'란 운명처럼 자신을 휘감고 있는 어둠으로부터 달아나고자 하는 필사적인 몸부림에 다름 아니다. 70년대라는 시대의 암벽

에 새긴 한 소외된 자아의 숙명적 고독의 장면들이 미학적 문체로 그려진다.

본래의 제목인 '약속 없는 세대'는 '약속의 그림자'로 개제한다. 약속이 있든 없든 그것은 이 소설에서 같은 문제에의 접근이라고 나는 이미 오래전에 판단하고 있었다. 그러니까 결론은 '하산'으로 나 있던 작품이 아니었던가. 참담한 회복 과정의 상처를 통해서 나는 '나'를 얻으려 했던 것이다. 그리고 '글'을 얻으려 했던 것이다.

나는 나를 떠나 외롭게 세상에 나섰다. 최초의 결승문자 같은 '약속'이 실낱같이 남아 있었다. 그것으로 나는 나를 일으켜세워야 했다. '약속의 푸른 그림자'로 본문에 표현한 그 세계로 새로운 '나'를 가능케 하지 않으면 안 된다. 과연 나는 어떤 서사시를 쓸 수 있을까. —「작가의 말」에서

12 삼국유사 읽는 호텔
시공을 관통한 사랑과 순수에의 믿음
부서진 꿈들을 위무하는 윤후명 소설의 진경

《윤후명 소설전집》열두 번째 권『삼국유사 읽는 호텔』. 윤후명은 대학 시절부터 『삼국유사』에 빠져들어 그 감춰진 뜻 찾기에 골몰했고 그 뜻을 오늘에 되살려내기 위해 노력했다. 작가는 인간에 대한 원초적 사랑과 믿음을 바탕으로 일상의

시공간과 논리를 해체하며 저 너머 신화시대의 시공간 속으로 들어간다. 경계를 자유롭게 넘나드는 윤후명 문학 특유의 시공간관이 고스란히 들어 있다. 『삼국유사』를 오늘날의 이야기로 불러옴으로써 서구의 근대적 기획에 의해 다친 '우리 것'을 생각하는 한편, 진실을 통해 삶을 위무하고자 하는 작가의 고민을 엿볼 수 있다.

마침 평양에 갈 기회가 있었다. 예전 같으면 꿈도 못 꿀 일이었다. 한창 전쟁이 막바지로 갈 무렵, 초등학교 입학 적령기가 된 나는, 그러나 학교가 문을 못 여는 통에 한 해 늦어서야 겨우 들어가게 된 나는, 나름대로 느낌이 깊었다. 죽을 고비도 여러 번 넘겼건만, 아직도 이 뜻 모를 분단을 겪고 있는 아픈 나라! 그런데 뜻밖에 『삼국유사』가 떠올랐다. 나는 손아귀를 그러쥐었다. 이제야 쓸 때가 되었구나!

왜 평양에서인가. 생각조차 하지 않았던 일이었다. 그렇다면 나는 옛 삼국 통일에서 지금의 통일을 엿보고자 했던가. 아니, 어떤 불순한 의도도 없었다. 어쩌면 그곳에 가서 잠자고 밥 먹고 함으로써 나는 드디어 '삼국'을 아울러 볼 수 있다는 힘을 받았는지도 모른다. — 「작가의 말」에서

윤후명 연보

|연보|

1946년 강원도 강릉에서 태어났다.

1967년 『경향신문』 신춘문예에 시 「빙하(氷河)의 새」가 당선됨
으로써 시인으로 입신했다. 그로부터 신춘문예 당선 시
인들의 모임인 '신춘시'에 작품을 발표하다가 시 동인지
『70년대』의 창간 동인으로 활동하면서 시인에의 길에
본격적으로 들어섰다.

1977년 그동안 여러 출판사들을 전전하며 써 모은 시들을 엮어
시집 『명궁(名弓)』을 문학과지성사에서 펴냈다. 개인적
으로 문학적 성과이기도 한 이 시집은, 그러나 또한 문
학적 갈등을 유발시켰고, 그 무렵 밀어닥친 가정사의 문
제와 뒤엉켜 소설에의 길을 모색하는 계기가 되었다.

1979년 『한국일보』 신춘문예에 단편소설 「산역(山役)」이 당선됨
으로써 소설가가 되었고, 이듬해에 다니던 출판사를 그
만두고 소설가로서의 삶만을 살기로 결심했다.

1980년 소설 동인지 『작가』의 창간 동인이 되었다.

1983년 거제도 체류. 중편소설 「돈황(敦煌)의 사랑」으로 녹원문
학상을 수상했고, 동명의 표제작으로 첫 소설집을 문학
과지성사에서 펴냈다.

1984년 단편소설 「누란(樓蘭)」(뒤에 「누란의 사랑」으로 개작)으로
소설문학 작품상을 수상했다.

1985년 단편소설 「엉겅퀴꽃」과 「투구게」를 중편소설 「섬」으로
개작, 한국일보 문학상을 수상했다. 소설집 『부활하는
새』를 문학과지성사에서 펴냈다.

1986년 단편소설 「팔색조」(소설집에는 「새의 초상」으로 수록),
MBC 베스트셀러 극장에서 드라마 방영.

1987년 산문집 『내 빛깔 내 소리로』를 작가정신에서, 중편소설
문고 『모든 별들은 음악소리를 낸다』를 고려원에서 펴냈
다.

1988년 중편소설 「높새의 집」이 국제 펜 대회 기념 『한국 소설
집』에 번역(서지문 역), 수록되었고, 〈모든 별들은 음악소
리를 낸다〉가 무용가 김삼진에 의해 호암 아트홀에서 공
연되었다.

1989년 소설집 『원숭이는 없다』를 민음사에서 펴냈다.

1990년 장편소설 『별까지 우리가』를 도서출판 둥지에서, 산문집
『이 몹쓸 그립은 것아』를 동서문학사에서, 장편소설 『약
속 없는 세대』를 세계사에서, 문학선집 『알함브라 궁전
의 추억』을 도서출판 나남에서 펴냈다.

1992년 장편소설 『협궤열차』를 도서출판 창에서, 장편동화 『너
도밤나무 나도밤나무』와 시집 『홀로 등불을 상처 위에
켜다』를 민음사에서 펴냈다.

1993년『돈황의 사랑』이 프랑스 출판사 악트 쉬드(Actes Sud)에
　　　　서 번역(최윤 역)되어 나왔다.

1994년 중편소설 「별을 사랑하는 마음으로」로 현대문학상을 수
　　　　상했다.

1995년 중편소설 「하얀 배」로 이상문학상을 수상했다. 한국소설
　　　　가협회 기획분과위원회 위원장에 선임되었다. 연세대학
　　　　교, 동국대학교 국문학과 강사(~1997년).

1997년 소설집 『여우 사냥』을 문학과지성사에서, 산문집 『곰취
　　　　처럼 살고 싶다』를 민족사에서 펴냈고, 한국소설학당을
　　　　설립했다.

1998년 추계예술대학교 강사(~2000년).

1999년 단편소설 「원숭이는 없다」가 독일에서 나온 『한국 소설
　　　　집』에 번역(안소현 역), 수록되었다.

2000년 민족문학작가회의 이사로 선임되었다.

2001년 추계예술대학교 문예창작과 겸임교수가 되고(~2003
　　　　년), 소설집 『가장 멀리 있는 나』를 문학과지성사에서 펴
　　　　냈다. 한국소설가협회 이사, PEN클럽 기획위원회 위원
　　　　으로 선임되었다.

2002년 단편소설 「나비의 전설」로 이수문학상을 수상했다. 산문
　　　　집 『그래도 사랑이다』를 늘푸른소나무 출판사에서 펴냈
　　　　다. 중편 「여우 사냥」이 일본의 이와나미문고에서 나온
　　　　『현대한국단편선』에 번역(三枝壽勝 역), 수록되었다. 대

한매일신보 명예논설위원, 연세대학교 동문회 상임이사
(문화예술분과)로 위촉되었다.

2003년 산문집 『꽃』을 문학동네에서 펴냈다.

2004년 소설가협회 중앙위원이 되고, 2005년 독일 프랑크푸르
트 도서박람회 주빈국(한국) 출품 도서 '한국의 책 100
선'에 「돈황의 사랑」이 우리 소설 16편 중 하나로 선정
되었다. 동화 『두부 도둑』을 자유지성사에서 펴냈다.

2005년 장편소설 『삼국유사 읽는 호텔』을 랜덤하우스중앙에서
펴냄과 함께 『돈황의 사랑』을 『둔황의 사랑』으로(문학과
지성사), 『이별의 노래』를 『무지개를 오르는 발걸음』으로
(일송북) 제목을 바꾸고 여러 곳 손을 보아 다시 펴냈다.
프랑크푸르트 도서전을 계기로 독일 순회 낭송회에 참
가, 본 대학과 뒤셀도르프 영화 박물관에서 작품을 낭송
하고 해설하는 행사를 가졌다. 『The love of
Dunhuang(둔황의 사랑)』(김경년 번역)이 미국 CCC출판
사에서 나왔다. 서울디지털대학교 초빙교수.

2006년 『敦煌之愛(둔황의 사랑)』(번역 왕책우)이 중국에서 나왔다.
국민대학교 문예창작대학원 겸임교수(~현재). 시와 소
설 그림집 『사랑의 마음, 등불 하나』를 랜덤하우스중앙
에서 펴냈다.

2007년 단편소설 「촛불 랩소디」로 제12회 현대불교문학상을 수
상했다. 소설집 『새의 말을 듣다』를 문학과지성사에서

펴내고, 이 책으로 제10회 동리문학상을 수상했다.

2008년 『21세기문학』 편집위원.

미술; '티베트의 길, 자유의 길 전'(헤이리 '마음등불').

2009년 중국 베이징 주중 한국문화원 개원 2주년 기념행사 '한중작가 사인회(중국작가 장편 『인민을 위해 복무하라』의 閻連科)와 미국 LA 한인문인협회 세미나에 참가(강연)했다. 문학 그림집 『지심도, 사랑을 품다』를 펴내고(교보문고), 전시회와 낭독회(거제도)를 가졌다.

미술; '독도 전'(전국순회전), '어머니 전'(미술관 가는 길), '구보, 청계천을 읽다 전'(청계천 광장, 부남미술관).

2010년 한국소설가협회 부이사장이 되고, 중국 난징(난징 대학)과 타이완 타이페이(정치대학) '한국문학포럼'에 참가. 산문집 『나에게 꽃을 다오 시간이 흘린 눈물을 다오』를 중앙북스에서 펴냈다. 중편소설 「하얀 배」, 「모든 별들은 음악소리를 낸다」 고교 교과서에 수록.

미술; '문인 자화상 전'(신세계갤러리), '한국의 길-제주 올레 전'(제주현대미술관, 포스터 채택), '이상, 그 이상을 그리다 전'(교보문고, 부남미술관, 선유도), '조국의 산하 전'(헤이리 '마음등불'), '한국, 중국, 오스트리아 교류전'(헤이리 아트팩토리).

2011년 『한국소설』 편집주간을 겸임하고, '한국작가총서 문학나무 이 한권의 책 001' 『사랑의 방법』을 '문학나무'에

서 펴내고 문학교육센터(남산도서관)에서 낭독회를 열었
다.

　미술; 한일교류전(헤이리 한길아트), '아트로드77' 전(헤이
리 리앤박 갤러리), 조국의 산하전(광화문 '광' 갤러리)

2012년 육필시집 『먼지 같은 사랑』을 '지식을만드는지식'에서,
시집 『쇠물닭의 책』을 '서정시학'에서 펴냄. 제1회 부산
가마골소극장 문학콘서트를 열고, 소설집 『꽃의 말을 듣
다』를 문학과지성사에서 펴냄과 함께 첫 개인 그림전시
회 '꽃의 말을 듣다'(서울 인사아트센터) 개최. 장편소설
『협궤열차』를 다시 펴내고(책만드는집), 『둔황의 사랑』
이 러시아에서 나옴(박미하일 번역). 제1회 고양행주문학
상 수상.

　미술; 이인, 윤후명 2인전 '꽃 돌 조율전'(갤러리 두)

2013년 세계인문문화축제 '실크로드 위의 인문학, 어제와 오늘'
(교육부, 경상북도 주최)에서 '실크로드의 문학' 발표. 시
집 『쇠물닭의 책』으로 제4회 만해 '님' 작품상 수상. 수
림문학상심사위원장(~). 체코 브르노 콘서바토리(한국)
교수.

2014년 미술; 개인 초대전 '엉겅퀴 상자'(길담서원 갤러리).

2015년 서울대통일평화원 인권소설집에 단편 「핀란드역의 소
녀」 발표. PEN 세계한글작가대회 강연, 강릉 문화작은
도서관 명예관장(~), 토지문학제 명예대회장, 몽블랑

문화예술후원자상 심사위원, 이상문학상, 산악문학상 등 각종 문학상 심사. 미술; 미황사 자하루 미술관 개관전

2016년 『월간문학』, 『계간문예』, 『인간과 문학』, 『문학나무숲』 작가 특집. 미술; 강릉시립미술관 초대 개인전, 문인탄생 백주년전('청록집', 교보문고 미술관) 참여.

2017년 소설전집 전12권 출간. 시선집 『강릉 별빛』 출간. 연문인상(연세대) 수상. 국민대대학원 겸임교수, 브르노 콘서바토리 교수 퇴임.

시인 소설가 화가

윤후명
문학 50년

1쇄 발행일 | 2017년 11월 15일

지은이 | 윤후명
펴낸이 | 윤영수
펴낸곳 | 문학나무

편집 · 기획실 | 03085 서울 종로구 동숭4나길 28-1 예일하우스 301호
이메일 | mhnmoo@hanmail.net

출판등록 | 제312-2011-000064호 1991. 1. 5.
영업 마케팅
전화 | 02-302-1250, 팩스 | 02-302-1251
ⓒ 윤후명, 2017

ISBN 979-11-5629-059-9 03810